U0901973

蜕

火葬

老　舍⊙著

天津出版传媒集团
天津人民出版社

图书在版编目（CIP）数据

蜕 火葬 / 老舍著 . -- 天津 : 天津人民出版社，2019.8（2021.11重印）

ISBN 978-7-201-13297-6

Ⅰ . ①蜕… Ⅱ . ①老… Ⅲ . ①长篇小说－小说集－中国－现代 Ⅳ . ① I246.5

中国版本图书馆 CIP 数据核字 (2019) 第 166730 号

蜕 火葬
TUI HUOZANG

出　　版　天津人民出版社
出 版 人　刘　庆
地　　址　天津市和平区西康路35号康岳大厦
邮政编码　300051
邮购电话　（022）23332469
电子邮箱　reader@tjrmcbs.com

责任编辑　李　荣
装帧设计　同人阁 · 文化传媒

制版印刷　香河县宏润印刷有限公司
经　　销　新华书店
开　　本　787毫米 × 1092毫米　1/16
印　　张　15.75
字　　数　274千字
版次印次　2019年8月第1版　2021年11月第2次印刷
定　　价　32.80元

目 录

蜕

火葬

蜕

解题

是在昆明湖的苔石上，也许是在北海上斜着身自顾绿影的古柳旁，有小小一只蝉正在蜕变。无疑的，时候是已经晚一点了，因为柳影已略略含着悲意，晚风开始透出一点警告的秋凉。蜕变似嫌太迟了些个。

可是，生的意志顽抗着一切的困难，生或死全凭今日的挣扎，没工夫去顾虑什么。生命的第一句口号是勇往直前，不管不顾的向前冲杀是它的最原始而最聪明的战略。这只小蝉要把钢一般黑润的身儿，由皮壳里冲出来，由阴暗而光明，由隐忍而活跃，绝对相信它自己的力量。它必须自证能否飞上枝头，唱出生命最美的歌。它必须鼓动那潜在的大力，把自己提拔到朝阳与晚晴中，由酣睡而飞鸣。它那点小小的力量也就是世界上最大的力量，它是所向无敌，用生的意志击破所有的困难的。一直到它飞上柳枝，它还是喊着“冲杀”，“前进”！

反之，它若是知难而退，缩敛起它的足与翅，它将无可挽救的做了僵虫；也许被顽童的脚踏碎在泥土上，也许被虫蚁掳架到暗穴中，也许随着落叶被西风卷到水里去。世界上所有的力量，到那时候，是没法把它提到柳枝上去的。

降服便扫兴的抹去生命一切的光荣与意义。看！那小蝉的嫩翼是怎样的颤动，在生与死之间颤动呢！

编辑说明：为了尊重作家及作品，在本书的编校过程中，尽可能地保持了作品原貌。

第一

1

冲动的要打，冲动的要和，冲动的抵抗，冲动的奔逃，把卢沟桥的义愤怒吼变成平津沦陷的悲泣。任着敌人把有四季鲜花与百条轨路的丰台已建成铜墙铁壁，我们才喝令睡在营房里的健儿，混战一番。城里连沙包已经撤去，城外却仓皇舞起大刀，仿佛我们赤手空拳也能打到山海关去似的，令人恍惚间又看见义和拳的梦境。顷刻间，南苑已成血海，大刀乱掷在泥土上。主将的愚昧，与夜战马超式的理想光荣，使洒鞋大刀的健儿死不瞑目——他们的血还未干，城头已换了国旗。

那与虹一样明丽的北平，低首抱着多少代的尊严与文化，伤心的默默无语，像被奸污过的贵妇。那模范的警察，惨笑着交了枪；亡了国家，肩上反倒减轻了七八斤的分量——一种无可如何的幽默正配合着那惨笑。那害着文化病的洋车夫，从门缝向外偷看，而后紧一紧腰带，愤恨而把身子倒在床上。紧跟着，那五河奔流的天津，也屈膝在断瓦颓垣上，河上滚浮着黄帝子孙的尸身。

除了历史是梦作成的，谁能想到灭亡是这么潦草快当的事呢？

不，这绝对不是个梦；敌人的坦克车在青天白日之下，分明的给古城的柏油路轧上了些不很浅的痕迹。那么，中国人，要不然你们就是些会演制滑稽短片的角色么？在悲剧前加演两大本，引人先笑一笑么？

若果然是这样，我们就深盼那大悲剧的出演，把笑改成泪。历史是血泪的凝结，珍藏着严肃悲壮的浩气。笑是逃避与屈服，笑罢本无可说，永无历史。悲剧的结局是死，死来自斗争；经过斗争，谁须死却不一定。大中年的生，大中华的死，在这里才能找出点真消息。加演的那两本笑剧是过去了，下边……

2

我曾在春荫护海棠的时节，在沙滩上闲看着那平静深蓝的春海。忽然一阵怪风，斜着吹来大小不匀的雨点。远岛的外边，起了一层黄雾，天与水潦草的粘合在一处；黄雾往前来，远岛退入烟影里，成了些移动的黑块子。从黄雾的下头，猛然挤出一线白浪，刀刃般锋锐的轻快的白亮亮的向前推进。眼前的蓝海晃了几晃，像忽然受惊而力求镇定的样子；还没有摆弄稳，紧追着那白线的灰黄巨浪已滚入了蓝海，浪上冒着灰烟，烟里溅起白星；随滚随卷，卷起来，跌下去；蓝的水急往前奔，涌上了沙滩，击拍着礁石，喷出浪花。一会儿，灰黄翻滚的浪头已把蓝水吞尽，似灰似黄似蓝似绿，绞成一片，滚成万团；混乱未已，后面更明的一道白线，带着百万千万的浪山又奔扑过来，浪花已能打着灰色的天，天也忽起忽落的晃动。一道，一道，又一道，分不清哪是天，哪是海，只是那么翻绞奔驰的一片，没有形体，没有边界，处处紧张，混乱，壮烈，怒吼；每个浪似乎都有无限的激愤，疯狂的要打碎了一切。顷刻间，那平静的碧海变成了激壮奔腾的怒潮与狂流。

平津陷落的消息，像一股野浪，挟着风雷摇动了人海：纽约，伦敦，巴黎，甚至于地面上素来冷落的角落，都感到了风暴的前兆。大不列颠的贵族军人拿起地图，纽约的大腹商贾查查账簿，巴黎的穷诗人也若有所思，似乎要为人道与和平说些不妨渺茫而悲艳的什么。

直接被浪花打湿，狂潮撞倒的中国人该当怎样呢？岂不是应该像我看过的那个碧海，受了激动就马上会怒吼起来！每个人的心都像个小海，以血为潮，掀起惊天的大浪来吗？

可是，我只看见了静静的那个死湖。

死湖在阴城的城北。阴城距血染的天津只有七百里之遥。湖里淤积着肥厚的粪土，汇存着都市的秽水，所以培出雪白肥硕的藕枝。天津沦陷，火车停开，藕枝堆积在车站上，渐渐起了层黑黄的锈。平日，藕枝运到天津，即使车走得很慢，也仍不失其甘嫩清香。阴城与天津相距是多么近呢。敌人的军队，炮火，一夜的工夫就会来到。可是，死湖仍是死湖，并不因为平津的风波而起些微浪。

是的，死湖还是死湖！

3

天还很热，刮着使人焦躁的旱风。死湖上并没有波浪，湖里被土坝分划成多少块水田，东一块蒲，西一块莲，蒲叶密丛丛的遮住荷田，荷叶灰绿绿的掩盖着污水；旱风过来，蒲与荷都静静的往下低一低身，从水中发散出一股浓厚酸热的臭气。水田的外圈，围着一道水沟，沟上有些秃敝的细柳，柳上没有鸣蝉，柳下没有倒影；沟水上浮着一层油腻而红白相间的泡沫，在烈日旱风之下略皱一皱，产出更多的碎泡。苇根处偶尔有一两条小鱼，却是死的；聚着多少多少金头的巨蝇。

湖岸上的小路中，有些红绿分明的瓜皮，和两三只癞狗；偶尔刮起一半片鸡毛，可以算作死湖上的蝴蝶，在灰尘中飞动。

湖北立着古老残剥的城墙，没有人，没有声音，没有卫城的巨炮，只长着些半死不活的青草，打着瞌睡。

湖东有一两座破庙，殿顶的黄琉璃瓦已破碎不全，在日光下勉强的闪烁，像一只眼的人那样没有神采。午间由庙内发出些钟声，像宣告着世界的末日。

这是死湖。任凭东海上波浪翻天，这里不会有一点动静。

4

湖是死湖，城也是死城。

阴城是个省会，住着至少也有五十多万人。人多城小，路窄房多，飞尘与炊烟永远在半空凝成老厚的灰雾，车马与行人时时挤擦成一团，显出不必要的热闹与叫嚣。在灯光下，那层灰雾变成暗红，像什么妖人摆下的一座迷魂阵，包罩着人喊马嘶与成群的鬼影。这魔阵中，有丑得出奇的妓女，穿着久已落伍的衣装，蜘蛛似的在各个角落结下密网；有阔得不知怎样才好的军阀儿女，在窄路上疾驰着最新式的汽车，似乎专为碰人与卷起灰土；有肥硕的各色商贾，浑身是大葱味儿，挤在那歪斜欲倒的戏园中，欣赏着半班戏；有贪官污吏的子孙，有钱而无事做，自称为遗少或隐士，拼着工夫去给歌女写些对联，或与二三知已品茗赛棋；有规规矩矩的秃头布鞋的公务人员，早早的到公所去睡觉，晚间抓工夫打几圈小牌；有土头土脑的老表与乡亲，住在没日光空气的旅馆中，等待着被派为县知事或什么专员；有豺狼般面孔的侦探，用铁镣与编床挤出嫌疑犯的金钱，没有钱便没有命；有成群的军人，佩带着古老的手枪，在街尘中喊着一二三四；有各乡的灾民，背着抱着或用筐挑着男女小孩，在街上慢慢的走，茫然全无所归；有……

平津失陷的消息来到，阴城偷偷的哆嗦一下。哆嗦只能把身上敛缩，阴城要像刺猬似的缩成一团；不，缩成一个小豆，好藏在什么安稳地带，或滚到远方，避免敌人的炮火。有钱的赶紧去到银行，惊喘不定的签了支票，取出法币，塞圆了皮包，紧抱在胸前。汽车都开了走，载着肥胖的男子与土气而娇贵的女人，还带着一些猫狗。火车站挤满了人，踩死了小孩；买了票的平民没有车坐，无票而有势力的上了车而把车门锁上。有房的把房契揣好，跑向乡间，有职位的请假把家属送走。路上挤满了车马，闹成一片，人人计算着自己的事情，抱着自己遇难成祥的希望；国事的危急全表现在几家报纸的特号字的标题上。城里空了许多，连天空的尘雾都小了一圈。那负着保卫国土之责实在没法逃脱的人们，都无可奈何的多吃顿好饭，多喝半斤黄酒，多洗洗澡，多听听戏；茶馆酒肆与妓院戏园反显出繁荣，活一天是一天，且先赚个快活。那高官与巨绅们除将金银财宝运走，还忙着在院中，在屋下，挖掘地窖，即使完全没用，往下看一看也是舒服的，黑洞洞的足以壮胆。有的实在想不出消忧解闷的办法，只好再娶个姨太太，以便显着人多势众。有些个市民，生在阴城，长在阴城，逃无处逃，走无处走，只好听天由命，拜佛烧香。整个的城里，有慌，有乱，有谣言，而全无办法。街上连一张虚张声势的标语也不见，大家都闭口不谈国事。这里不但没有抵抗的计划，连防守的安排也没人想到；热闹慌乱的出奇，在叫嚣与浮动之下却是彻底的空虚。有人而无心，有忧虑而无计策，有力量而自甘生以待毙。全城就这么哆嗦了一下，慌乱了一回，而后风平浪静，把一切都交给了命运。

5

大中华有亡国的危险，而没有亡国的可能。外侮仿佛是给大中华的历史种牛痘，每种一次，只能使它更坚强挺拔起来。不管阴城是怎样的稀松畏缩，究竟它不能把自己搬到海中，成为孤岛。半夜里，在它似睡非睡之际，疾驰的火车载着英勇的负伤将士来到城外的车站。车里没有声音，没有灯光，英雄们——河北河南的彪形大汉，湖南广西的短小结实的战士，还有些缄默而坚毅的陕西兵——都咬着牙，滴着血，忍着痛，挤在一处，把哼哼一声都视成最可耻的事。他们素不相识，言语不能完全相通。可是每个人身上的血痕像让他们感悟到都是黄帝的子孙，用同样的血肉去争取大家同享的自由与幸福；在默默无语中，彼此手握着手，腿挨着腿，把肉挤在一处，把血合流成一片，在他们会预言的心眼中看到个光明灿烂的新中国，像刚要降生的婴孩，正在血里挣扎。站台上，也没有声音；只有几盏空寂无聊的灯，照着这列灰硬血腥的车。车头前射出强烈的一道怒光，车下放出些抑郁的水气；一切静寂。车里车外的静寂像两股气流正在冲荡回旋，各不相容，没法互相让步：怯与怒，自弃与自强，苟安与牺牲，在空中，在地上，在人心里，默默的争斗。阴城的车站要拒绝这血腥的车，英雄的血肉要冲破阴城的死寂，激荡起民族生存或灭亡的无声之潮。

站台上几个巡警，困眼矇眬的看着那自战场附近开来的铁车。有阴城的饭食与思想在身中与心里，他们不敢多事，不敢探问，可是又似乎有些感触与轻微的激动。看着看着，忽然前面吼了一声，那灰黑坚硬的一条渐渐往前移动；一会儿，像一条巨蛇似的走出站台的灯火以外，尾上有一颗红星。他们还立在那里，可是困意已失；鼻子上挂着一些难以去掉的腥臭；眼望着远处。似追寻着一些什么难以说出的希望或恐怖，他们的心都跳得很快。同时他们也感到一些惭愧，心中责骂着自己为什么不到车上去看看，去问问，去献一点茶水；摸着袋中的一二毛钱，他们觉得自己是最没有同情心的人。他们想不出那些伤兵是要到哪里才能下车，只呆呆的望着远处的大星。

第二天的夜晚，伤兵车到的更早了一些，车也更长了许多。车里照样的静寂，车外可是争吵叫喊像失了火似的那样杂乱。卖香烟水果的小贩，扛着邮包的绿衣汉，肩着行李的脚扶，抱着娃娃的妇女，在灯光下挤成一团，前后左右的拥转，像最大的一个海星在浮动。他们都不敢靠近那血染的兵车，可是心中都微微的感到一些迫切的什么问题与征兆，就是自己能以逃避，也不过是暂时的，那列车是铁一般的顽强，把人心扯住，静寂而严肃的给大家一个眼神——你们怎样都好，我却是不可屈服的！

忽然，站台前的铁栅关闭了，一群警察都赶奔了前去；一块小小的白旗在人头上晃动。暴厉的呼叱，尖锐的唤叫，坚决的反抗；人影乱动；声与形绞成一团无可分辨的嘈杂，混动，动摇……前一夕的相互冲荡的默潮，已在这里变成有声有色的冲突：阴城的梦境已被清醒的壮烈的一些力量击破，像一块石头投掷在死湖里，就是“死”湖也得溅起些泥点子。

那面小白旗始终不倒，虽然阴城的黑影逼着它步步后退。白旗渐渐退到站外，旗下的二三十红似莲花的口中发出吼声，一直传达到那列长而多血的车中，两方面的心合成了一个，阴城哆嗦得更厉害了一些。

6

无论怎说，阴域是已放进一股凉风，把卧塌上酸暖的臭气吹散 了一些。

第二

1

已是夜半，灰暗嘈杂的阴城，变为死寂。路旁不甚明的灯，与天上不甚明的星，夹着一层灰黄的尘雾；城里到处静寂暗淡。有几处，还能听到女人的笑声，麻雀牌的轻响；可是都打不破全城的死寂，正像几声犬吠那样没有什么关系。十几个巡警，押着五六个学生，正在空寂的马路上走，走得很快。最末后的一个巡警，拉着一根竹竿，竹竿的末端有块白布，拉擦着地上的尘土。灯暗处，他们只是一群黑影，急速的移动。灯明处，照出巡警们的面孔，得意，轻蔑，蛮横，可是正好与阴城的暗淡相配合，地狱的阴暗正宜于鬼脸的狰狞。那几个学生都挺着身，眼向前直看，脸上没有任何表情，像几面铜牌似的纪念着一些什么壮烈坚贞的精神。他们的头发都乱蓬蓬的，脸上带着血痕，像些匪徒，又像些烈士；不屑于表白，他们只挺身前进，一语不发。

到了一座衙门。旧式衙署的大门，把门楼去掉，用两列砖代替上，显出改造期间的因循。两扇黑大门，掩着一扇。门前立着一对武装的警士，不大怎么精神。门垛左右有两堵很长的白墙，墙上画着些大蓝圆光，圆光上的白字已被雨水冲去，只有些点儿固执的留存着，似乎为是引起人们猜谜的趣味。门上一盏极亮的电灯，青虚虚的显着惨酷而无聊。

巡警们进去两三个。学生们立在强烈的灯光下，脸上发青，相对无语。其中最高的一个，头发虽乱，仍勉强的竖立着；一张轮廓方硬的脸，到处见棱见角；粗眉，大眼，长嘴并成了一道线，腮上微动。他的旁边，一个矮子，头小，端着肩，露出一股傲气来；他的小圆眼斜射着高个子的下巴——碰破了一块，血已定好。矮子身后，一个女影，低着头，长而乱的头发在灯下放着些光。女影后面又是个高身量的，圆头圆脑，一只胖手摸着右脸上的伤痕。离这个高个子有一步多远，一个中等身材的扁脸少年，穿着蓝大褂，支手用力的在身前交插着，脸上没有任何动作，像是塑在那里。巡警们咳嗽，吐痰，前后移动，说话，掸掸衣上的土。五个学生一动也不动。

出来一位巡长，很响亮的道了几句白，又转身进去。待了半天，又出来一位巡官，等大家都给他行了礼，才过去看了看学生。看完，立了一会儿，莫名其妙，有些发僵，咳了一声，转身走了进去。学生们还是不动。又待了好大半天，出来一位很矮很胖，满脸是油的长官。他的胖矮腿移动了半天，才把身上那一整团油肉运到学生跟前。顾不得看他们，他闭上眼猪似的喘了一阵；喘得稍微舒服了一点，他把眼更闭得紧了一些，仿佛是要以稳重自在表示出身分来。直到已无须再喘，他才睁开眼，懒洋洋的看了学生们一眼。而后，用最大的努力，抬起一支短粗的胳臂来，胖手大概的向门内一指。

巡警们把学生押了进去。

2

一间小屋，没有灯，没有凳，没有任何东西；土地上只坐着五个人。疲乏使他们昏昏欲睡，可是饥渴与气氛令他们难以入梦。他们不愿说话，愤怒堵住他们的口；不说，心中又要爆裂。几次，他们想开口，屋中的黑暗像要乘机而入，噎死他们。阴城的深夜，静寂得可怕，他们觉得若是吐出一个字，就必定像炸弹似的把一切震碎。

他们所怀念的人不同，所想起的乡土不同，所追忆的家庭与学校的生活不同，所憎与所爱的也不同。可是，在这五颗幼嫩的心里都充满了同一的愤慨。虽然生长在各处，但是这次都来自北平。在北平，他们亲眼看见敌人杀进城来，亲身尝受了亡国奴的滋味。他们身在亡城，而心飞到南国。必须出来，必须出来！即使天津是鬼门关，他们也得闯出来，做个自由人，与同胞们携手杀回去，夺回失地，重到那文化之城。他们不在一个学校，可是这一点共同的情感与希望，使他们一齐闯出天津，结为难友，与四五十个青年，在一面流亡的旗下来到阴城。他们的书已烧掉，衣服放弃，没有多少盘缠，只凭一股热气，两条会赛跑的腿，扛着小小的铺盖卷，往东跑来。没有一定的地点，凡是未经侵略的地方都是故乡。没有一定的计划，只要不做亡国奴就有办法。他们的心还没被世故染成灰色；简单，所以乐观。忽略了历史的鬼影，同时极重视自己的一片热心。数着自己的脉跳，他们以为是找到了全民族共同的激情与义愤。他们的哭笑只隔着一层薄纱，彼此能看见而互相变化；哭着离了故都，笑着进了阴城。阴城是圣地，是不朽之城，他们恨不得跪在街心，去吻那最肮脏的灰土。到了这里，他们已经摘去亡国奴的帽子，换上自由的花冠，再没有什么可怕的了。

他们听说车站有伤兵来到，十二个人把小小的铺盖卷一齐送到当铺中，换来十四块钱。他们有说有笑，非常的快活。别人不去慰劳伤兵，他们必先去倡导。伤兵们是英雄，是同胞，为国家为民族流了血。阴城的人也是同胞，也都爱国，必定不甘落后，也来劳军。十二个小铺盖卷算得了什么，到处是家，人人是弟兄姊妹；离冬天还很远，而伤兵就在目前。拿着十四张钱票，他们讨论，争辩，欢喜；终于连一毛也不许留，都买了香烟，饼干，水果；扯了二尺白布，找了一棍竹竿，布上写好“流亡学生慰劳负伤将士”。一出发，在路上遇到些本城的学生，也自动加入队伍，有的空着手，有的临时买了几毛钱的东西，有男有女，有高有矮，排成两行，眼睛明亮如星，看着前面那个小旗；最后的两个才十一岁，也挺着胸，大踏着步。那面小旗在阴城的街尘与灯影中，像雾里一只白鸽，传来天国的消息。

3

巡警们挡住站台的入口，高个子——厉树人——的头发，本来很硬，几乎全要直立起来。方硬的脸上白了一些。可是他用尽力量往下按气，眯着眼假笑。把话在口中揉了几揉才敢往外说：“我们是流亡的学生，到这慰劳伤兵。”“什么学生？什么伤兵？”一位高大的巡长露出很长很白的牙，神气带出来他最讨厌学生：“有命令，不准你们进来！”白手套扬起一只：“走！不用废话！”

厉树人的脸热起来。他的大眼仿佛要一下子把巡长瞪碎，可是他又纳住了气，还想和平的交际。他这没把话想好，平日最自负的金山——那个圆眼睛的矮子——早已挤了过来，像个轻巧的小鬼戏弄个高大的魔王，他歪扬着头，斜着肩，圆眼在巡长的脸上转了一圈，而后尖锐的叫了一声：“谁的命令？”

高大的巡长的眼往下面扫射；还没找到金山，后面好几声“谁的命令”一齐打入他的耳鼓。他的眼立刻往后望，左脚不由的往前迈了一步，全身抖出些威风来。他不怕学生，阴城所给他的粮饷与思想，至少有一部分是为揍好闹事的男女青年们。见了学生，他不由得感到一种仇恨：“谁的命令？我的话就是命令！”他又往前凑了一步；隔着短木栅栏，他的鼻子几乎要碰上了厉树人。

平牧乾那头长发极快的由厉树人腋下钻了出来，紧跟着一张长俊的脸扬入巡长的视线里，腮上笑出两个小而深的酒窝，顶齐白的一排牙温和爽洁的在他眼中一闪：“巡长！我们已经买来东西，怎好白白的回去；我们决不叫巡长为难。若是站台上太乱，好不好我们举几位代表，把东西送上车去，马上就出来？那里不就是兵车？”她的手向站里指了一下。

巡长的眼并没随着她的手转动，非常的坚定，他的眼盯住学生，决不放松。他听见了平牧乾的话，也觉出话很温和有理。但是他不能因此而减降自己的威风。再说，他对女学生应当特别厉害一些，平日一见到她们，他就感到一种说不出的厌恶，她们的服装，举动，活泼或严肃，都使他莫名其妙，如同见了洋人那样不可了解。隔阂产出了轻视与厌恶；一旦落在他手，他愿叫她们现一现丑：把她们的头发扯乱，短衣撕破，粉脸打伤，才足以消消他的渺茫而必须发泄的恶气。

“我说，我不叫你们进去！”巡长把哨子掏出来。“走不走？”他把哨子放在唇边。

“你太不通人情了！”扁脸的青年——易风——用手指指着巡长的胸部。

“一定要进去！非进去不可！”曲时人圆头圆脑的没有什么高明的话语，只求能把一句话变成几样来说：“不叫进去，不行！”

哨子响了。

4

其实呢——高大的巡长想——设若学生们略通人情，先把他请到一边，送他两包点心，哪怕只是两包点心呢，又何尝不可以叫他们进去呢？可是他们一点人情不懂，而且说话很难听；可恨就在这里，一点人情不懂，可恨就在这里！非揍不可！

厉树人们根本没想到，这样的事也居然会发生冲突。没工夫去细想，就是去想也想不出任何道理来。气忿与伤心激出来热泪，而青年的血气，又不能被眼泪浸软；血的沸腾，脑子成了空白，手脚不由的动作起来。他们被怒气催着，只管往前冲，不管有什么作用，不管要吃什么亏。这时候，那面小白旗成了个什么神圣的标徽，大家紧紧的跟着它，忽前忽后，忽左忽右，没目的而有无限的热情，乱冲乱扑。顾不及想胜负，顾不及想安全，前冲就是前冲，一面白旗，一个心眼，为劳军而来，就必然闯进去！

巡警们高了兴，拿学生乐乐手是便宜的。

已在站台上的旅客，顾不得看外面的纷乱；逃命要紧，拼命往车上攻。还未进站的人们，以为前面是为争着进站而打起架来；这是常见的事，不足为奇，往前挤呀！巡警得了手，学生被后面的人挤住不能动，还不打老实的吗？学生们一声不出，因头上身上的伤痛，把怒气都运到拳头上；打架是没想到的，可是现在没法再不还手，打，挤，前面呼叱，后面喧叫，四下里乱躲乱动，谁也不晓得怎回事。

5

学生们败散。厉树人们五个被捉住。

6

“凭什么打我们呢？”曲时人的胖手又摸到右脸的伤痕；把车站上的经过想了再想，怎么也想不出道理；本想不言不语，挨到天明再讲，可是不由的说了出来。“凭什么随便打人呢？”

大家谁也没睡，心里也正在想这件没有情理的事。听到曲胖子这样一问，谁都想答言，可是全找不到相当的话。找不出理由的委屈马上变成愤怒：

“野蛮！”

“怎能不亡国！”

“没道理可讲！”

三个人一齐讲，谁也没听清谁的，可是那点共同的愤怒使彼此猜测到说的大概是什么。厉树人没有开口，只咬了咬牙。

“慰劳伤兵也有罪！”曲时人的话永远不足以充分传达出感情，所以在盛怒之下，还只能唠叨：“什么都有罪！咱们要是不从北平出来，咱们是亡国奴！出来了，就……”他找不到话了。

“脚好疼！”平牧乾不肯露出女儿气来，可是无处可诉的冤屈实在没有简当的话来发泄；脚疼是真的，也很具体：“所有的脚都踩在我的上面了！为什么呢？凭什么吗？真恨死人！”

自负的金山与爽直的易风都想不出话来。

“树人你说！”曲时人推了他一把。

“说什么？”厉树人托着下巴——伤口热辣辣的发疼。“哼！为救国而受委屈是应当的；为慰问伤兵而挨打是头一幕！”

“到前线上，被敌人打死，死也甘心！”易风接了过来：“为什么自己无缘无故的打自己呢？”

“因为咱们有一部历史！”厉树人低重的说。

“明天是张空纸，咱们拿血写上字！”金山由树人的话得到些灵感。

厉树人没有再接言，大家静默，似乎都揣摩着历史的阴郁，期待着明日的光明。

7

第二天早晨十点多钟，他们还昏昏的睡着，屋门拉开，四个巡警把他们叱醒：“走！过堂去！”

第三

1

阴城的秋晴像脆梨般的爽利，连空中的灰尘都闪动出金光。厉树人们由小屋里出来，黑暗与光明像刀切的那么齐整，仿佛是一步就迈到了另一世界。无可抵抗的明亮，好似一下子要射穿他们的全身，他们都赶紧低下头去，免得晕倒。一夜未曾睡好，肚里空虚，伤痕疼痛，眼前起了金花，耳中铮铮轻响，他们忘了一切，用了整个生命的力量支持住酸软的两腿。

迷迷糊糊的走了几步，他们的头上出了些似有若无的虚汗，心中稍微镇定了一点，开始觉到秋光的明暖；院里几株枫树的黄叶猛的打入他们眼中，使他们莫名其妙的，惊异的，要哭出来。同时，他们忽然愤怒起来，要向那蓝的天，金的叶，狂吼怒号；把晴朗静美变作飞沙走石。不约而同的，他们都加速了脚步，仿佛是要去和谁诉冤或拼命。

迎头来了那位肥短的长官，脸在阳光之下更显着油多肉厚。为省走几步路，他老远向巡警们摇手。巡警们又把学生送回小屋中。本来都想到堂上去痛痛快快的叫骂一番，泄泄心中的恶气，谁知又受了戏弄。背倚着墙壁，他们不愿把骂话叫给自己听；不能容忍，而必须容忍，他们无可如何的默默无语。

过了半天，小门开开，两支带着阳光的皮鞋迈了进来，刚一进门坎便失去了光泽。一个巡警搬进一个小方凳来，后面紧跟着两个，一个端着两盘点心，一个提着把铁壶，拿着五个粗磁茶碗。这些都放在了方凳上，三个巡警怪不好意思的默默走出去，到院中赶紧交谈着，皮鞋发出有力的声音。

五个人没觉得什么不好意思，更无须劝让，都围集到六凳附近来。吃与喝并没给他们任何安慰，可也没感到污辱，于不知不觉中他们的心镇定了许多，渐渐的把眼都转向院中；巡警们并没把门关好。院中的晴光，引起他们一些渺茫之感，不是思家忧国，也不是气忿焦急，也不是完全平静；他们那未能蜕净的天真的儿气，又渐渐活动，使他们要跳到院中，得到空气，日光，与自由。自由与快乐是他们理应享有的；可是困难与挣扎都无情的加到身上来；青春与秋景分占着他们的心灵，他们茫然。

2

快到晌午了。他们又被传去。这样的来回摆弄，更激增了他们的愤怒与坚决。同时他们又急愿完结了这一幕酸苦无聊的喜剧，愿无拘无束的去享受那阳光与自由。青春的活跃与横来的压迫，使他们在忧郁中仍不放弃希望，在义愤里几乎可耻的想到妥协。

不，不能，决不能妥协！他们必须一拳打在阴城的脸上，使阴城至少也得承认他们的力量与热烈。即使阴城丝毫不动，一味的顽强，到底他们应当表现自己，表现出民族的青春与血性。

他们决定到堂上去争辩，去呼号；叫“大老爷求饶”与“容情”是过去的事了；他们绝对不能再用历史上的耻辱去求苟全，去污蔑了新国民的人格。

直爽的扁脸的易风，像篮球队队长向队员们发着紧急命令似的：“叫树人领头去说，别乱抢话！”

厉树人谦卑的，又好像是无所谓的，笑了一下。

自负的金山不肯轻易放弃了发言权：“谁有话谁说！”圆眼睛马上向巡警们扫射，好似向他们挑战。

曲时人似乎没有听见什么。他非常的困倦。可是仍自昂着圆头，用尽力量维持着尊严与勇敢，顾不得听别人的话。

平牧乾是惟一的低着头的，看着自己的走路不方便的脚，眼角撩着男人们的旁影；忘了自己是男的，还是女的；忘了自己有家，还是没家；茫然的酸辛与爱国的热烈把两点泪挤在眼角，不敢流落。

3

到了一间屋里，不像是公堂：桌子上铺着块台布，用茶碗底的黄圈与墨汁的点块组成了自由图案；桌旁有几把稀松活软的艺术铁椅，铁柜上的锈厚薄相间，颇似一些花纹。墙上挂着以写“老天成”与“聚义老号”出名的那位书家所写的对联，因裱得匆促一些，像裤管似的卷卷着。

没有什么客气，他们五个都坐下了；艺术铁椅发出一些奇怪复杂的响声。坐好，他们的眼不约而同的都看着那副对联；那些字的肥厚俗鄙，使他们想起那位肥矮多油的长官。

“都站起来！”由一条被油腻糊满的喉中，仿佛还夹着几块碎肥肉丁儿，粘糊糊的，疙瘩噜嗦的，像一口痰似的，喷了出来。

随着这句话，那个肥矮长官已立在门口，正对着那副对联。喘了一阵，他喉中又冒出些话来：“谁叫你们坐下的？太不知好歹了，太不知好歹了！”语声里含着一些哀怨与用油浸透过的怒气，怒而不暴。

他们都没动，大家的眼由对联移到胖子，由胖子移到对联，仿佛是比较哪个更肥，更俗鄙。对于这两项俗鄙的东西，他们都不愿说什么，只是感到厌恶，厌恶之中略带着一点点好玩的意味。

胖子看他们依然坐在那里，把脸慢慢涨红，冒出更多的油来。可是，他没有任何的动作。为保持身分，他本该指挥手下人去强迫他们立起来；为省得着急发喘，他顶好一动也不动；脸红便是这个矛盾的结果。把胖手放在脸上，卷弄着小油泥橛儿，他也欣赏起来那副对联。

又待了一会儿，窗外围满了巡警。胖子更着急了，他知道局长们马上就会过来，而这五个不知好歹的东西还纹丝不动的坐着。他想往前来，强迫他们起立，可是脚趾头只在宽大的皮鞋内动了动，并没迈步；他真着急，也真懒。学生们坐得更随便了些。看见窗外的武装警士，那么多，那么威武，他们不由得想到些浅薄而近情理的话：“跟日本人讲讲横好不好，欺侮几个学生算哪道威风呢？”无聊的示威只足招来轻蔑，他们故意的做出捣乱的姿态来，以青年的轻狂对付老年的昏庸无理。

窗外许多双皮鞋的后跟一齐碰了碰，很齐很响。胖子急忙闪在一旁，短臂用力下垂——像两根木棍夹着一个大油篓。发困的眼也居然露出一些光泽；不知往哪里看才好，眼珠向左右偷偷的活动，像讨人怜爱的母狗似的。

两位局长来到门前。警局局长是个矮子，制服皮鞋都很讲究，脸上挂着烟灰。教育局局长是个高个子，一身顶不起眼的公务员制服，布鞋，脸上老是笑着，笑得没有因由，没有间断，非常的俗气。

两位局长在门口谦让了好大半天。警局局长脸上的烟色越来越灰暗，表示出为尽地主之谊，不能不让朋友先走；可是也表示出一些勉强，心里老大不高兴，还不能不显出规矩知礼。论实力，论收入，三个教育局局长也抵不住他一个。阶级尽管相同，可是身分的高低还到底在“缺”的肥瘦冷热上去分。他当然看不起教育局局长。再说，学生们闹事，本该教育局出头，但是每一回都须警局去镇压，受累，而且费力不讨好，等到学生已都拿来，教育局局长才露面，三说五说的把他们带了走；又省事，又买好；事完之后，至多也不过请警局的重要人员吃顿馆子。为这个，他对教育局局长——不管是多么好的人——总觉得轻微可厌。假若没有这个可厌的家伙，好吧，你们闹吧，该囚的囚，该揍的揍，该杀的杀；再闹？也得敢！不幸，政府里非有这么个家伙不可，于是事情就永远不能顺手，而学生是偷空就闹腾。看，看这个满面赔笑的东西！没办法！

教育局局长早晓得这个，所以老是笑着。自己的差事当然是赶不上警局了，可是地位与身分总是同等的；得罪警局是蠢笨的事，向他求情或道歉也大可不必。多笑一笑总显着客气，而客气与自馁并不是一件事；反之，客气倒略与虚情假意相近；虽然虚伪是个不甚好听的字，可是与手段能打到一气。

彼此谦让了好久，警局局长的灰脸的表情已带出点超过于勉强，教育局局长才无可如何的笑得更空洞了些，承认了客位的优越，巧妙的抢了警局局长一肩，只是一肩。

谁也没注意到五个学生，他俩又开始让座位。警局局长早看见学生们还安然的坐着呢，可是学生是教育局局长的属下，他不便于发气而给朋友以难堪。教育局局长也早看出学生们不肯起立致敬，设若登时发作，而不幸碰了钉子，便更使朋友看不起自己，证实了自己的差事确是没有多大的威严，彼此谦让，有说有笑，眼睛都不向学生那边转动；坐下以后，觉得很自然的大家都在那里，一点也不别扭。

仿佛是为增加这点自然劲儿，教育局局长笑着请警局局长训话。警局局长当然不肯。教育局局长当然再敦促；当然又得到更多的谦拒。实在没了办法，教育局局长只好恭敬不如从命的立了起来，笑得微微发僵，而面上的筋肉力求开展。眼睛望着那副对联，他先活泼灵动的扯了扯制服的下沿，细条的身子向直里挺了挺，像预备作深呼吸运动。而后把肩松下来，右手放在桌布上，手指轻轻敲了敲。

4

教育局局长先捧了警局局长一大场，每句里都有与“十二分”或“竭诚的”同样或更好听的字眼；把这一类的词儿都用净，他才不得已的作一小结尾。

说到了学生，他十二分的可惜他们把极可宝贵的光阴，用到慰劳伤兵上去，而没能专心去读书；倒仿佛他一点也不晓得平津已经陷落。自然他也十二分的同情于他们，因为他们都正在血气方刚，在行动上难免有失检点。他十二分的惭愧未能在事前知道，设法避免冲突；这自然不完全是他的疏忽与错误，因为他们并不是阴城的学生，因此，他十二分诚恳的希望他们承认，学生与警士之间必是因了误会而起了小小一点争执；更非常诚恳的请求警局局长原谅他们。假若可能，他十二分的，啊，希望局长在他们悔过道歉的条件下，释放了他们；不必对他们太认真了；他们究竟是外乡人，不能完全明晓阴城的一切，啊，啊，一切，完了。

厉树人们本预备去到公堂上争辩，谴责，甚至于不惜叫骂。这种公堂虽然是无理可讲的地方，可是多少要有些威严；他们愿意以硬碰硬，好汉是不怕到刑场上去的，即使死得冤枉。他们没想到，没预备，来听训话，特别是这样的训话。

他们根本不想听笑话，他们没心思去笑一笑，而局长的训话恰好是最没意思的笑话与扯淡；所以他一张口，他们便叫耳朵停止了作用。这种软得像糖稀的话引不起他们的驳辩，激不起他们的怒气，何必去听呢；听了不过使他们觉得恶心，脏了他们的耳朵。他们看了对联，端详警局局长的脸，手指在台布上乱画；把无可发泄的怒气按在心中，而以轻蔑消极的抵抗俗鄙无耻。

训话完了，他们没有任何表示。他们想出去散逛散逛；一个局长脸上的烟灰，与一个局长脸上的贱笑，叫他们难以再坐下去。他们决不想说什么，只求快快的能出去。他们要打，都不愿把拳头打在教育局局长的脸上，那张脸上挂着官场中所有的卑污，与二三十年来所积聚的唾骂。悔过咧，道歉咧，他们全没听见。

教育局局长请警局局长训话。警局局长决定不肯。他知道自己没有那么多“十二分”与“热烈的”，何必当着大家献丑。他也知道把学生们押起来或揍一顿是更有效的办法，用不着耍嘴皮子。

教育局局长还笑着，可是笑得不大顺劲了。眼前是个僵局。他得另想主意，至少也别叫场面上老这么空寂着。没立起来，仿佛是顺口答音的，他自己又说了话：

“诸位都来自远地，与我并没有丝毫的关系，我纯粹是为帮助。而且我之所以来，也是受各地流亡学生的请托；我是阴城的教育长官，根本，啊，管不着，啊，不该参与诸位的事。我十二分的相信诸位都是很明白，很清楚，很有前途的，青年；我与这位局长是老朋友，极要好的朋友，我们都极希望诸位本着读书救国的精神，不使自己吃亏，也不叫我们为难。诸位是流亡的学生，我们所以才这样的优待诸位；不过，假若阴城有朝一日也失陷了，阴城的学生自然也得流亡，这并不算怎么了不起的事，流亡不能算作一种资格，是不是？我十二分诚恳的希望诸位能明白我们的困难与我们爱护诸位的热诚，极早的，以诚相见的，结束了这桩不幸的事件！”

说完，他几乎是含着泪的笑着，希望学生们受了感动而设法下台；他们肯下台，他才能免得当场丢脸。

学生们依旧不声不响。

警局局长沉不住气了。他真愿惩治惩治这群小东西们，可是政府的气概已被这位会说“十二分”的家伙泄尽，再施威还有什么意思呢。算了吧，叫他们滚他们的吧，反正日本人来到，这群东西们也是刀下之鬼；一个局长，和这群不知死的鬼们怄什么闲气呢？他向教育局长嘀咕了几句，教育局长眼中媚里媚气的，连连点头，仿佛他十二分的能欣赏，接受，别人的建议。

两位局长退席。

学生们又被押送到小屋里去。

到差不多快五点钟了，那位肥矮的长官带着四个警士，把他们领到大门。谁也没说什么，就那么不清不明的完结了这一案。

5

出了警局的大门，他们不由的感到些快活。看着街上的车马，天上的斜阳，他们的脸上天真的现出些笑容。可是，走了没有几步，那点笑容就被心中的一大团苦恼与困难给吸并了去，像一大块黑云卷灭了一片飘浮的明霞。

他们上哪里去呢？家，回不去。学校，已变成敌人的兵营。钱，没有。铺盖，在当铺里。除了身上薄薄的一两件衣服，只剩下一颗热心与一服热气；而这点心气又不幸的落在了阴城，像一滴开水落在了冰山雪海上。最后，他们心中画起了一个极可怕极大的问号：国家到底有没有希望呢？

这个疑问使他们顾不得再想警局的那一幕。吃亏也好，受苦也好，只要国家有希望，个人那点点委屈根本不算一回事。国家与个人，在这时候，是那么密切的联系在一处；他们的流亡，因为国土失陷；他们的将来的一切，要看国家能否复兴。自己是一棵小草，国家是土地。土地已失了那么多，而阴城，以对待他们的态度来推论，也难久守。他们的泪没法不在眼中流转了；欺侮他们的事小，失去国土的事大；阴城由可恨可恶，一变而为最可爱可贵的了。可是爱莫能助，阴城拒绝着一切；而他们无衣无食无去处。一座活着的死城！他们怎办呢？往哪里走呢？走又有什么用呢？

他们呆立在路旁，极勇敢的落着胜败兴亡之间的热泪。

第四

1

他们回到流亡学生的住所——一座破庙里。由教育局局长的话里，他们知道大家曾经营救他们；或者大家还去慰问过他们，而被巡警们挡了回去，他们猜想。想到了这个，他们三步当作一步走的，急快回到庙中，好把热泪，委屈，和一切要说的话，都尽情的向大家倾倒出来，仿佛大家都是他们的亲手足似的。他们没有钱，没有铺盖，可是准知道一见着大家就都不成问题，大家有主意，有同情，至少会给他们一些吃食，和找一些干草给他们垫在身底下。一块锅饼，一碗水，一束干草，只须与大家在一处，便是天堂；青年与青年间的同情会把苦难变作欢笑与甜美。

高高兴兴的，他们进了那座破庙，仿佛是往金碧辉煌的宫殿里走呢；破墙头上的秋草，在夕照下，发着些金光，使他们感到痛快爽朗。

院里，破殿里，不见一个人，莫非大家都搬走了么？搬到个更好的地方去了么？

更好的地方？有什么地方能比这座破庙更好呢？不知是怎的，他们这样的喜爱这破庙；假如大家真是搬到个更好的住所去，那只足以使他们五个人失望。他们几乎是狂暴的，倔强的，到各处去搜索。他们决不相信，大家会这样抛弃了他们，至少他们也必须找到一两个人。他们用意志强迫着自己这么相信。这么搜索；必须见到一两个熟识的脸，把这两天心中所积储的话先像暴雨似的倾泻出来，不管别的，不管别的！

把破庙的每一角落都找到了，找不着一个人。他们默默的，极慢的，往外走。谁也不敢出声，连咳嗽都不敢，倒好像这是座极高的雪山，一个喷嚏就会崩裂毁灭！

在门口，他们遇见了看守破庙的老人。

“他们？”老人想了好一会儿，似乎是想着相隔很久的一件事：“呕，他们哪？今天晌午都上了火车；听说是上南京，还是汉口，记不清了！”

拨给流亡学生的车，他们知道，一星期只有一次，而且这一次还不完全可靠。大家不肯放过这次车去，是当然的，谁愿久停在阴城呢。他们知道这个，当然也就不怨恨大家的急忙南下。他们对大家没有什么不可谅解的，可是他们自己怎么办呢？没办法！因自己没有办法，便不由的把对别人的原谅勾销，他们觉得世间并没有同情，没有义气，他们是流亡到一座荒岛上，连共患难的朋友们也弃舍了他们。他们坐在了庙门外的破石阶上。

2

太阳快落下去，一群群的归鸦扯着悲长的啼唤；缓缓的，左顾右盼的，侦找可以安栖的大树。他们五个还不如这些乌鸦。住在庙中大概可以没有问题，可是“住”并不是只有一块地方的意思。乌鸦是可羡慕的，它们自己带着羽毛；他们不能就那么卧在地上，连张可以垫在身下的报纸也没有。

“咱们得先给牧乾想主意！”扁脸的易风向厉树人说，眼睛故意的躲着平牧乾。“她不应当跟着咱们受这个罪！”

厉树人点了点头。他同意这个说法，可是想不出办法来。

平牧乾，正像易风所顾虑到的，想抗议：她“怎么”不可以受这个呢？不错，假若有个女同学在一处，她当然能够更自由更方便一些。可是事实既不这样，为什么她就不可以硬挺下去呢？有什么理由不应当硬挺下去呢？她想到了这些，她有往下硬挺的决心，但是饥饿疲乏已使她讲不出话来。不便说什么，她心中反觉得安静了一些，像个有决心，不多说话的硬女儿。

“你们在这里，别动！”曲时人说着，立了起来。“我去碰碰看，我在这里有个朋友，看他能帮忙不能；你们千万别动！”他的胖脸上似乎已瘦了一圈，可是还撑着劲儿把眼睁得很大。走出几步去，他又回头嘱咐了句：“可是千万别动！”

曲时人好像把阳光都带了走，破庙门上红了会儿，空中已慢慢起了一些停匀的黑影，掩去余霞的明彩。麻雀们开始在门楼上低声的啾啾，像已懒得再多谈的样子。

“看样子，我们没法再往下住。”金山仿佛专为抵抗那渐渐深厚了的黑形似的，扬着头向空中说："再有车，咱们就得走。"

"上哪里去呢？"易风摇了摇头，语声很低。

"走也好，不走也好，"厉树人立起来，两臂来回抡动着。"在国运不强的时候，个人能决定什么呢？"

"反正我不预备再去读书，"金山也立了起来。

"我也不能再拿书本！"易风想了一会儿，"哼，我真愿意扛起枪来，在黑夜里，顶黑的夜里，去打一仗，子弹打出去的时候，发着红光，像画上画的那样！我的脾气爽快，最好是去当兵！"仿佛是觉得把自己说得太多了，猛咕叮的他转了弯："牧乾你呢？"

"我？"她愣了一会儿，好像是没有听明白。"我不知道我会做什么，和应当做什么。我只觉得我有点用，我也觉得四面八方都等着我去做事——"

"阴城反正没等着你！"金山的自负和聪明往往逼迫着自己给人以难堪。

"你怎么知道？"厉树人把话接了过去。"你不能拿今天的事断定明天。假如你相信阴城无望，那就是你不相信中国会复兴起来！"

易风没等金山开口，"饿着肚子先别拌嘴！"

"这怎会是拌嘴？"金山反倒把枪口对准了好心的易风。"我不过是那么一说，谁又真相信——"他把话咽了回去，因为下半句有点自打嘴巴。

大家又都没的说了，天已黑起来，破庙里外都非常的安静。立着的又坐下。仿佛这样便可以使曲时人早些回来，可是许久许久连个人影也没有。心里越急，天上的星越密，密得几乎使人害怕：漆黑的天上，满满的都是细碎闪动的眼睛。

"这小子大概不会回来了！"易风对自己念叨着，并没希望别人答话。待了一会儿："他也许迷了路！"还听不到应声，他决定把话都说给自己听："朋友不在家，可能！在家而不愿帮忙？或者他独自留在那里，把——"

"少咕唧点行不行？"金山没有好气的说。"我心里直闹得慌！"

易风不再念叨，把头低下去，闭上了眼，想忍一个盹儿。

庙前的巷里过去几辆小车，前后两个卖烧鸡的，人声与吆唤是那么清楚，可是他们面前始终没有人过来，仿佛前巷里是另一个世界，绝对与他们没有关系。风渐渐凉起来。风越凉，星越亮，他们心中越发辣。易风的头上见了一些凉汗。他又想说话，可是只咳嗽了一两小声，心里说不出来的难过。平牧乾也撑不住了："他怎么还不来呢？"

她这一句，其实是与易风的话完全一样，可是由她口中说出，大家立刻都心软起来，一齐把关切与盼望全表现在言语中；话很多，都不很扼要，可是彼此间增高了同情，像兄弟姊妹那样互相安慰，而且把抱怨曲时人改为悬念与不放心。

大家正在这么嘁嘁喳喳的乱说，曲时人突然走到他们面前，使他们惊喜，一齐发问，并且一起的拉住他的手与臂。

3

到了洗宅，已差不多是九点钟了。

洗桂秋——曲时人的朋友——的脸俊美得使人害怕，像电影中以风流漂亮驰名的软性男明星那样可怕。明亮的眼，雪白的牙，光泽香润的头发。使人惊异的细嫩白皙的皮肤，加上最讲究的西装，再加上最高傲的浅笑，与最冷隽的话语——句子短，音声甜脆；他自头至脚无一处不显出目空一切，超众出群的神气与配合这神气的修饰。

屋中的摆设布置，都非常的雅洁得体，好像每一件小东西都在感谢它的主人的恩惠而竭诚的为主人服务与捧场。那浅灰地翠竹花样的地毯，像用那些细润绵软的毛儿捧着他的脚，叫他每个脚趾都落得舒服合适；别的物件也都这样从主人得到光荣，然后竭尽才力的散映出效忠的光辉。

曲时人的胖脚首先把地毯上的绿竹叶盖上了两个大脚印，洗桂秋的眉微微的一皱。他——曲时人——没看见这个皱眉，仍然热烈的，真诚的，唠里唠叨的给大家介绍：

“厉树人，学哲学的，好朋友；平牧乾，艺术家；金山，才子，什么也不学，什么也都会；易风，英文学系二年级，直爽可爱！洗桂秋，我的好朋友，思想最激烈不过！”

“哪里？坐，坐！”洗桂秋手中松松夹着的烟卷轻巧的向沙发上点动。

大家的手，脚，与心，几乎完全没有地方放。脸上的泥，鞋上的土，衣服上的血迹与泥污，本来就足以使一个青年自惭形秽；而这些又是放在这么明洁的环境中，他们觉得那沙发上是有些刺。特别使他们难过的是洗桂秋，他们的装满了忧郁悲愤的心里，万没想到在这个破乱的国家里还能有这样的人存在。由自惭渐渐的变为厌恶对面的那个明星型的青年，他们愿意立刻回到破庙去——那里最宜于他们，正像这里最宜于这个明星少年。平牧乾极慢而坚决的把脚藏起去。金山却故意的把两只满是脏土的鞋伸出来。冼桂秋的眼角瞭到了这只鞋，可是轻快的转向平牧乾去：

“妹妹就来陪平小姐。”他的头微微一点，腮上可有可无的现出一点点笑意，而后把香烟放在唇边，扬起头想着一点什么。

“我们——刚才不是告诉你了？——还没吃饭！”曲时人绝对的不管什么是应有的客气，或者几乎是故意的假充乡下佬，假如他也会假充的话。

“就来，就来！”冼桂秋向大家说，表示出鹤立鸡群的气概。然后横过腕子来，肘平，头微偏，用看不看并没多大关系的眼神找到手表。“还早，刚九点。我一向是十点左右吃夜饭的。”

仆人进来献茶。

“先吃杯茶，饭后有咖啡。”然后，冼桂秋的眼仍看着大家，而语声低重了些，表示出是向仆人发令：“去请妹妹！”

仆人像个懂得规矩的大猫似的，轻巧的走了出去。

4

冼桂枝没有她哥哥的俊美。脸上分明是费尽了工夫修饰的，可是并没有多少美的效果。眉画得极细极弯，头发烫得非常的复杂，蓝眼圈，红嘴唇；可是眼睛没神，鼻子小而不很秀气；使人觉得那一番修饰有些多此一举，而那又恰好是她自己的事，不便多口。或者她自己也略微知道点这个情形，所以把衣服裁缝得极讲究，还随时的做出许多灵动的身段，要用风度补救姿色上的缺陷；假若这还无济于事，她最后的一招是用娇贵傲慢去反抗着一切。

一进屋门，她便奔了平牧乾去，用极娇婉的声音，和最柔媚的姿态，坐在牧乾一旁，向她亲近。说了些话，看过了自己的细白手指，又拉好了膝上的衣褶，她才向大家淡淡的一点头，似乎是不屑与他们这群脏小子过话。她的哥哥也就没张罗给她与大家介绍，仿佛大家必会理解她是他的妹子，而大家是谁便无须叫她劳神了。

坐了一会儿，她把牧乾拉走，去梳洗梳洗。

她们出去，大家想不出有什么话可讲。曲时人既是介绍人，本想说几句，省得发僵，可是连乏带饿，他止不住的打哈欠，落着很大的泪珠。大家，像受了传染似的，也都跟着张开了口。他们恨不能立刻歪在沙发上，睡去；饭吃不吃已似乎没多大关系了。可是他们必须勉强挣扎着，因为酸困的眼前，还有那么一位俊美的明星。他们几乎忘了他是谁，但又必须承认他有一种威力与优越，不能在他的面前太随便了。这种勉强的挣扎，使他们感到非常的苦痛，好像是受着一种非刑。

好容易，她们回来了。平牧乾的脸上也擦了粉，发上抹了油。洗桂枝懒懒的对桂秋一笑，似乎是说："看我多么有本事，连个逃难的女子也能被我打扮得怪水灵的！"牧乾的确是很好看，桂秋对她更客气了许多，就是厉树人们也好像忽然看见了一个新女友，把困意消失了一些。同时，他们又想要责难她，不该任着桂枝摆弄。看看俊美的牧乾，他们几乎要害怕起来，生怕她不再与他们同行；虽然她若不去吃苦受罪，也并不是不可原谅的事。

5

饭后，大家的精神壮起来好多；虽然还很困乏，可是可以勉强支持一会儿了。饭食很好；惟其因为很好，所以倒引不起大家的感谢。他们根本看不上洗家兄妹这种生活，他们的心完全没在饮食起居上，他们是流亡的学生；亡国的滋味不是一顿好菜饭所能改变的。

假若洗家兄妹真要得到感谢，那只有一个办法——允许他们快快去睡觉。可是，桂秋早已决定好要和他们谈一谈，叫他们知道他是何等的高明与激烈。吃了他的饭，就必须听听他的议论，这是一种责任。他们困？他有煮得很浓很香的咖啡，给他们提神。

喝过咖啡，他们的眼都离离光光的睁着，身上酸软，可是心里离心离肝来了一股飘摇不定的精神。连洗桂枝没有精神的眼也放出一些兴奋的光儿来。洗桂秋点上了长大香贵的雪茄，喷了一口烟，向大家抿嘴一笑：

"时人，请告诉我，你们几位都站在什么立场上去救国呢？"他把"救国"两个字说得特别的不受听。

曲时人一时答不出话来。扁脸的，心直口快的易风开了口：

"以我自己说，我没有什么高明的见解。立场？我看把我所有的力量拿出来，直接的或间接的去杀几个敌人，便是我的立场。一个兵，只能流出他所有的那些血；但是每个兵若都能为国流尽他的血，便是肉做的长城。别的，我不知道，也不想知道！"

桂秋看着雪茄烟的头儿，嘴角渐渐向上兜。等易风说完，他假笑了一下：

“假如咱们也都像兵们那么简单，咱们的血也不过是白流在地上，对谁也没有好处！”

“你说应当怎办呢？”易风赶着问。

“我们必须有我们的政治的立场与信仰。”桂秋的脸上一点笑容也没有了，语气非常的坚决。“假若在最前进的理论与信念里，流尽我们的血，我们的血便没有白流；反之，我们只是自杀。在最前进的思想里，救国等名词是凡庸，为国舍身是褊狭。最有意义的流血，也许无益于国家；国家灭亡，也许正是真正和平的实现。”

“假若明天敌人来到这里，”金山的圆眼放着攻击的光儿，“你怎么办呢？”

桂秋又笑了，可是轻蔑的：“崇高的理想和琐屑的现实中间，有个很大的距离；我不愿为自己顾虑什么。”

“你也不为被杀戮奸劫的同胞们顾虑什么？”金山的眼光好像要钉入桂秋的肉里去。

桂秋冷笑起来：“老实不客气的讲，我实在不愿听同胞这一名词，同志似乎较好一些。假如同胞们被日本人杀掉，而同志可以乘机会发挥战斗力量，那也无所不可！”

“你们说点别的好不好？”桂枝皱着眉，纵着肩，极娇弱婉转的说：“说点，比如，戏剧与电影。噢，牧乾，明天咱们去看电影好不好？”

牧乾笑了笑，没说什么。

“这倒是个困难，”桂秋用雪茄指着他的妹妹，“日本要是真到了这里，咱们可就没有电影看了！”

“你老是这样吓唬人！”桂枝极敏捷的立了起来，噘起来鲜红的嘴唇。“我已经愁了好几天！万一日本来到，咱们得逃走，咱们的东西怎么带走呢？”

“有钱，哪里也有东西，我的小姐！”桂秋真的笑了，似乎他很爱他的妹妹。然后，他急忙的板起脸来，向大家说：“仇恨是军人与军人之间的，谅解是人与人之间的；把国家观念放在一边，用不着流血呢，心中就非常的静朗；必须流血呢，效用就更大，至少大于为国报效。”

“你看，我们几个都应当——”曲时人老老实实的问。

“应当把热心放在冰箱里去冷一冷！”桂秋因为得意，把烟灰落在了地毯上一堆，想低头去吹一吹，又不屑于，心中颇为混乱。

"成个冷血动物？！"金山楔进去一句，也很得意。

"热血的小国民，冷血的世界革命者！"桂秋的眼扫射着大家，似乎等待着大家给他鼓掌。

厉树人忽然立了起来："对不起，我们若能睡在这里，现在就是睡去的时候了。我们太疲乏了。"

"咱们先走，"桂枝扯起牧乾来，而后向大家一扭脖："Goodnight—"

"那么就明天再谈，"桂秋有些失望。"明天十一点吃早餐。时人你喊一声赵元，他会带你们去休息。"他慢慢的立起来："可千万别走，明天咱们还得畅谈！吃住都不成问题，家里很有俩糟钱！还有，在我这里说什么激烈话也没有危险；阴城那帮官吏还不敢来捉拿我！赵元！"那个猫似的仆人已立在门外，"明天预备好各位的牙刷毛巾，牙刷要那种中间凹下去的，毛巾要先用开水烫好。"

金山想故意的说，他可以不刷牙洗脸；刚要张嘴，厉树人拐了他一肘。

6

曲时人几乎是把衣服还没脱完，就睡着了。

金山因咖啡与刚才说话的刺激和兴奋，连串的打哈欠，而睡不着。听见厉树人在床上翻身，他问了句：

"树人，刚才你为什么一言不发？"

"有什么可说的。他什么都有，只欠一点前进的思想，所以就拿思想做个玩艺儿耍耍。思想，有两本书就够说半天的；卖命，可是得把所有的一切都牺牲了。一个殉国的壮士，哪怕他一个字不识呢，是和圣人有同等价值的。跟他——桂秋——有什么可说的呢？他要跟咱们讲理论，理论永远讲不完，而敌人的炮火并不老等着我们。理论永远越讲越分歧，而战争需要万众一心——军队里只有命令，不许驳辩。"

"假如敌兵真来到了，你看他怎么办？"

"他会上香港去讲立场去！"

"咱们明天怎办呢？"

"快睡，明天早早起来，再想办法。"

"喝了咖啡我就睡不着，这小子真损！"

厉树人没再言语。

第五

1

他们五个人之中，要算金山的思想最激烈。正像曲时人所说的，他什么也不学，什么也都会。在学校里，同学们呼他为才子，教师们不敢惹他。他知道自己聪明，所以讲堂上的功课，他不大去听，不管那些功课对他有用与否。他专念讲堂上不讲的新书；把新书读厌，或是读不通了，他便去读些冷僻的书，作为消遣。这些冷僻书的阅读差不多是使他成为才子的主要原因。那些书并不奇，而冷僻没人肯去念；他并不渊博，但能利用这些冷书突击教授们，使教授们没法开口，惶愧的自认学疏才浅。金山便成了才子。至于他读的那些新书，别人也曾读过，并且别人读得或者比他还仔细还清楚。因此，他只能在举止行动上表现得更放荡不羁，比别的同学都多着一股“新气”，假若不能比他们多着些新知识与新思想。

他并决无意取巧，用最小的劳力取得最大的成功。不，他不是这样的人。他只是沿着青年好胜好奇的心，把自己的聪明老挂在最明显的地方；慢慢的，自己想改变态度也无从转过弯子来，只好就那么一直的下去，于是不能不自信自负，聪明的上面涂饰上一道狂傲的颜色。

可是，他看见了。他看见了城头的太阳旗，看见了路旁的死尸，看见了学校变成敌人的军营。他那些新书，经解除了武装的保安警察的劝告，都一把火烧完。图书馆那些冷书，再也不给他以摸住书皮上的尘土的机会；图书馆已全关了门，而善本的图书已被日本强盗用卡车拉了走。什么都没有了，他成了亡国奴！新思想么，新姿态么，才子么，革命青年么，都是废话；要救国，得简单得像个赳赳武夫；血肉是真的，只有牺牲了血肉才能保住江山，别的都是瞎扯。是的，他一时不能完全改变了他那狂傲的态度；可是，在心里，他不能不把爱国的热情代替了空洞的自负。

在平日，他必定会和冼桂秋这样的人红了脖筋的驳辩，或变成顶好的朋友；今天，他简单的凡庸的问冼桂秋："假若明天敌人来到这里，你怎么办呢？"因为他看见了亡国的事实，尝到了亡国奴的滋味。

他决不想和冼桂秋交朋友，他愿意急快的离开冼家。

2

平牧乾学绘画，都只是因为考不上比艺术学院入学试验更难的学校，她并没有艺术的天才。她好看，她温和，她的人比她的绘画成绩好的多，她不故意的去浪漫，但是也不完全拒绝艺术学院里一般的小故事与派头。出自小康之家，她自己承认是位小姐；入了艺术学院，在小姐上自己又加上"最摩登的"。

仗着自己的青春与俊秀，她不为将来想什么，今日的美貌与快活直觉的使她预料到来日的光明与享乐，所以用不着顾虑与思索，春天的鸟是只管在花枝上歌唱的。

家在天津东局子飞机场附近，断了消息，她也不敢回去。一两天的炮火，使她变成个没有家的女郎，没有国家的国民。一两天的工夫，使她明白了向来没有思虑过的事情。平日，她与国家毫无关系；照镜描眉是世间最有意义的一件事；今天，她知道了国家是和她有皮与肉那样的关系。她不敢回家，不能回家，也不屑回家，她须把"小姐"扔得远远的，越远越好；她须把最摩登的女郎变成最摩登的女战士；眉可以不描，粉可以不搽，但枪必须扛起。

冼桂枝的享受自然又比平牧乾丰富的多，但这只是程度上的不同；要在平日，平牧乾是颇可以与冼小姐心气相通，结成腻友，在一处讲讲服装，谈谈恋爱的。现在，平牧乾可是没有这个心程；反之，她看冼桂枝有点奇怪。冼桂枝让她搽粉，的确是巴黎的真品，香细柔润；可是搽在脸上，她觉得极不自然，好似流亡了几天，她已经忘掉搽粉这回事。她，她也不愿留在冼家。

3

易风是个贫家出身，仗着几个朋友的供给，才能在大学读书。接受友人的帮助，他深深的明白何谓贫寒，与何谓同情。他简单直爽，有一颗纯洁热烈的心。一方面读书，一方面他留意社会上种种的不平等，想在毕业后献身社会，竭尽心力去减除人与人间的隔阂与等级。在不知不觉中，他是个社会主义者，至少他比金山更激烈更真诚一些，虽然在理论上他讲不过金山；金山是从理论上得到信仰，易风是在体验中决定去奋斗。

在北平西郊，他曾看见洋车夫自动的义务的去拉伤兵，曾看见村间的老太太把家中的末一块饼子，送给过路的弟兄吃，曾看见卖菜的小伙子拾起伤兵的枪向敌人射击……在这些事件里，他深信平民是真正爱国的，国家的兴亡是由他们决定。他自己也是个穷人，所以他自傲，并且决定去仿效那些诚朴勇敢的平民，把血肉牺牲在战场上，证明他不是贪生怕死的富家公子。他看不起洗桂秋，厌恶洗桂秋；假若不是过于疲乏了，他宁可在露天地里睡一夜，也不愿接受洗桂秋的招待。

4

曲时人不像易风那么穷，可也不很宽绰；在学期初交一切费用的时候，有时候就须转磨为难。父亲是个老举人，深盼儿子毕业，去做个小官。自幼儿被这种督教希冀包围着，曲时人几乎没有过青春，老是那么圆头圆脑的，诚诚实实的，不对任何人讲他有什么志愿，而暗自里常常想毕业后怎样结婚，怎样规规矩矩的去做事。他绝对不浪漫，同时也就不惹人讨厌。谁都对他不错，谁对他也不重视，在各种集会与团体里，他永远是个无足轻重的基本人员——他永远担任庶务或会计，事情办得相当的好，而对于会中的计划与大事不十分清楚。

敌人的飞机与炮火把他吓醒：国破家亡，闭上眼再也想不出他将来的太太，与将来的职业；这些稳当安全的想象，都被炮声打得粉碎。亡国奴是没有任何希望的。假若他必须达到那小小的志愿，他得倒退几十年或几百年，活在太平世界里——这不可能。目前要打算生存，他得放下那个老实的梦，而把青年的血溅在国土上。要不然，他就须低头屈膝去做汉奸，混两顿饭吃。他还不这么愚蠢。

他的父亲和洗桂秋的父亲有相当的交情，洗家老人虽已去世，可是曲家老人还愿儿子与洗桂秋维持着父辈的友谊，以便对儿子的前途有些好处。在平日，曲时人并想不起洗桂秋会对他有什么帮助，因为自己的志愿既不很大，当然就无须乎格外的拉拢阔人，像洗桂秋那么阔的人。现在来到洗家，只是为大家的方便，他并没有长久住下去的心意。他心中那些小小愿望既已破碎，现在是用着些不十分固定的，比较远大的志愿来补充。他说不出来什么漂亮的话，可是心中像棵老树似的发了新芽。他愿随同着这几个新朋友去挣扎，即使他自己不怎么高明，他相信这几个朋友是可靠的，必能把他引到一条新的路上去。

5

厉树人是天生下来的领袖人才，他知道在什么时候应当动作，在什么时候应当缄默。有时候，他管束不住自己，那只是因为青春与热血的激动，使他忘了控制：但在这种时候，他自有一种威严与魄力，使人敬畏。

在心里，他很愿安静的研究哲学，不多管闲事。可是他的气度与聪明，几乎是他的不幸；到时候就会有人找他来，求他指导什么工作。同时，这种义不容辞的事务，往往叫一些愿做首领而不肯受累负责的人们在他背后嘀咕，说他有野心有阴谋，把他的诚实看作虚伪，精明看作诡诈。因此，他在不去与他们计较的宽大中，更想去多读些书，少做些事，他没有必成个学者的志愿，可是也不愿把时间都花费在办事上。这种避免无谓的牺牲，与自觉缺乏任劳任怨的精神，又每每使他苦恼。有时候他甚至于显出抑郁。

平津的陷落矫正过来他的抑郁。他认清中国人——即使是大字不识的——有一种伟大的哲学作他们举止行动的基础；不识字的只缺欠着些知识，而并非没有深厚的教化。那受过教育的倒可以去做汉奸，原因是在有哲理而不能在行动上表现出来，他们所知道的不就是所能做到的。在这一点上，受过教育的倒有临难力图苟全的行动，而没受过教育的却见义勇为，拼命杀上前去。他自己是研究哲学的，他当首先矫正这个错误；国难当前，而缺乏在行动上的壮烈与宏毅，是莫大的耻辱。他必须任劳任怨的去做事，生也好，死也好，伟大的国民必须敢去死，才足以证明民族的文化有限，才足以自由的雄立于宇宙间。设若空有一套仁义礼智的讲章，而没有热血去作保证，文化便是虚伪，人民便只是一群只会摹仿的猴子。

他不屑于和洗桂秋谈什么，洗桂秋不过是个漂亮的猴子而已。

6

几天的辛苦，使他们睡得像几块石头；洗家的床铺是那么干净柔软呢。

一觉睡到天明，像要抓早赶路似的，他们都不敢再放心去睡，虽然不大舍得那柔暖的被窝。忍了一会儿，朦朦之间听到街上一些声音，他们决定起床。再睡下去似乎是可耻的事。连睡得最迟的金山也不甘落后，楞楞磕磕的坐起来，打着酸长的哈欠。

他们找不到水，又不愿去喊仆人——洗家的仆人一向是到八点多钟才起床的。好在不洗脸已算不了什么严重的事，他们开始低声的商议。每个人似乎都已把话预备好，一开口大家便都表示出不愿在洗家多住。这个，用不着怎样细说，彼此都明白其中的意思。

可是，到哪里去呢？这是个严重的问题。若是大家要为自己找个安全的去处，或者倒容易解决；他们是要马上找到工作，救国的工作——假若不是为尽个人一分力量，去参加抗日的工作，大家何必由北平跑出来呢——这却很难！

“不要乱讲！”厉树人像主席似的阻止大家。“我们须一项一项的讨论。先决定我们是必须在一处呢，还是分散开，各自找各自的工作呢？”

谁也不肯发言。静了一会儿，都慢慢低下头去，不敢相看，恐怕落出泪来。

“是的，”厉树人低声的说，“分头找工作，比较容易。可是谁也舍不得朋友。我们没有了一切，只有这几个朋友，虽然是新交的。不过呢，我们的才力不同，而同时在一处找到工作又十分困难，也就只好分头各自奔前程了，虽然这是极难堪的事！”

“我不愿离开你们！”曲时人含着泪说。“不愿离开你们！”

“愿不愿可不能代替行不行！”金山勉强的笑着。

“假如有什么训练班，我们不是可以一同加入吗？”易风想给大家一点希望，以减除些马上就要分离的苦痛。

“我不能去受训！”金山坚决的声明。“去卖命倒痛快！”

“那可见受训比卖命更难，更重要！”树人方硬的脸上透出点笑容。“不过，那要看是怎样的受训。假若教我们去读两三个月的历史与地理什么的，就是白糟蹋工夫，而我一点也不敢保险，主办训练班的人就不把历史地理排进功课里去，而把一切要紧的东西都放在一边。”

“我看这样好不好？”曲时人唯恐大家嫌他多说废话，所以语气极客气：“今天咱们先分头出去打听打听，晚上聚齐，再决定一切。”

“这就是说，我们至少还可以多在一块儿一天，甚至于两天，是不是，老曲？”金山笑着问。

曲时人的脸上红了些，答不出话来。

“可以，”厉树人很郑重的说：“这也是个办法。不过，附带着就出了好几个问题：晚上我们上哪里去住？今天一天的饭食上哪里去找？平牧乾是否还随着我们？我们是否一定得留在阴城？是不是可以一边访工作，一边去进行食住问题，假若必定留在阴城的话？”

“叫平牧乾留在这里，咱们找得着事与否，都别叫她跟着受苦，”易风干脆的说。

“近乎污辱女性！”金山插进一句。

“先叫易风说完！”树人向易风点了点头。

“我们马上出去，不必和洗桂秋告别，省得废话。”易风越说越坚决。“晚上六点钟一齐到破庙去。有人找到住处呢，大家一同去；谁也没找到呢，便住在破庙里，至于今日的饮食，那就凭天掉了；我宁在街上要点吃，也不再吃洗先生的饭！在找工作的时候，为自己找到，便马上决定，不用顾虑大家。为大家找到，须回来商议一下。”

“我看这办法很好！”曲时人赶着说，恐怕说话的机会被别人抢去。“我还有个小计划，小计划：我把这件大褂，”他扯着衣襟，叫大家看：“当了去。哪怕是当几毛钱呢，大家好分一分，省得饿一天。本来可以向桂秋借几块钱，不过大家既都讨厌他，我也不便去开口。你们在这儿等我，等我把大衫入了当铺，拿回钱来，再动身。”没等别人发言，他已把大衫脱下来，往外走。走到屋外，他又找补了一句：“当铺开门很早，我很快的就能回来！”

7

曲时人走后，他们三人停止了谈话，虽然还有许多话要说。他们并没为那件大衫发愁，在这种时节，多或少一件衣服简直没有任何关系。他们的静默无言，似乎是欣赏着由当大衫这件事而来的一种生活的美丽——新的美丽，像民族史中刚要放开的一朵花那么鲜，那么美。这花是血红的，枝粗瓣大，像火似的在阳光下吐出奇香。这种美丽绝对不是织巧温腻，而是浩浩荡荡的使人惊叹兴奋，与大江的奔流，怒海的狂潮，沙漠中的风雪，有同样的粗莽伟大。他们感到一种新的浪漫——比当大衫这样的牺牲要大到不知多少倍，几乎是要拿生命的当作炮弹，打出去，肉成了细粉，血成了红雨，显出民族在死里求生的决心与光荣。

等到快七点半了，曲时人还没有回来，他们有点坐不住了。金山首先发了言：

“我不等了，一两毛钱有什么关系呢！”说着，他就要往外走。

“听！”易风拉住了金山。

“空袭警报！”厉树人的眼睁得很大，几乎大得可怕。

8

多年在梦里的阴城，像狼嚎似的啼起来，呜——呜——呜——粗细的声音搀在一起，引起空前的混乱。阴城的人久已纳过防空捐，而丝毫没有防空的设备与训练。警报一响，没有一个人知道怎么办才好。街上，车都挤在一处，谁都想跑，谁也跑不开。巡警拣着洋车夫与小贩们，用枪把打，用鞭子抽，没用。铺户的人们七手八脚的把刚卸下的门板又安上，而后警惧的，好奇的，立在门外，等着看飞机。行人们，有的见了鬼似的乱跑，有的扬着脸把一只老鹰误认作飞机，热心的看着。上学的小学生吓得乱哭，公务人员急忙的拨头往家中跑，卖菜的撞翻菜挑，老妇女惊瘫在路上……战争已到了头上，怎么这样的快呢？日本兵不是在天津附近打呢吗？阴城，整个的阴城，颤抖着这样问。

街上混乱，小巷里也挤满了人。大家指手划脚的乱问，眼望着天空乱找。有的想起上学去的孩子，有的去寻上街买菜的老太太，哭着闹着喊着，还夹着不少声的蠢笑。出来的又进去，进去的又出来，哪里都不安全，生死全难料想；保佑保佑吧，有灵的菩萨与娘娘！

这里没有愤慨，没有办法，没有秩序，没有组织；只有一座在阳光下显着阴暗腐臭的城，等着敌人轰炸。

紧急警报！只有这几个警笛像是消息很灵通，开着玩笑似的给大家以死亡破灭的警告。呜——呜，呜！没有任何作用，除了使人惊慌，使人乱跑，使汉奸欢跃。

冼桂秋一向是十点多起床的，也被惊醒。披着大花的印度绸装梳袍，趿拉着漆皮的拖鞋，找了厉树人们来；人多，好壮一壮胆。脸上没有一点血色，嘴唇不住的颤动，他坐在一张床上；手里拿着根香烟，顾不得点着，慢慢的被捏扁。

忽，忽，忽，空中有了响动。冼桂秋全身都哆嗦起来。屋门忽然开开，曲时人满头热汗跑了进来："敌机到了！"说完，把一张当票裹着的几毛钱扔给了厉树人。

"我们唱义勇军进行曲，"金山挺着胸说："一，二！"

"别！别！"洗桂秋的手哆嗦着，向大家摇摆："别唱，叫飞机听见还了得！"

金山哈哈的笑起来。"再有十个人唱，上面也听不见！"可是，他也没再督促大家歌唱。

飞机的响声越来越近，越来越大，似乎把整个的天空都震动得发颤，使太阳失去光辉，使蓝天失去晴美，人人的头上顶着危险与死亡，在晴天白日之下无可奈何的等待着生命的破灭。忽，忽，忽，近了，越来越近了！大家停住了呼吸，整个的阴城把生的希望与死的危险紧紧的连在一处；机声越响，生的希望越稀薄，死的黑影越深厚，想象的听到爆炸，看到血肉飞腾，火光四起，人间变成了地狱！机声稍小了，稍远了，生的希望又大了些，惨白的脸上开始有点表情，像噩梦初醒那样的惊疑不定。

咚！咚！咚！"投弹了！"在每个人的牙缝中吐出。地动了几下，窗子像被个巨人摇动着那样乱响，树上的秋叶雨似的往下落。人人晓得了战争，知道了在空中杀人的是日本，在生死关头明白了许多的事；这不是梦，这是战争，是残暴，是破坏，是无可逃避的——即使像兔儿似的藏起去，炸弹是会往地下钻的！

9

解除。金山催动大家："还不该走吗？"

"你们上哪里去！"洗桂秋楞楞磕磕的问。没等他们回答，他接着说："都别走！我马上去收拾行李，咱们一同走，上香港，九龙，桂林……随你们的便。我心脏衰弱，受不了这样的刺激震动！"

"我们出去找些工作，"厉树人不想揶揄洗桂秋，因为欺侮一块豆腐是没什么意思的。"敌人的炮火是要我们的血肉挡住的，我们不能去找安全，倒必须迎着枪弹走！我们谢谢你的招待，再见！"

"你们不回来了？"洗桂秋惊异的问。

"不回来了！"还是厉树人回答的。

"无论怎样，你们今天晚上必须回来，我央求你们！我不再说逃走，行不行；”冼桂秋往日的骄傲已经丝毫不见了。“你们回来，我跟大家商议商议；按着你们的办法商议些——”

“救国的工作。”金山给他补上。

“——对，工作！”

“怎样？”厉树人的大眼扫视着大家。

“回来就回来，好在——”曲时人既不愿使冼桂秋过于难堪，又不愿自己泄气，想不出满意的词句来。

“好啦，晚上还回到这里！”易风痛快老到的说，仿佛还有点赏给冼桂秋好大脸面的意思。

第六

1

经过空袭，阴城的官吏不便于再稳稳当当的坐着了。地位高的，早已把家眷送走，开始盘算自己的安全。中级官儿之中还有没把家属安置好的，觉得太粗心大胆，怪对不住父子兄弟，所以急急的计划，而且要把计划马上实现。低等的官员看到上司们这样对家庭负责，这样紧张，自然觉得惭愧，假若不热心给家人和自己的安全想一想的话。可是他们无权无钱，怎能走动呢？于是有的去求签，有的去问卜，算算阴城有无极大的危险；假若没有全家死灭的灾患，那就暂且不动，也不算对不起一家大小。

阴城的神仙与卜家几乎一致的断定，阴城绝对没有大险，而且一入冬还要有些好消息。这种预言使许多人放了心，暂且不用慌急。可是也不妨相机而动，若是能走，总以不十分迷信为是。

火车，汽车，马车，电报局，旅行社，转运公司，银行钱号……几乎完全被官员们和官员们派去的人占领，忙成一团，简直没有人民挤上前去的机会。因此，人民就特别的着慌，看火车与公共汽车上不去，便雇驴或独轮的小车，往山中或乡下去避难。那实在想不出办法的，只好看着别人忙乱，而把自己的命无可如何的交予老天。政府不给他们任何指示，任何便利，他们只有等着炸弹落下来——但求别落在自己的头上。他们既不想向政府说什么，也不去想敌人为何这样欺侮他们，因为政府一向不许他们开口；口闭惯了，心中也就不会活动；他们认为炸弹的投落是劫数，谁也不负责任。

他们听到一个消息：阴城的政府一定会抱着保境安民的苦心，不去招惹小日本。就是不幸而日本兵来到——不，根本就不会来到！即使是非来不可吧，也绝对不会杀人放火，因为日本与阴城政府很有些交情。这次的空袭，据说，是日本飞机看错了地方——也难怪呀，飞在半天云里，哪能看得那么准呢！以后，飞机是不会再来的，敢保险！这个消息和神签等一对证，正好天心人心相合，惊恐自然的减去一大半。

在这种纷乱，关切，恐慌，自慰之中，大家几乎忘了城西刚被炸过的那回事。在那里整整齐齐的房屋，老老实实的人民，突然几声响，一阵烟，房子塌倒，东西烧毁，吃奶的小儿忽然失了母亲，新结婚的少妇失掉了丈夫；在二里以外，一只胳臂落在街心，不晓得是谁的。死的，有的炸成粉末，有的被砸成血饼。活着的，没了家，没了父母或手足，没了衣服，没了饮食，他们随着那几声巨响，一头便落在地狱中。他们想不出任何方法，只有啼哭与咒骂。哀痛迷乱了他们的心，没工夫去想这祸患的所由来；冲口就骂出来了，不知道骂的是什么，骂的是谁。有的呢，抱着半爿尸身，或一条炸断的腿，哭得死去活来，哭得不能移动，四肢冰凉。

他们叫骂嚎啕，并没有人来安慰；阴城的良民是不敢来到不祥之地看一看的。在轰炸后两三点钟，来了几个巡警，安详地问他们的姓名，籍贯，性别，职业，年岁，似乎是来调查户口。

只有一个人同情于他们，而且想向他们说明：这就是战争，残暴，灭亡。为保全自己的性命，逃到哪里也没有用，飞机比人腿跑得快，快得多。把眼睛睁开，心放大，从这片血腥与瓦砾想到全城全国，而迎杀上去，才是聪明的办法。啼哭没用，要愤怒，要报仇。他想告诉他们这些好话，可是他知道一个个的泪人儿，决不会听任何人的言语。他必须先给他们做些什么：不要再哭哇，里边还许有人，一齐动手来挖呀！他首先动了手，拾起一根房椽当作铁锹。大家止住了泪，找来家伙，拼命的，疯狂的工作。两个小姑娘，一个中年的男人，被掘了出来，都只受了些微伤，两个小姑娘是在一张八仙桌底下，而几根椽柱恰好在桌面上交插起来。她俩爬出来就找妈妈，可是她们的妈妈连骨头也碎了。这个，引下大家的新泪。大家此时是静静的悲泣，已不再疯了似的狂嚎。那个人——就是曲时人——想到，这是可以讲话的时候了。

2

曲时人不是个善于讲话的人，他不会把大家都集拢来，高声的动人的说得有条有理。不，他不会。他只是对着两三个人慢条斯理的，亲亲切切的讲他心中临时所想起来的话。与其说是他的言语，还不如说是他的诚恳的态度，渐渐的把大家都招到一处来。他头上的汗，是为他们出的；衣上的灰土与血点，是为他们帮忙而弄上的，他们知道，所以他们也相信他的话。大家把他团团围住，他的话慢慢的把他们的心思由目前的灾患，引到更远大的事情上去，他们点头，他们怒目，最后，他们喊叫起来。他们把眼泪收起，看着塌倒的房屋，血肉模糊的尸首，他们恨，恨得把牙咬紧。恨是没用的，他们要想法报复；泪与逃，恨与怨，都是消极的；他们需挺起胸来，联合到一处，杀上前去！杀！打倒日本小鬼！

曲时人同着他们这样喊叫。他劝大家不要哭，可是听到自己与大家的呼声，他不由的热泪直流；一些悲愤，痛快，同情，无法管束住的热泪，由脸上一直的落到那肮脏的小褂上。

这时候，那几个只会调查户口的巡警又回来了。听见大家的呼喊，看见曲时人在那里向大家说话，他们极快的下了结论，这是煽动民众，扰乱治安——阴城的巡警对于这项罪名记得最熟，哪怕街上两个洋车夫吵嘴也可以拿这个去定罪。他们马上把大家驱逐开，把曲时人的胳臂揪住。曲时人莫名其妙；他根本不想抵抗，因为他知道自己是老实人，说的是老实话；他只问了句：“干什么？”

这三个字好像有毒似的，刚一到他们耳中，两个嘴巴已打在曲时人的脸上。曲时人本能的移动着脸，胳膊上的手立刻像铁一般箍紧，这是拒捕！不由分说，像扯着条不听话的狗似的，他们把他扯走了。

3

冼桂秋服了一剂补脑汁之类的补品，虽然飞机的声音还在他那娇贵的脑中响动——这些响声得至少在他脑中存三四天——可是脸色已不那么惨白了。他决定要破例忙上一天，不等厉树人们回来，他需拟好个工作大纲；他相信以他的思想与聪明，必能叫他们这群小子们瞠目结舌而后低首下心的奉他为首领，照着他的工作大纲去操作。

已吸过五支香烟，他还没想起来一个字——飞机真可恨，还在他脑子里呼呼的响。换上一支雪茄，看着那缓缓上升的蓝烟，口中咂摸着那香而微甜的味儿，心中的确安静了一些。啊，对了！先办个刊物！这就用不着怎样细想了，自己出钱，自己做编辑——苦一点！谁去管他！他笑了一笑。会计，曲时人。插图封面，平牧乾。厉树人，金山，易风，妹妹桂枝，分担——不，还得找上几个，基本撰稿员至少得有十几个。匆匆的把这些都写在纸上，字很大，一会儿就写满了一张纸。名称，宗旨，刊期……他的头有点发晕。立起来，无聊的立了一会；慢慢的走到院中，背着手来回散步；似乎非常的有意义，这样的散步。

“哥哥！”桂枝低声的叫了声。

桂秋心中有许许多多的虚伪，他却千真万确的爱他的妹妹。可是妹妹这样打断他有意义的散步，使他有点不快，几乎是发怒——或者因为空袭的震惊，他的神经已受不住任何的一点别扭。他不愿这阵儿有任何人来打扰，连妹妹也不能除外。

可是平牧乾在桂枝身旁，向他点了点头。他没法发作，也根本不想发作了。平牧乾的美丽仿佛使他对妹妹有点冷淡，冷淡的宽恕了她。

“什么事？”他问桂枝，然后把笑脸送给牧乾：“平女士没吓着？”

牧乾微笑了一笑。

“你这个人！”桂枝娇声细气的说：“既是不想主意逃走，总得找人挖个防空壕吧？你什么事都不管！等着吧，等炸弹掉在你的脑袋上！”

桂秋没有说什么，只淡淡的一笑。桂枝生了气：“不理你了！咱们走，我去打电话找瓦匠来，我不能陪着你叫炸弹炸成灰！”噘葵着嘴，桂枝扯着牧乾，欲忙而更媚的往回走，走了几步，她又立住，回头向哥哥说：“你爱听不听，反正我尽到我的心告诉你。刚才听说城西炸坏了一片房，死了不少的人，你怎么不送点钱去，救济救济他们呢？一天到晚老坐在房里瞎想，一点正事儿不办！没办法，真……得了，我不愿再说什么！”

桂秋正要用嘲弄的字句反驳，那个猫似的仆人极规矩的走来回话：“祥厂的冯掌柜来了，见不见？”桂秋本想拒绝，可是不便在平牧乾眼前显出自己的高傲来，很勉强的点了点头。

“你就告诉老冯给挖防空壕好了！”桂枝说完，依旧立在那里，似乎还不放心，而要等着冯掌柜进来，亲自告诉他。

冯掌柜是自从一学手艺，直到如今——已有五十多岁了——始终没有和冼家断过来往。冼家有瓦木活，总是由他承办，冼家有婚丧事，他也像老朋友似的来庆吊。即使没有任何事情，他一月也要来看一两次。五十多岁，紫脸堂儿，老带着几分醉意，笑得非常的亲热随便，而心里很有尺寸。

“小姐也在这儿哪？好哇？早晨没叫飞机吓着哇？！”老冯对桂枝说着而不住的向桂秋点头。

“我说老冯，赶紧派人来做个防空壕；会不会？”桂枝拿冯掌柜当做个老小孩似的对待，可是神气中多少有点尊敬个老朋友的意思。

“怎么不会？小姐画好了图，我就做得上来。”向桂枝说着，他走到桂秋的身旁。“我不耽误先生的工夫，你们念书的人，借给我俩钱用用。你看，今天早晨这一炸，各处都得做防空壕，洋灰，麻袋，各样材料都缺得很，北边不是打仗哪呢，火车日夜运兵，什么东西也来不了。我想先找些存货，买过来，好去应工程，赶到工程一下来，叫各家都知道了，存货可就没人肯撒手了……”冯掌柜知道话已说够，笑了几声，又咳嗽了一阵，眼珠放在眼角，测量着桂秋的神色。

桂枝拉着牧乾又凑了过来，她没等哥哥发言，便对老冯讲：“哼！你要是会做防空壕才怪！”

“赚俩钱是真的！”老冯缩了缩脖，恬不为耻的说了实话。

桂秋没意思和老冯瞎扯，只说了声：“明天再说吧。”

“千万帮我这一把儿，两三千块钱就顶很大的事！”老冯把钱数也顺手交代明白，一边笑着一边往外走：“明天我早半天来，明天见！”

4

老冯刚走，仆人又来回话：“德成药房的桂大夫求见。”

桂秋把手放在房门上，像要晕过去的样子。他正在摆这个姿态，桂大夫已经走进来了——一个四十多岁的胖西医，脸上像刚出锅的油条那么油汪汪的。老远，他便把肥胖的右手伸出来：

“嘿喽，嘿喽，嘿喽，老没见！”右手握住桂秋的手，左手搭在桂秋的肩上：“气色不错，真的！嗯，总又长了十磅，十磅！”放开桂秋，把手递给桂枝：“嘿喽，嘿喽，你也胖了！”而后把手递给牧乾：“这位小姐贵姓，啊，平，好，好得很！”

桂秋似乎已支持不住了，想往屋里走；大夫的胖手把他拦住：

“就说两句话，我忙得很，在这儿说吧，多见阳光，有益处！啊，桂秋兄，还得帮我一步，摘给我俩钱。想做些防毒面具口罩什么的。投机，不瞒着你，咱们合股也行。一言为定，今个晚上我来拿钱！拜拜，秋！拜拜，小姐！拜拜，啊，平小姐！晚八点见！”

桂大夫刚把右手插在裤袋里，往外扭动，由外面又进来一位；桂秋的嘴唇颤动起来。桂大夫对迎面进来的人点了点头，迎面来的人对他很响的立正，行了个军人的敬礼。而后，这位军官——三十岁上下，高身量，白净脸，一身极整齐的军服——赶过来，立正，向大家敬礼。

“桂秋，我不耽误你的工夫。请你跑一趟，面见文司令，非面见不可！我刚得来的消息，大概城里城外又得纳防空捐，以前纳过的不算了，重新征收，好造防空壕。你跑一趟，把造壕这项差事给我弄下来。你看，我在军队十来年了，老做副官；这个机会不能再放过去，这的确是个好机会。咱们的交情，我用不着说别的了。你现在有工夫没有？司令还在家呢，正好去找他！”

“我没工夫！”桂秋要往屋里走。

“何必呢，桂秋！”军官的脸上皱起许多的纹，像忽然老了好几岁的样子。“你总得帮帮忙，这是个机会；我不要求升官，还不叫我弄俩钱吗？再说，反正把差事派给谁都是一样，为什么咱们不拾些好处呢？”

“我没工夫！”

桂枝见哥哥真急了，说什么不好，不说什么也不好，只好扯了扯牧乾，打算走开。

军官的脸上十分不好看了：“桂秋，我拿你当个朋友看待，你可别太不懂交情！我们吃军队饭的，什么手段也使得出来！”

桂枝不敢离开哥哥了，她必须说些什么：“待一会儿，我叫他去就是了，何必这么急呢？”

“哎，不是，桂枝，”军官的脸上有点笑容，虽然是很勉强：“我倒不是闹脾气，我们是多年的朋友；饱汉不知饿汉子饥，桂秋太不了解我；我真怕失掉了这个机会！好了，好桂枝妹，你替我催催他！事情下来，我送你一套——啊，你要什么，只管说就是了！”

“谁稀罕！”桂枝撇了撇嘴。

军官又向大家行了礼，极威严的告辞。

桂秋差不多失了常态，一下子坐在了台阶上。

5

“桂秋先生为什么不骂那些人一顿呢？”牧乾笑着问桂枝——她们已回到屋中。“敌人的轰炸，反倒叫他们高了兴，他们也不是有人心没有！？”

“哥哥不想这些实际问题；他生了气，纯粹为大家打断了他的思路。”

桂枝想了想：“八九不离十，他是正计划着点什么不着边际的事儿，可巧就来了那三位客人。假若他们能猜到他心中的计划，而来说要帮他的忙，他们要多少钱就可以蒙骗多少去。他就是那么个人！”

“那么，去见司令不去呢？”

“怎么不去？他胆子顶小了！”

“思想可是挺高？”牧乾说完又有点后悔了，急忙改了话。

第七

1

易风在街上看见一张政治工作训练班的招生广告。刚看到一半，身后来了好几个青年，都像高中的学生。他们围上来，他想走开。可是他们的话吸引住了他。他们似乎已经在别处看过这广告，而要指点着字句重新再讨论一遍。他们都愿去报名，可是有的说只怕训练太严，不大好受；有的说受训之后，恐怕出路还成问题。易风咽了口气，没敢再看他们，极快的走开。

他并不小看那些学生。即使他们显着怯懦，他想，也不过是一时的；到时候，他们必会鼓起勇气，不顾一切的去舍身报国。这一时的怯懦有他的来源——他们受过“那样”的教育。

他自己怎办呢？干脆去当兵。假若他再看布告，那就必是招兵的布告。头一天上阵便丧了命，也赚个痛快。这未免近乎有勇无谋，但也许正是抗战中应有的“作风”；或者至少可以叫年轻的朋友们受些感动，把老民族的“出窝老”的气派收起点去，而增多几个初出山的小虎吧。抗战中的一切需拿勇气为主，而上前线去是“最”勇的。他想回去对那几个青年谈一谈，可是他并没停住脚。无须去说什么。若能有些个像他自己这样的青年，扛上枪，在街上走一次，就必能使许多年轻人的心跳动起来。

转了一天，他没找到任何招兵的消息与地方。回洗家？至少先休息休息去，且不说别的。但是，既已不怕死，为什么要这样慢条斯理的呢？走！上车站！见了兵车就往上跑，跑上去再说！连向朋友们说声“再会”也不必。用不着什么客气，在这要把个人消失在神圣战争里的时节。

2

洗桂秋决定不去见文司令。他不能完全任着那个军官随意摆弄。可是，得罪了军官，而真给自己一些难堪，怎办呢？他后悔了，悔不该为那几个破学生而想办个刊物；假若昨天就与妹妹搬了走，到香港，或甚至于巴黎，有多么省心；受不着惊，受不着欺侮，够多么好！决定不办刊物了；军官的事怎办呢？好吧，给文司令写封信再说。信写好，叫仆人送去，他心中轻快了些；已经尽了力，那军官无论如何也不会来捣蛋吵架了。吵架？洗桂秋一想到这两个字，眼前就有一片红光，不由的哆嗦了一下。

老冯与桂大夫的钱必须借给，不然也是麻烦。没办法，这群东西们！先给他们送去吧，省得再天天来讨厌。支票送了出去。洗桂秋觉得很累得慌，脑中像不新鲜的鸡蛋似的，空了一块儿。是呀，还有那群流亡鬼呢；晚上准得个个像土人似的回到这里来吃饭喝水，把灰土都留在地毯上！没办法！不过，自己把他们留住的，大概不好意思再把他们撵出去吧？自己总是太富于情感，不能像一本说理的书似的那么平淡冷静！

他想到了厉树人，金山，易风，曲时人；一一的加以批判。他们都不是什么特殊的人才，思想没有体系，举动更是粗鄙。对于平牧乾，他不敢加以批评，不知为什么。想到她，似乎就不好意思把易风们赶了出去；她大概不会独自留在这里的。她长得很可爱。可爱，便似乎决定了她的优越。一切都不便再想。她的学问，思想，性格，都被“可爱”给包住，使她无懈可击。奇怪，他很想和她谈一谈，那至少可以使他的神经平贴舒服一些，像对着朵鲜花一样。可是妹妹老不放手她，而有妹妹在一旁，就似乎没话可讲，很别扭！算了吧，他躺在床上睡去，神魂颠倒的梦见许多不相干的人与事。

3

金山回来的最早，虽然也有五点多钟了。他白跑了一天。不错，他见着几个人，接洽了一两件事。可是，他所见着的人都表示可怜他的穷困，假如有机会，也都愿帮他的忙；对他个人似乎很可乐观，慢慢的总会有办法，即使时局不大好，找事不大容易，也总不会走到绝路的；他们似乎丝毫不晓得平津的失陷，就是“时局不大好”这几个字也是不得已而说出来的，仿佛说出来有些对不起谁似的。金山说明他的心意，要找点救亡的工作，大家的回答只是一些惊异的眼光，与一个莫名其妙的“啊”。他所接洽的事比这些人更恶劣。那些事不但根本与救国无关，而且是利用时局不大好，想占些便宜。在广告上已清楚的说明“征求流亡的学生”——因为薪资可以少给一些。

金山的脾气是不能容人的。可是现在已有决心，为得到救国的工作，就是受些委屈也无所不可。他没想到人们会这样的连国事都一字不提，更没有想到还会有利用流亡的学生的。他几乎要用极坏的字眼判断这个民族了，可是他又明明知道，在北平与天津那些汉奸中，有的就是因对自己民族悲观而认敌为友的。不，他一定不能存着这种汉奸的心理。他不能因失望而精神变态，把一两件坏事认为民族恶劣的证据。这种自警自惕，使他没敢和任何人瞪眼吵嘴，可也没使他高兴。心中空空洞洞的回到冼家，像个没拉到钱的洋车夫那么丧气而又无可如何。

见了桂秋，他不愿陈诉这一天的经过，深恐桂秋对一般人下什么轻视的断定。只有相信民族优秀，才能相信民族胜利。他得抱定这个信念，而且不许任何人来辩驳。只有抱定这个信念，他自己才肯卖命，卖命便是最光荣的出路。

他几乎后悔自己回来的太早，虽然身上已极疲乏不堪是件事实。一面他不愿和桂秋讲什么，一面他切盼树人们回来。他们回来，他就能自由的谈心，说的对与不对都没多大关系。在他一生，他没感觉到过这样的切盼；这几个流亡的朋友仿佛比他的父母兄弟还更亲密。平日的孤傲自负，还在他的脸上神情上，可是另有一股谦诚热烈的气儿在心中流动，使他像个小弟弟盼候着哥哥回来那样真诚而几乎是焦躁的等待着大家。

易风还不来？！怎么曲时人也不来呢？！

4

好容易，他把平牧乾盼来了。金山与桂秋的脸上都有了笑容。

“怎么样？”她很郑重的问。

金山摇了摇头。“没找着任何工作，可是我并不失望！仗必须打下去；只要肯出力，总会有地方去做事。”

“平小姐，”桂秋极客气，好像专为表示自己会客气的样子，轻巧的叫，“平小姐，金先生要是找不到事，你就更不容易。依我看，大家先在这儿住下去再讲。事情是这样的，你越想做事，它越不来；你安心等着，可有可无，它会来找你的。以我说，我本想办个刊物，可是平小姐看见了，那些不知好歹的人成群的来打搅，叫我连个计划也拟不出。好啦，我便不再去费心，安心的等着，也许会有人来要求我办刊物，到那时再说。反正我的思想是在我的心中，谁也抢不了去，哪时用，哪时拿出来。”

“咱们不想打仗，可是日本逼迫着非打不可，而且已经打进来了，还等什么呢？”金山看着牧乾，而把脸上的轻慢的神气叫桂秋自动的收领。

“我是劝告平小姐！”桂秋把话说得非常的硬，随着末一个字把香烟——只吸了小一半——投在痰盂中。

“树人们怎都不回来呢？”牧乾看看金山，再看看桂秋，表示出不愿袒护任何一方面。可是继而一想，到底是金山的话有道理，于是笑了一笑，在酒窝的四外纵起许多活动柔软的小坑儿来。“假若树人们能找到战地服务一类的事，我想我应当加入。”

“平小姐！”桂秋笑得有些虚假了。“我还得进忠告，假若我的话粗野一点，请你原谅。你不晓得兵士们的——”没找到合适的字，他端了端肩。“说不定，见着女的就起恶意；这不可不虑到。我总是不客气的抓住现实，有时候近乎冷酷；可是，说实话，我们不便做没有意义的牺牲。”

“在屋子里想出来的现实，与现实毫无关系。”金山决定把一天的丧气全向桂秋发泄出来。“我和树人们都在军营中受过军训。我知道军人的实况。不错，他们是简单，可是他们比你我都忠诚热烈的多！你心目中的军人，还是二十年前的老总，今天的军人正和今天的一切同样——总而言之吧，今天的中国已不是前二十年的中国。日本军阀不认识这个，还有许多中国人不认识这个；在北平陷落以前，我自己就不认识这个。城陷的以前以后，逃命的是你我，卖命的是大兵与老百姓！”

“慢慢的看吧，”平牧乾不愿深得罪了桂秋，“反正得做点什么。”她往外看了看，一心的盼望别人回来，好可以把话岔开，她知道冼和金已较上了劲；她不敢走开，怕他们俩越说越挂气，打起架来并不是不可能的。

可是她只把桂枝盼来了。桂枝依然不大答理金山，扭晃扭晃的扑过牧乾去，拉住牧乾的手，紧紧贴住牧乾的身子，她喘了几下，小而不美的鼻子上纵起许多碎纹来。

“各屋都找到了，也找不着你！”桂枝的眼中分明有些泪，仿佛受了很大的委屈。在牧乾没来以前，哥哥桂秋是她的偶像；牧乾来到，她找到了个新的崇拜的对象，甚至于把哥哥要放在一边。她什么都有，只缺乏俊美，好像天意如是，叫她必须低首崇拜别人。在崇拜之中，她才能发泄女性的嫉妒：她不愿任何女人接近哥哥，现在也不愿任何男人接近牧乾。只有这么着，她的女儿家的热情才有寄托。她若是在她哥哥以外另找男人，她的身分与不幸的面孔便使她难堪；她若是和别个女人竞争，就必定会失败。所以她以崇拜与独占一个哥哥，或一个女友，代替了正常的恋爱。“你可千万别走哇！要走，咱们一同走，不用和他们乱跑！”

“假若我必须上前线服务呢？”牧乾笑着问。

“我不许你去！”桂枝把女友的手更握紧了些。“咱们可以用金钱代替服务，我叫哥哥出钱救救难民，买公债；咱们出了钱，自然有人会卖力，是不是？”

平牧乾笑着，不敢点头，也不敢摇头，只把下巴在领子角上蹭了两下。

5

厉树人自有他的“作风”。在找事之前，他决定去讨教讨教。热心是自己的，主意不妨是别人的。勇气属于青年，而智慧往往属于长辈。为救国，什么他也肯去做，可是能找到收效最大的，岂不更好？他决定先找阴城一位名人——孟道村——去谈谈。并不相识，可是他去访见，恐怕不至于遭了拒绝，那位名人是素来爱奖掖后进，以青年导师自任的。他常在杂志上发表文章，曾经参加过革命工作。

说明来意，果然被让了进去，树人非常的高兴。

孟先生已经五十多了，胖胖的，挺精神，在和气之中露出一些高傲。

树人说了几句求教的话。孟先生用眼领略着，脸上浮着些笑意，没有任何明显的表情。等树人把话说完，他愣了一小会儿，然后低声说了几个“好”。又停了一小会儿，“不过，我看战事会不久就结束的，中国不敢打。要打呢，必败无疑。”他的语气很坚定，虽然声音不怎么高大。他的脸上带出来不准树人辩驳的神气，而后再用话补足：“我并非悲观的人，可是我深知道日本的兵力，与我们的缺陷。”

“那么要是日本非打不可呢？我们难道就屈服？”树人老老实实的问。

“屈服不是一次了！”孟先生微微一笑。

“先生看我们青年们不必去做什么，只等着讲和，而后回学校去读书？”

“恐怕要那样子！”孟先生极冷静的说。“你看，阴城和没事儿一样，想必是时局并不严重。”

“不过，就是预备讲和，不是我们也应当把兵往前开一开吗？”

“阴城当局的心理恐怕不是如此！”

彼此对愣了一会儿。

“那么先生看我们应当在这里静待？”树人立了起来。

“是的，在这里就非静待不可，此地不许学生们出声。要不然就往南边去，乘机会多看些地方，也好。”

“好吧！”树人把手掌上的汗擦在大褂上。“先生不送！”

“没事，再来谈，我没事！”孟先生往外送。

已到了门口，树人灵机一动似的，问了句：“先生能分分心，给我介绍个朋友，能给我找点工作的朋友吗？”

孟先生面微扬着点，背着手，脚跟抬了两抬。“好的，你去看看堵西汀先生，他是很有办法的人。拿我个名片去，”从袋中掏出水笔来，“你叫，啊，厉树人，好的。”

“谢谢先生！”

孟先生对太阳微笑了笑。

6

树人一连找了堵西汀三次，都没见着。越见不着，他越想见；一个有作为的人总会是非常忙碌的。

要在平日，他必会详详细细的批评孟先生，而附带着也就不信任孟先生所介绍的人。现在，他顾不得检讨任何人；孟先生虽然使他失望，可是堵西汀未必不是个很有热诚与能力的人。即使堵西汀也和孟先生一样有名无实，见一见也至少可以长些阅历；假若老一辈的人是稀松落伍，那他自己就可以决定这个时代当属于他，与他的朋友们。他需看个水落石出。

已到六点多钟，他又找了去，堵先生刚进家门。他一见面，便直截了当的说明来意，不便于多耽误堵先生的工夫。堵先生是个三十多岁的瘦子，两眼极深极亮；假若没有这对眼，大概没有人会相信他还有任何精力与胆量；他的颧骨像两小块瓦似的那么有棱有角。

“啊，你要找工作？北平来的？”堵先生只看了树人一眼，而且并没让他坐下。“孟先生见过了？你看孟先生怎样？”堵先生看着手中的烟卷，而后狂吸了几口；手有些发颤。

“我看他落伍了。”树人寻思着，顶好是实话实说。

“啊！”堵西汀的瘦脸紧缩起来，像个晒干的木瓜似的，很黑很长，很难看。“你坐下！”

树人好像受了催眠，遵命坐在一张叽吱乱响的小凳儿上。

“啊！”堵先生点了点头。“告诉你，孟先生是名人，我是歹人。他只剩下一样好处——还肯把青年介绍给我。我在这里得一天搬三次家，要不然就得搬进牢狱里去。”堵西汀始终看着指间的烟卷。“你要干什么？是往别处去。还是要留在这里？一共有几个人？我有许多办法，可是哪一个办法也不安全。我自己的岁数并不大，我还自居为青年，可是阴城的人管我叫作青年的屠户。你有胆子？”他翻眼看了树人一下，眼神足得可怕。

树人点了点头。

“好！要上前线，今晚就可以走。凡是我经手的事，都要急快，因为不晓得我自己几时就被抓了去；在狱里我还能工作，不过太不方便了。若是想留在此地呢，我就给你工作计划，非到急难的时候，不必来找我。”

“到前线和留在此地有什么不同的地方？”

“前线急于需要工作人员，此地需要铲除汉奸的人员。”堵先生的手颤得更厉害了。“此地已有人把太阳旗预备好了，所以孟先生悲观；我与他不同之处，就在这里：他看见阴影就认为是永久的黑暗；我要用火把将黑影赶了跑。你要做哪样？”

“到前线去！我们一共五个人，我不敢替他们决定什么，因为——”

没等树人说完，堵先生几乎是命令式的说：“快走，问他们谁走，谁不走。九点钟以前等你的回话，走的今晚——啊，至迟十二点吧——就可以走；不走的，听我的分派。”

“好，我九点以前回来。”树人立起来。

“不要回到这里，到湖上街九号去！”

7

像箭似的，树人跑回洗家。拉开客厅的门，他的大眼扫了一个圈。“时人和易风呢？”

金山跳了起来。“他们还没回来。怎样？”

“事情有，得等他们商议；怎么还不回来呢？”

“你坐下！”平牧乾高声的说，“看你这头汗！”

“什么时候了？”

桂秋端好了架式，看手表。“七点半，也许快个一两分；阴城的午炮是随便放的，快慢很自由。”

“你可不能走！”桂枝紧紧握住牧乾的手。

第八

1

“老易和老曲怎么还不回来？”厉树人搓着手，一边念叨一边来回的走。他失去了平素的安稳与镇定，几乎是粗暴的叨唠：“他们简直不懂什么是团体生活！不管别人怎么着急，他们总是慢条斯理的；这不定是在哪里碰见了熟人，瞎扯瞎扯，扯起来没有完；看吧，也许今天还不回来了呢！急死人！”叨唠了一阵，他失望的焦急的坐下，咬住嘴唇，大眼睛里放着怒光。

“不用等他俩了吧？”平牧乾柔和的商问。

“你可不能走！”洗桂枝握紧了牧乾的手，而后对桂秋说：“你拦拦他们！你给他们出个主意！劝劝他们！”

冼桂秋实在也不愿意看牧乾随着他们走。不管她是去做多么有意义的事，只要是随着树人们去做，他就觉得不舒服。他不承认这是嫉妒，可是他心中此时确实没有什么别的情感。他很愿意留下牧乾，而把男的们赶了走，但这又不大好开口；他只好泛泛的敷衍一下：“我看大家不必这么忙吧。至少也得等他俩回来，再商议商议。凡事都需详细的计划一番，这是一；你们在这里，若找不到别的事，我至少可以出钱叫你们办一个刊物，这是二。无须乎忙！”

“救国的事要马上做，考虑只是减少了勇气。今天早上我们若都被炸弹轰碎，现在我们还想做什么吗？先下手的为强，别等一事无成，而身子已经粉碎，这是一。办刊物没用，字不是枪弹。老百姓不识字，城里的小市民识字而没有读刊物的习惯。即使退一步讲，文字有它的用处，它也不能比得上亲口去对老百姓讲，亲身做给同胞们看。这是二。”厉树人一气说完。立起来，向金山说：“我们不能再等。”

“你们到底上哪里去呢？”桂秋想起立，可是半中腰又坐下了。

“到前线去。”厉树人把声音放低，看了牧乾一眼。

“几个人去有什么用呢？”桂秋微摇着头，露出惋惜的意思。

“凡是不想卖力的，总以为别人卖力是愚蠢。”金山的眼盯住了桂秋的脸。

桂秋不想反驳，只高傲的一笑。

“这样好了，”树人对桂秋说：“我和金山先走。等易风和曲时人回来，请告诉他们找堵西汀去。”

“那么我呢？”平牧乾的脸板得很紧。“你们以为我不敢去，胆儿小？”她似乎还有许多话，可是不能畅快的说出来。

“你愿意去，当然就一块儿走；小姐请别先生气！”金山幽默的想把她逗笑。

“你不能走！”桂枝几乎要哭出来。没等牧乾回出话来，她把脸转向桂秋：“给他们快开饭！”她想大家吃过饭，也许就不这样急暴了；没有好东西在肚里，男人们是好闹脾气的。

“谢谢，”树人勉强的显出很规矩。“我们到外头买几个烧饼就行，没工夫吃饭了。牧乾？”

“走！”牧乾的脸上白了一些。“走！反正没东西可拿。”几乎是粗暴的，她由桂枝手中抽出自己的手来，她的话可是很温和：“桂枝，我到前方看看去，假若办不了，我回来找你；我家里老少男女的生死存亡，都不晓得，我就拿你当个亲姐妹！”

桂枝落了泪，心中可是并非不舒服。牧乾这几句话使她感到异常的亲切，一方面叫她心中充实了一些，因为这些话不像她所惯听的交际虚套子那么空泛；另一方面她也感到了战争的迫切，因为假若牧乾肯留在这里，她便想不到远处正有战争，也就不便关心了。现在牧乾决定要走，桂枝想象到远处的战场，而这战场恰恰又是牧乾所要去的地方。她觉得这是值得骄傲的事。她不再拦牧乾，而低声的说：“好，你走吧。你若是受不了，就赶紧回来，我等着你！”她转脸对桂秋说：“给他们点钱！”

树人见牧乾肯走，心中不由的高兴起来，言语也客气了：“我们用不着钱，这两天的搅扰——好，不说什么了。”

“你替他们拿着！”桂枝塞到牧乾手里几十块钱。“他们男子宁吃亏不输气。”

牧乾笑着点了点头，把钱收在口袋中。

2

离开洗家，他们三个好像刚出了笼儿的鸟。四外很黑，他们的眼前却是光明。晚风很凉，他们的头上却有的是汗珠。忘了家庭，忘了顾虑一切。他们并着肩疾走。他们没有话可讲，肚中的饥火与心中的热气，烧起眼中的光亮。在个小巷里，他们遇见个卖卤煮鸡蛋的。牧乾借着挑子上的油灯一点昏沉的光儿，拣了十五个蛋。厉树人以为随便的拿几个就好了，根本不用细细拣送。他急于去找堵西汀。可是不知道为什么他不肯暴躁的命令她，催她快走。及至牧乾把蛋轻巧的慎重的递给他，他似乎才明白过来，嗽，她是个女的！这叫他忽然感到一种喜悦，顶纯洁的喜悦。

金山接过几个蛋去，没说什么，脸上也挂出几丝笑意，先把一个最大的蛋剥开，塞在口中；没法动转，他才又掏出半个来，没敢叫牧乾看见。

他们走得慢了，心里都很痛快。把鸡蛋吃完，才又加快了脚步。

湖上街九号是个不大容易找到的地方，他们又不敢多打听，转了有二十多分钟，才把它找到——与其说是找到，还不如说偶然碰到的妥当。

虽然还差几分钟才到九点，堵西汀可是等得已十分不耐烦了。见着他们，他的瘦脸上非常的难看。可是一听他们说话，他马上没有了气；青年人的语声，对于他，好似有一种魔力，像音乐似的能使他快活安静。他匆忙的给他们写了介绍信，诚恳的告诉他们做事的方法，而后神秘的把他们带出城去，送到火车上。假若他们不是那么热心的想到前线去，他们简直可以想到堵西汀是个骗子，不定把他们拐到什么地方去呢。可是他们没有怀疑他，他的行动越显着神秘，他们就越佩服他，就越觉得他们的工作有意义。

在路上，他们告诉他易风和曲时人没有回来。他马上指出来，在阴城随便丢一两个人并非什么奇怪的事。这使他们忧虑起来。可是堵西汀立刻答应下去探听他二人的消息，而且把洗宅的地点，借着路灯一点光明，记在小本儿上。看两个朋友的姓名都被堵先生像画符咒似的画下来，他们的心安定下去——他们是多么信赖他呀！

3

可是，在堵先生还没有听到什么消息的时候，曲时人已受了很大的委屈。

不知是为什么，这回他们把他送到了特务处——一个进去容易出来难的机关。

在这机关里，没有是非，没有曲直，而只有毒刑与屠杀。在这里，有钱的可以买命，没钱的便很快的什么也没有了，早早拉出去枪决是省事省饭的办法。

曲时人莫名其妙的被拿进来，他只觉得脸上发烧疼痛，不晓得他应当干什么，和他们要叫他干什么。他一点也没有准备，连应当对他们说什么也没有想一想。他以为如若他们问他，他实话实说就是了；把实话告诉了他们，他们必定会马上释放了他的。白挨巡警的打，自然是件不公平的事，可是他们若能马上放了他，他也就不便再说什么。傻傻糊糊的，他只顾想快快的出去，回到洗家；脸上的浮肿或者正好作为谈笑的资料，根本用不着要求赔偿，辨清了是非。

可是，刚一进门，脚镣便绊住了他的腿。他的胖脸上立刻改了颜色。为什么？他不晓得，也不想问；急，气，惧，使他的脑中旋转开了。他忘了一切，只渺茫的觉得不妙。

这里过堂很简单，只有两个人审问；曲时人的背后倒有四五个粗壮的汉子。有钱，那两位审官的话便是赦令；没钱，他俩的神色便是刑罚——那几个大汉是最会观察神色的猛犬。

两个审官都是高个子，一个的头是尖的，另一个的头发平。尖头的有一张白脸，脸上没有什么威严，可是很爱说话。平头的没有什么话可说，只那么方方正正的坐着，仿佛自己承认没有发言权，而又不能不拿出相当的身分来。尖头的爱说话，而且很满意自己的话语。他每说一句稍微俏皮一点的，尖头顶便像教堂的塔尖似的向上指着，细眼睛半闭起来。而后用手慢慢的擦一擦脑门。

“啾！”尖头顶的嗓音很尖锐，没有一点水音。“革命党，你是？你没看准了地方，这是阴城！”

“我不是革命党，我是流亡学生。”曲时人绵羊似的哀叫着。

“革命党都是学生！”白脸上闪了一道笑光，尖头审官极快的看了平头审官一眼。平头审官稳重的，如有所悟的，点了点头。

“我是很老实的学生！”曲时人仿佛是对自己说呢，小声的讲。

“你老实？我是反叛！”尖头的用肘拐了同伴一下。平头的又点了头。

尖头的向大汉们瞟了一眼。

“干什么？”曲时人随着自己的喊叫，已躺在地上。鞭子落在背上，疼到骨髓。他左右的摆动，而滚转不了，腿上的锁镣不许他翻身。只有透骨的疼痛，电似的走遍全身，他不能思想，不能逃避，不能反抗，把口按在土上，只狂暴的呼号，啊！啊！啊！一阵鞭子，背上失去了知觉，全身的筋肉要抽缩成一团，他的胖脸贴在了地上，昏昏沉沉的只剩了些呼吸气儿。几大口凉水，由大汉的口中喷在他的脸上，他睁开了眼，重新感到钻心的疼痛。疼痛刺激起生命最后的挣扎，他咬上牙，凉汗与凉水顺着脸往下流。他在一阵阵疼痛之间，把心横起，要决定一些什么。可是刚要得到个近乎是心思的东西，疼痛马上把他的心迷住，本能的要呼号。在一阵较长的迷乱之后，他忽然狂怒起来，怒气挺住了疼痛。把牙咬得更紧，无可再紧，他把生命所能拿出来的力量都拿了出来，抬起头，睁开眼，把两个审官看得很清楚！“我说，我是很老实的学生！我说，你们俩该千刀万剐！”

“再揍！”这回是平头的下了命令，气度非常的宏毅，仿佛是为打一个流亡的学生而得罪了尖头的同僚也在所不惜。

一直到正午，曲时人没有完全清醒过来。

4

堵西汀来见冼桂秋。他是冼宅的奇异的客人。冼桂秋的财产使他脱离不开阴城的老社会，他的思想使他常有些新人物来拜访。可是，他从来没有招待过像堵西汀这样的人。堵西汀晓得冼桂秋是个阔公子，冼桂秋知道堵西汀是个好事鬼，彼此这样的知晓，所以不希望见面。他们俩像猫与狗那样不能相容。堵西汀最讨厌理论挂在口上而逍遥自在的人，冼桂秋不能明白永远用全力对付一件事的人到底有什么用处。可是为了曲时人，堵西汀低首来求见他所不喜欢的人。为成全一个人，做起一件事，他不懂得什么叫脸面。他永远以事情的有益与否判断他的行动，他不为自己的荣辱思索什么。

见了冼桂秋，他的瘦脸上的神气非常温和，连吸烟也是慢慢的，不那么连三并四的狂吸了。

“你的一位朋友，姓曲的，在特务处受了委屈。我来告诉你一声，打得不轻！”堵西汀慢慢的说。

“我得去救他？”冼桂秋皱了皱眉。他不是狠心的人，可是他真怕麻烦。动作使他不能安心，心不安他就容易犯头疼。

“非你不可！”堵西汀微微一笑。“我要是能去，我早就把事办了。你知道，我去了只有陪着受刑。”他笑得更开展了一些，极亮的眼里发出一些和善而幽默的光来。

“怎么办呢？”冼桂秋知道这件事是义不容辞，但是决不愿意费心思去为这种事细想。若是别人给出主意呢，他可以捏着鼻子去跑一趟；要是连办法都得自己筹划，那就真许引起他的自杀的念头了。

“很容易，”堵先生已知道了桂秋有意要管这件事，不由得把语声提高了些，由客气渐变为诚恳亲切，他觉得桂秋并非完全可厌了。“送过一千块钱去，告诉他们曲君是你的亲戚；你若是不说他与你是亲戚，一千块大概还办不了事。你不用自己去，写封短而不十分客气的信，连钱带信一齐送去，立等把人带回来，我想他们不敢再说别的。”

“把他带到这里来？”

“随你的便，不到这里来，就到医院去。”

“我跟妹妹商议商议看。”

5

曲时人被抬到冼家。胖，他并不很结实。这次的毒打，叫他有四五天昏昏沉沉，趴在床上，一声也不响。偶尔睁开眼，他只会说：“打！打！打吧！”

冼桂秋几乎不敢过来看他的朋友，他怕看血。可是他给曲时人请来最好的西医。虽然不肯独自到病房去，当医生来到的时候，他却老立在门外。听到时人的胡话与呼号，他不由的哆嗦起来。过了一会儿，他止住哆嗦，狂吸着香烟，差不多是失了常态。他不大想什么远大的问题，在这种时候，却只顾虑到朋友的苦痛与安全。他的心热起来。使他莫名其妙的是当曲时人搬来的第三天，特务处的那个尖头的官员，提着两包年陈日久的饼干，和两瓶糖精对井水的葡萄酒，来看他，解释那个小小的误会。冼桂秋把礼物抛在门外，请尖头的人赶快出去。他平生没有做过这样粗暴失礼的事，可是做过了这一回，他不但不后悔，而且感到未曾经验过的痛快。

他本想雇用一名护士，可是被桂枝拦住了。她自己愿意伺候曲时人。说真的，她并不喜欢时人；但是从牧乾走后，她时时想到：拿自己和牧乾一比，她简直没有任何生命的乐趣。再说，当曲时人的热度高到口中胡说的时节，他不是喊易风，便是喊牧乾。桂枝想去代表牧乾，使自己也有个好友，像一般的青年男女一样。她知道伺候病人是件苦事，可是必须勉强去做；在伺候病人的时候，她感到不能忍受的麻烦，可也体验到蛰伏在心间而没经施用过的人情与热烈。因为她肯这样服侍别人，她也就觉出别人的可爱。就是曲时人这样的傻头傻脑的人，也有可爱之处；可爱不可爱吧，至少叫她不再那么空虚——她心中有了人，手上有了事，精神和身体都有了着落。

在曲时人睡稳的时候，她轻轻的给他用湿手巾擦脸，有一次，她竟自吻了他的脑门与口。曲时人昏昏的睡着，什么也不知道，可是她的心跳得极快。大半天，她不知怎样才好，一直到曲时人醒过来，要水喝，她才安下心去。

过了一个星期，时人的热度退净，显出极度的软弱。桂枝的手不断帮他的忙，帮他转动身子，喂他水喝。她非常的高兴，快活。

曲时人心中清醒过来，咬定牙根，不肯再哎哟一声，虽然身上还很疼痛。他变成另一个人。还爱叨唠，可是叨唠着另一些事了。这条命是捡来的，以后这条命还需血淋淋的送掉。他强迫着自己不思念家乡，不想将来的生活问题。要是做事，起码也得做像杀掉那两个审官一类的。背不能动，他常常用手轻轻的切着床边，杀！一切老实和善的念头都离开心中。杀敌，或杀汉奸，成了固定的愿望；身体算什么呢！

他懒得对桂枝说话，可是桂枝对他的爱护，使他不由的吐了真话：“我什么也不想，只想快好了，再去流血！”

“时人，你可改了脾气。”桂枝低声的说。

“皮鞭抽在身上，就没法不想把肉变成铁！”

“恐怕连我也变了一点吧？”她得意的一笑。

时人细看了她一会儿。她的脸上没有抹胭脂，眼圈没有涂蓝，穿着件布衫，一双薄底鞋。她大大方方的立在那里，腰并不像平日那么扭股着。

“你也变了点！”

第九

1

阴城的人真不喜欢“战争”这两个字。假若能避免，不论是用什么法儿避免，他们都情愿把轰炸阴城的仇恨马上忘得一干二净。战争是国家对国家的冲突，而阴城的人是一向不准谈国事的。特别是在这个时候，茶馆酒肆里都重新贴起红红的“莫谈国事”的纸条，而且真有不少便衣侦探来视察那红纸条儿灵验不灵验。

阴城的官吏更怕战争。由内战的经验，他们晓得以兵戈相见是最冒险的事。按着他们心里的政治生活的意义来说，战争永远有毁灭自己的政权的危险；就是一次打胜，也保不住不引起将来的失败。现在这不是内战，可是，由他们看，到底有相同之处。主战的，不管他的地位有多么高，理由有多么正当，总算是孤注一掷；一旦失败，便必会连根烂，势力瓦解。因此，阴城的最高级官吏对战争几乎是完全没有意见；自己，并且叫阴城的人，闭口不言，万不能冒失的说出强硬的话，而把自己陷在烂泥里去。小一些的官吏，深信他们的上司的态度是最聪明妥当的，一方面他们怕战争的来到，危及他们个人的生命财产，一方面他们希望上司能贯彻反战的主张；即使战争真会起来，而阴城依然能保持中立，永久的中立，阴城好像是在中国日本之间的一个小独立国，极聪明的永不被卷入旋涡！

卢沟桥的事变，所以，在阴城上下一致的预言中，是可以就地解决的；恐惶，可是决不悲观。

敌人攻打平津了！阴城颤了一颤，在颤抖中希望着这不过是加大的卢沟桥事变，早晚还是可以和平了结的，一定。他们并不为平津着急，倒是为事情还不快快结束而发慌——快快的结束吧，对谁都有益处，哪怕是将平津用一种什么顾全住面子的方法割给日本呢。因此，平津的陷落，给阴城的刺激，简直是一种不便说出的喜悦——这可就快结束了，还打个什么劲儿呢？

同时，他们也看准了，应当在平津事件结束之前，他们必须抓住时机，活动着点，多进些钱。在一个小机关里，像捉去曲时人那么小的一件事，也会敲到一千块。别的，那就无须详细的说了。

可是谁会想到呢，上海居然也打起来了！天下会真有这样愚蠢的事！阴城的最高官吏在加紧敛钱的工作中，不免微微有些悲观了。中国，就凭中国，怎能和日本打呢？白死些人，白丧失许多财产。阴城的最高官吏因悲观而几乎要爱民如子，决定不肯叫阴城的人受什么损害，而取着保境安民的态度。

这时候，在报纸上描写着的炮声，震动了阴城的青年男女们的心。就是那些老实的人民中，也有的握上了拳头，挺起了胸来的。可是，连老带少都深知道他们的兴奋是容易碰上霉头的，所以他们只能心中欢喜，而决不敢在实际上有什么表现。他们只能期待着，像海底下的暖流似的，希望到了时机便会发生作用。

这时候，另有一批人，比青年们更热烈。他们不但兴奋，而且着手预备该做的事了。这一批人在雅洁的书斋里，或精美的澡堂单间儿中，或特等的妓班内，或甚至于中学的会议室中，兴高采烈的开着他们的会议。他们之中，有的头发已白，有的烟灰满面，有的风流自赏，有的臃肿迟笨，可是脸上都发着一点不常见的光彩，像久在阴暗的地方居处，忽然见到了阳光。他们不拥护阴城的政府，不爱他们的国家，也不爱日本。他们的判断完全独立，与憎爱无关。他们的心像镜子那么客观。上海战争一起来，他们看到，战争已不会极快的收束。他们的好机会到了。机会是万不能失去的。早晚，早晚，他们看准，日本人会来到阴城的。阴城政府，他们晓得，是不想用枪炮向太阳旗射击的。这是好是坏，他们不假以思索。他们只想用什么方法替日本人把太阳旗插在阴城的城头上，而不由阴城政府手里把城池献出去。他们不爱阴城政府，可也说不上反对政府。不，绝不是反对政府，因为他们与政府有来往，在政府里有许多亲密的朋友。他们只是要先走一步，走在阴城政府的前面。自然，他们若走在前面，不用说，他们就会取政府而代之了。可是，这绝不是什么革命或斗争，而只是机不可失。他们该抓住机会，做几天官儿了。既然机会不可失，那么用些不大体面的手段，也就无所不可。这实在是无可奈何的事，他们不能因噎废食。正如同他们不愿与阴城政府为仇作对，他们也并不想忠于日本，与其说他们要感谢日本人给他们带来好机会，还不如说他们要感谢自己又来了一步好时运。他们有时候可以想象到，就是阴城被世界上所有的国家分占了，他们也有方法对付一切，也可以从中取得利益，何况这一回只是日本一国呢？在智巧上，他们并没把日本人放在心里。他们不佩服任何人，只崇拜自己，甚至于崇拜自己给敌人磕头的美妙姿势。他们都受过相当的教育，可是每逢看到论及世界大势，和政治动向的文章，他们就不由的一笑置之。这些文章，据他们看，都是纸上谈兵，迂生的腐谈。真正的文章，假若他们肯动笔的话，是只论到自己怎样利用机会，是由我及他，是自内而外；什么世界大势，政治理论，狗屁！

在阴城，在中国，就是在世界，他们没有什么可怕的人与事。因为他们会把羞耻放在一边，而向一条狗媚笑，假若那条狗对他们表示强硬。

可是，他们却怕一个人——堵西汀。假若他们的媚笑可以软化了一条狗，他们便庆祝自己的成功；在他们的看法，这是他们的胜利。但是，他们没法使堵西汀不拒绝他们的媚笑与磕头，而且准知道堵西汀是玩惯了手枪与炸弹的。设若没有这个怪物在阴城，他们简直可以在马路上，高声宣传他们的主张，阴城的政府是不会拦阻他们的，因为大家都是一路人，绝不肯公开的互相仇视。他们与政府的共同仇敌不是日本，而是堵西汀。不过，政府呢有军警保卫，而他们可没有武力保护自己。因此，他们得在妓院或书斋里开会，而且得时时变动地方，好使堵西汀的手枪不易瞄准。同时，他们把那些有血性的青年，也都看成堵西汀的党羽，而随时的向政府陈说，应当严加防范。在这件事上，他们一方面赞成无情的政府对青年们的摧残，一方面还觉得政府做的不够，非得他们自己得到政权的时候不能扫清了年轻的那一群叛徒！

堵西汀，因此，老得像一条老鼠似的躲避着这些卖国的恶猫。

2

曲时人慢慢的好起来，有桂枝的帮助，他已能坐起了。只能坐一会儿，因为背上的创痂与鲜肉不允许他倚靠着；而直挺挺的坐着，背上又时时抽着疼。坐一会儿，他支持不住了，又得很费事的躺下。躺下，无事可做，他只能乱想，而想着想着便怒恼起来，低声自言自语的咒骂。咒骂到不耐烦了，他才感觉到自己是变了脾气，变成了另一个人，像铁被打成钢那样，他的心硬得时时想杀人。

桂枝很怕他这样低声自语，更怕他叨唠完了而瞪着眼愣起来。他像看着点什么，又像没有看什么，就那么愣着出神；慢慢的，他的脸来了些血色；有时白眼珠上起了些横的血丝，非常的可怕。她愿跟他说些话，可是没的可说。对国事，她几乎因服侍病人而完全忘了看报。对家务，她知道曲时人不是个女人，说出来或者只足以招他讨厌。对娱乐，她由曲时人来到的那一天，就没出去过，不知城里又到了什么新电影或新的伶人；而且她深知道时人不喜欢她那种享乐的生活。关于易风，厉树人们，她没得到任何消息，空念道念道，或者更足以叫时人心中不安。对于平牧乾，说来也更奇怪，她简直始终没想到过。虽然在分别的时候，是那样的难割难舍。平牧乾在她心中的地位已被时人占去了。假若她愿意说，她真想告诉时人这一点事，可是又难于开口。她只能多帮时人的忙，扶他坐起来，扶他躺下去，给他吃药，给他倒水；希望着能在这些小的接触上，引起一些话来。可是，及至说起来，话又是那么短！“还疼不疼？”“好多了！”时人空空的一笑，闭上眼，腮上乱动着，想必是咬牙忍痛呢。她不能再多说什么，他是病人哪！

有时候，他忽然问起树人们来，桂枝没有什么可报告的。时人却在这种时节，细细的述说他们那些最显然而平凡的举动与一切。他说得很起劲，因为起劲而又恢复了他平日婆婆妈妈的叨唠。桂枝听着，耐心的听着，她希望时人能详细的述说他自己，作为她耐心听她所不关心的人与事的报酬。可是，他并不喜欢说他自己，他非常的谦卑，永远觉得陈述他自己是一种不好意思的事，因为他知道自己一向是多么平凡庸碌。这几乎使桂枝有时想不再服侍他，不再在他身上有什么盼望；他简直简单得像块圆圆的木头！

可是，桂枝到底不能放弃他。他是那么简单，可也那么勇敢。一个顶不可爱的孩子，若是跌倒而不啼哭，总会引起女性的怜悯的。桂枝为看护这个平凡的人，不知不觉的改变了许多。偶尔她对镜子看看自己的时候，她才惭愧而高兴的看出自己的眼比以前明亮了许多，脸上起了一层凝静坚实的光儿。看完自己，她像忘记了一件什么最重要的事似的，急忙跑去看看时人。时人依然是那么老实，简单，没有什么可爱的地方，可是桂枝并不失望，并不后悔，反而幻想起一些陪伴着这样的男人的快乐与可靠。她甚至于有时候责备自己，为什么偶尔的嫌他平凡庸碌！

慢慢的，她想出个安慰他的办法来——给他念报纸听。这的确是个好办法。听到北方与东线的战事消息，他的眼亮起来，话也多了。他并不懂军事。听到胜败的消息，他只以常人所有的欢喜或失望去批评，或完全为表示喜或忧而叨唠着。他的话也许幼稚得可笑，可是他的感情是真挚的。这种兴奋与话语，使桂枝对国事也逐渐关心起来，也敢随便的发表意见。她晓得即使说的不对，也不会遭受到什么严重的指摘与驳斥；在这种谈话中，似乎只要表示出爱国的“心”就行了。他说的平凡，她说的也不高明，可是这种说话使她更了解了他，更敢与他亲近。她慢慢的觉到他是最真朴可爱的一个青年，什么机巧也没有，只有一片诚心。认清了这个，她不由的在亲热之中，渐渐的要表示自己的优越了。她敢于去批评或纠正他的话了。遇到批评与驳辩，曲时人便没了话，他不想反攻。桂枝非常得意。可是，赶到论及中国胜败的问题，时人却毫不让步。中国必胜，必胜！没有理由，没有佐证，他只相信中国必胜！在这时候，他也颇会发怒，毫不客气的嚷叫。桂枝不敢再往下死钉，她感到了男子的威力，不但不生气，反倒笑着把话岔到别处去。他的怒气消散，她便得意的走开，走得很轻快，绝不像以前那么七扭八歪的乱晃了；她好像得到些什么真实的力量，使她的身子挺拔起来。

他与她的这种小的冲突，引起桂秋的注意。他也加入了这个念报与讨论的小集会。最初，桂枝很不喜欢哥哥来参加，因为哥哥至少阻减了她自己说话的机会。可是，过了两三天，她不再反对了。原来桂秋——平日虽然自视甚高——也不懂军事，也是只凭着民族争斗时的一点普遍的情感，来说长道短；不管说的对不对，而只管说的痛快不痛快。说着说着，他觉到了自己的愚蠢；有时候甚至于忽然的走出去，到书房中去忏悔，用最高明的思想来洗涤洗涤脑府，仿佛是。可是，到第二天看报的时候，他又来了。什么思想似乎也不如使心中跳得紧一些舒服，在这抗战的期间，他那轻易不露血色的脸上，在这样谈论战事的时候，也会通红起来。他那善于摆弄闲雅姿态的手也会拳起来，捶着桌子。对于曲时人，他不再像从前那么淡漠了；提起金山们，他也有了相当的关心。他到刚要后悔这样转变的时节，他似乎会找到一些自慰的答辩：“一个人总要关心民族的存亡的！不管他是谁！”这样，他不但不再害那随时袭来的头疼，而且精神健旺起来。

3

对于堵西汀，桂秋也由冷淡而变为亲近。他依然以为堵西汀的思想落后，可是战争根本是动作，最壮烈勇敢的动作；在其中，只能以动作配备动作，予打击者以打击；而堵西汀恰好是个以动作表现一切的人。跟这个骨瘦如柴，而浑身是胆的人谈过几次，桂秋渐渐的壮起一点胆子来。因为胆子大了些，他开始对实际问题感觉兴趣，不再以为一伸手就有被烫伤的危险了。堵西汀不向他讨论什么问题，而每一见面就几乎是命令式的叫他做些事。桂秋虽然不能一时完全照计而行，可是至少觉得在救国的事情上自己并不用愁没有份儿；应该做的，可以做的，正自很多很多；即使自己懒得动手，只要肯出钱，别人就会替他办好。

冼桂枝可为了难。她不晓得怎样对付堵西汀这个瘦人。因他常来，哥哥的确改变得更温和更近人情了一些，这是可喜的。可是，堵先生不单单来找哥哥，他也老和曲时人说很长的时间。她不便坐在一旁，详细的听他们都说些什么；可是她也并不肯太大意了。她是义务护士，也就利用这个地位，抽冷子便钻进屋去，送点东西，或问一句什么。她的耳与眼都下着很大的心，去捉到几个字，或看到一点什么可疑的神色。她晓得堵西汀是个老江湖，不容易擒住，所以她决定放过他去，而完全注意到曲时人。她几乎始终没听到曲时人说过什么，可是回回看见他的脸特别的光亮，神气特别的沉着。她晓得其中必有毛病。

她惟一的盼望是曲时人且别一时就好利落了。直觉的，她感到一些不好的征兆：只要他一痊好，他总会被堵西汀拐了走的，去杀人，去放火！因此，独自在屋中的时候，她坐卧不安的在愁闷与焦躁之中，她要想一些妥当的办法，留住曲时人。可是，思索适足以增加愁苦，她想不出方法来。于是，赶快的放出笑脸，去找时人。在未走到病室之前，她预备好，要极勇敢的，几乎是不顾一切的，想一股脑儿把心中的真话真情都告诉他。及至见了他，她的勇气又消散了，笑也不是，不笑也不是，无聊的，敷衍的，跟他说几句极平常，不着边际的话。然后心中空空的，懒懒的，走出来，到屋中扯乱了头发，而后再慢慢的梳理好。

这一面走不通，她想直接的和堵西汀闹一场，把他赶了出去，使他不好意思再来。只要他不来煽惑，曲时人是不会自己出坏主意的。可是，这个方法也难实现。她是小姐，而堵西汀是——据她看——土匪，怎能干得过他呢？不，不能这么做；反之，她似乎倒应该敷衍这个瘦土匪，对他表示亲善，或者倒许更有好处。

她居然常留堵西汀与她兄妹一同吃饭。有一天，堵西汀听见外面的风声不好，坐到半夜还不肯走，她就留他住下，给他预备了一张顶舒服的床。

4

可是，曲时人会下地走动了！会到院中遛几步了！会到大门外看看了！而且，会在门外去等着堵西汀！

桂枝的眼泡时常的微微红肿。

曲时人已可以自己照管自己，所以桂枝的眼泡红肿得不便见人的时候，便一天不出屋门，而曲时人似乎并不怎么理会！以冷淡对冷淡，才能保住小姐的尊严，她不能太失了身分。可是，万一他就这么傻乎乎的被堵西汀拐了走呢？她不能坐视不救。这并非单为她自己，也是为曲时人。她必须救他，保护他；她伺候好了他的病，就更当保全住他的性命。她的心热起来，把眼泪擦干；不管眼睛是怎么不好看，鼓起勇气去找他。

“时人！”她笑得顶不自然，自己觉得出脸上很不得劲：“你是不是要走呢？”

“我？”时人的胖脸在病后，非常的白润，可是神气难捉摸：“我？可不是！堵先生叫我去工作，我愿意去！现在，我什么也不怕了！堵先生说，这里有许多汉奸。你看，桂枝，树人们上前线去工作，我不必一定非找他们去不可。前方打敌人，后方杀汉奸，价值是一样的。桂枝，我感谢你，你知道我的嘴很笨，不会说什么；我感谢你！我看，我必得去杀汉奸。你呢，应当去做看护，你可以做个顶好的看护！再劝桂秋做点什么。咱们谁也不应当闲着，是不是？”

桂枝答不出话来。不知是怎么的，她已离时人很近了；低着头，她拉住了他的胖手。

第十

1

大时代的所以为大时代，正如同《神曲》所以为伟大作品：它有天堂，也有地狱；它有神乐，也有血池；它有带翅的天使，也有三头的魔鬼。在这光暗相间，忠邪并存，变化错综的万花洞里，有心胸的要用狮一般的勇气，把自己放在光明的那一边，把火炬投向黑暗处。到把全民族的心都照亮了的时节，我们才算完成了大时代的伟大工作。大时代的意义并不在于敌人炮火的猛烈，我们敢去抵抗，而是在于用我们的鲜血洗净了一切卑污，使复生的中国像初生的婴儿那么纯洁。

一般的说来，人是不容易克服他的兽性的。只有在大时代里的英雄，像神灵附体似的因民族的意志而忘了自己，他才能把原始的兽性完全抛开，成为与神相近的人物。有了这样的神人与英雄，我们才能有虹一般光彩的史诗。

在这种意义之下，先死的必然称“圣”——用个宗教上的名词；因为他的血唤醒了别人对大时代的注意与投入。

易风便是这样的一个人。在北平他看见了，从北平他出来了，他决定去干，不再在阴城等待着甚么。干什么？战争是血肉相拼的事，他去投军。假若他考虑一下，他一定会想到什么为国家保存元气，什么大学生应当继续去求学，那些冠冕堂皇的话，作退避到后方的自解，正如已经厌世，为家人父子设想而不肯决然出家为僧的人一样。他没有考虑这些足以使他馁气的问题。他只觉得敌人必须打退，那么他就去打好了。这很简单，豪爽，而且是根本解决的办法，他看见了侵略，便走上沙场去厮杀。一切顾忌，一切困难，这时候都不在他的心中。他的眼亮起来，胸中像纯青的炉火，没有一点烟，没有一个黑点，空灵而热烈。什么也不想，他已把过去现在及将来完全献给抗战。到了战场便死，或打个十年八载，都好。一念便决定了永生。他不骄傲，也不谦卑，他只是个战士，充实，坦然，心中有些形容不出的喜悦。

他昂然的上了火车。很奇怪，没人拦阻他，车里的军士显然是因过度的疲劳而呼呼的睡着；可是到底很奇怪，他没有想到跳上火车就像蛙跳到水里那么省事。车没停好久，就又开动，走得很慢。易风没有顾得去想，军车为什么可以这样慢慢的爬行。他没有去想这个，也没有去想任何的事情。他只觉得自己是在车中，而车是往前方去，这就对了，够了。像杀完人去自首一样，明知前面是死亡，而大步走上前去，把扁脑瓢靠在车板上，左右的晃动着，不久他就睡着了，把一切都交给了光明的梦。

2

在他的车开出不久，厉树人，金山，平牧乾，上了另一列车的一间现在改为装人的货车，十分不体面，绝对不舒服的一间车。在行李，行军床，铁箱等的下面露出些臭烂的稻草，草上染过伤兵们的血与尿；在这些东西的空子里有抱着枪打盹的武士，和浑身是油泥烟灰的火夫，大家的头枕在最不宜于做枕头的物体上，大家的脚伸在最不宜于伸脚的地方。大家都不出声，只有一个青年的壮士把根洋蜡插在铁壶的嘴上，细细的看着一张地图。厉树人们上来，他——那个地图的读者——连头也没抬一抬。借着那点烛光与站台上的灯亮，他们三个看出来，即使他们肯下功夫，精确的测量一番，大概也很难找到坐下的地方。他们也没有去费那个心，只很留神的把脚放在不至引起咒骂的地方，立着。

他们可是很快活。平牧乾没有受过这种苦，但是一路流亡使她晓得这种苦必须忍受。这点苦要是不能受，她知道她就须咒骂时代的不幸，而至少在心理上变成汉奸。还算好，树人和金山找到了惟一的能有倚靠的地点，让给了她，她可以换着腿立着，不至两腿一齐酸痛。堵西汀的介绍信，是在她手里，因为厉与金不相信自己的仔细而交给了她。她只好拿出这封信看着，以便激起自己的勇敢；车内其余的东西实在使她寒心，即便不马上后悔，看久了也总会觉到无望的。

树人的方硬的脸上没有任何表情，把手抱在腋下，稳稳的立着。他把命运交给了抗战必胜的信仰，抱着那信仰，就不便再为自己想什么了。

金山简直连立也立不稳，可是他东晃西摇的在那样的环境里设法找出一点好玩的事来。一向自负，现在他可一点也不再想到自己，他的圆眼把车中的一切都看到了，而后觉得都好玩，都有一些趣味。这些好玩的东西，人物，将陪伴着他去了，去到那更好玩、更趣味的地方——那以鲜血浇湿了的大地，以死之争取生存的战场。这时候，他不热烈，也不退缩，只是像为看一部奇书而跑十里路的样子，渴盼着快到那里，看到一切。到那里之后，自然他希望自己能做些什么，不只是立在一旁看热闹。可是，他不再以为因他来到而一切就顺利起来；在战争的里面，他觉出自己的渺小，也就是放开了心与眼，认识了渺小的努力才辐成时代的伟大。

车慢慢的开了，他们想不到说话，忘了过去，几乎不知道自己是谁。心跳得很快，眼很明，似乎只是那么一股气，一股香热有力的气，充满了他们的心与肢体。这时候，他们已没有了个性，而像被卷在波浪中的鱼，顺流而下，狂喜的翻转着鳍与尾。他们是被支配在一股热潮中，身不由己的往前，往前，往前，去看那光明与开朗的圣地。利与害，平安与危险，全不在他们心中。他们没有计较，只有奔赴，把骨头投在火中烧完是最大的喜悦。

3

抽冷子，那个热心看地图的青年，向树人问了句：“干什么的？”这个青年长着张最阴郁的脸，头上剃得光光的而显不出一点明朗，嘴唇是那么厚，简直使人怀疑他会有把他们张开的力量。他的眉是两丛小的黑林，给眼罩上一片黑影。他最好是坐在地窖里写一本恐怖的小说，或是去扮演神怪戏剧中一个小魔，绝不适宜于当兵。可是他的确穿着一身军衣，顶脏，顶松懈，胸前那块标志，几乎是像随便从垃圾堆中拾来，而更随便的贴在那里的。

厉树人最初是想笑，然后又觉得就是不笑，而告诉他实话，他也绝不会相信；这个青年既那么认真的看地图，一定不会轻易相信什么。结果，树人极坦然自在的，信不信由你的，说：“我到前线去服务。”

似乎很舍不得把眼离开地图，那个青年很慢的把地图放在膝上，然后抬起头来愣了一会儿，仿佛是在记忆哪一省有多少人口，与多大面积似的，事实上，他并没背诵这些，而是琢磨树人的话。言语达到他脑中是很慢的事；已经达到，他还须用力去捉住，才能明白话语的意思。

“啊！战地服务！”他吟味着，似乎是表示他已听明白，而值得骄傲。又待了一会儿：“没有多大用处！”

金山和平牧乾都注意到树人与这怪青年的谈话，他们不约而同的想问："怎样没有？"可是一见树人没言语，他们也就不便出声，而呆呆的看着那个奇异的兵。

树人看出那个青年听话与预备话是那么不容易，所以决定不发问，而等他自动的陈说，省得多耽误工夫。

待了半天，怪青年果然预备好了一段话，说得很慢，很真，很清楚。他的声音低重，像小石子落在满盛着水的坛子里似的。他说：

"从政治上看，从军事上看，从人心上看，我们都没有打胜的希望。"说完这句，他赶紧一抬手，似乎惟恐树人发问，而打断他的思路。"你必要问我：为什么你来打仗呢，既然明知无望，没用？很难回答。我是因悲观而来打仗，被敌人的枪弹射死，强似自杀。失恋么？不，永没重看过女人。没饭吃么？不，小康人家。但是在一个没有什么光明的社会里活着，纵然不饥不寒，没有女人的缠扰，究竟是不痛快的。死较比是痛快的。没有战争与革命的精神么？我看见过自号战士的人，只知道几句标语，而阴恶万分；一千块钱就连他代他的标语一齐收买过来。"他完全像是自白了，没看着树人，也没看着任何东西，眼藏在眉下，厚嘴唇慢而费力的启动。"投军，服务，一概没用。我只为乘这机会结束生活的——或简直应称为生命的烦恼。"他抬头看了树人一眼，仿佛已忘了树人是和他交谈的人。愣了一会儿，又把地图拿起来。

"正如冼桂秋一样，"金山向树人点了点头，"所不同者，一个是因悲观而不动一个手指，一个是因悲观去迎着枪弹走。都很可惜！"

树人看了看那个地图的热心读者。知道他不会听见他们的话，笑了笑："这个人还有希望，等到他上了阵，看见士兵的英勇，他就会开口笑了。你若不到菜市去，你就不能明白人们为什么因半个铜板而起争执。要明白民族的真价值，得到战场去。这个仗必须打，不单为抵抗，也是为改建国家。说到桂秋，他不能与——"树人指了读地图的青年一下，"相比。不动的便是废物。"

"桂枝比她哥哥好，"牧乾把个哈欠堵回一半去，用手轻轻拍着口。

"也好不了多少！"金山故意对女子不客气。

"总好一点。"牧乾用妥协代替争辩。

4

据说是纯烈的爱情能使人成为英雄豪杰，可是我们并没看见多少这样的事实。至于洗桂枝，我们可以断言她并没有一点点使曲时人成为英雄的意思。反之，她都是利用着机会拴住一个平凡的人；要是不在这个兵荒马乱的时节，她晓得这种结合是不易成功的。以她的财富，身分，她纵使看出婚姻的无望，也不肯这么降格相从；即使桂秋不加干涉，亲友们也会在背后指点她的。战争把人心摇动起来，忙着结婚成为共同的谅解，即使不大合适也没有太大的关系了。大时代来临，替桂枝解决了困难。她自己的事高于一切。抓住时代，远不及抓到一个爱人。不错，她可以去服侍曲时人，甚至于去服侍一个伤兵，可是这只是爱的附属工作，她不明白那工作本身的意义。假若非服侍伤兵去，时人还能看得起她，她也就只好前去。若是不须服侍伤兵去，而事情也很顺利，那自然就不必多此一举了。说真的，她是正向着这条路子上引导时人，叫他忘记了树人们，忘记了复仇，而逐渐的把她所习惯的生活传授给他。同时，她愿使哥哥桂秋做些可以叫时人满意的事，而这些事是并不难做的，只要出点钱就可以做到。

她叫桂秋马上找老冯来做防空壕。桂秋只笑了笑。在她，她愿使时人看着大家忙碌，感到生活的趣味，而忘了那流血舍身等等可怕之事。在桂秋，经过堵西汀的熏陶，他渐渐知道了实际行动的价值，虽然一时还想不出把自己放到什么地方去。懒散惯了，实际行动的价值，他能用不屑的精神忍受平常小小的压迫；连老冯那样一个木匠，他也宁可扔些金钱，而图个心净。

曲时人不明白桂枝的心意，他老老实实的以为她是可以造就的女子，起码也可以变成牧乾那样，去服务，去尽力。不错，桂枝拉住了他的手。可是他以为这不过是一种小小的亲密，正像西洋故事里所形容的那种英雄崇拜。在国家危急的时候，女子对于肯为国去牺牲的男儿，当然有一种钦佩鼓励的表示。他自己不是将要听从堵西汀的嘱告而去拼命么？她当然看得出来，也就当然表示一点钦佩。“这算不了什么。”他告诉自己。等他真要执行堵西汀的命令的时候，桂枝还要有更亲密的表示呢，谁知道。对于桂秋的改变态度，他认为更有价值。他心里想，假若桂秋肯干的话，那简直自己可以练起一旅兵来，担任保卫阴城的责任。至于一旅兵怎样练，和有多大武力，他完全不知道。

5

到了荒凉的小站，车停住了。树人们爬下车来，蹓一蹓腿，站上没有脚行，没有旅客，只有黑黑的天扣着几盏不甚亮的灯。一两个鬼魂似的警察，呆呆的立在灯光下，持着年代久远的破枪。前面还有一列车，车上没有灯光，机车上发着嗞嗞的轻声。两列车上一共下来没有几个人，睡熟了的自然继续他们的战士梦，那醒了的看站台上连个卖水的也没有，也就不便费事爬下来。

牧乾要哭，这荒凉的小站，忽然使她想起家来。从流亡到现在，她没有这么难受过，看着四外的黑野，她找不到家，也找不到最亲密的朋友，密密的星光下是无限的黑暗。她不后悔到这里来，只是在这黑暗中她感到无可解慰的凄凉。为怕叫同伴们看见她的泪，她独自往前走了些。她忽然想起桂枝，心中稍微平静了一些，把泪偷偷的弹去。不，一切都不须再想。她抬起头来，天上的星仿佛有种对她表示亲密的样子了，那么多，那么密，都像闪着一点发笑的光。把自己忘掉吧，做个有用于抗战的好女儿！家乡，前途，谁去管！她在黑影里无聊的，勇敢的，笑了一笑，仿佛是在疯狂与刚毅之间笑了一笑。

没注意前面那列车上跳下一个人来，虽然她已离那列车不甚远了。那个人向她这边走来，她只往里手岔开脚步，有意无意的让开路，省得走个两碰头。

“牧乾！”那个人离她也就有三步远了。

“易风！”她把一切都忘了，好像全凭欣喜主动着，她回过头去叫：“树人！易风在这儿呢！”

像疯了似的，树人和金山跑了过来，不顾得讲什么，大家只是笑，这纯挚的笑，把一切亡国与流浪的苦痛都勾销了，笑出最诚意的联合，笑出民族复兴的信仰。

“你跟我们走！谁想到你就在这个车上呢！”金山把这两句重复了好几遍。

“各走各的路！这两列车决定你我的命运！”易风还是笑着说。“我们不能都去当兵，也不能都去服务，各走各的路，好在都是往一个方向走。时人呢？”

都想起来时人，都回答不出，都相信他必会赶来。

“你也去当兵？”那个热心读地图的青年，不知什么时候立在他们旁边。

“我去当兵！”易风并没觉得那个青年不该管闲事，战争把人们都真变成了同胞。

“你还没穿上军衣？”厚嘴唇的青年坦率的质问。

“我还没有找到队伍。”易风笑了。

“那，你随我来吧，我有办法！”厚嘴唇青年扯住了新的朋友，或者应更恰当说，去找死的同伴。

6

曲时人预备好了他的工作。

“我得搬出去，桂秋，谢谢你，你……”他觉得该感谢桂秋的地方太多，反倒无从说起了。

“你上哪儿？”桂秋现在已不那么轻看他的朋友了。

“一时不离开城里。因此也就不能在你这里住下去！”

“你太小看我了，时人！”桂秋从来没发过这样的脾气，可是猜到朋友是去拼命，自己没法不挺起胸来，拿出点男子气来，“你怕连累了我，是不是？”

“倒不是，决没那个意思！”时人的脸上红起来，他是不惯于扯谎的。

“你不能走！”桂枝脸上一点血色也没有了，惊惶的走进来，大概是在门外已偷听了一会儿。“你，你不能走！”

“我还来看你们呢！”时人不知怎好的敷衍她。

“你不能走！”桂枝，当着哥哥，没法子讲别的。

桂秋似乎明白了妹妹的心意，可是想不出说什么来。他的思想不够解决实际困难的。

第十一

1

冯木匠的紫脸上起了光。给冼宅做活，赚头向来是大的，现在要在后花园挖个五丈长的防空洞，那么，多了不说，五六百块钱简直如同放在他腰包里那么稳当了。

可是，五六百块并不是足以叫冯掌柜脸上发光的数目。他还承应下来包修全城的防空壕。这的确是笔大生意，从赚钱上说，实在足以使任何包工人都得扬眉吐气。

他从冼宅借到的两千块钱是绝不够用的了。倒不是不够买材料的，而是不够运动官府用的。为这笔工程，他根本用不着去预备材料。虽然他也承办过官活，深知在做官工中的诀窍，可是这次的做法，连他也不能不稍觉得离奇了。当年，在老冯的师傅还活着的时候，曾经包办过一笔官工——二十万块钱的工价，只在城墙的半腰中画上一道三尺宽的青灰。在那时候这项画灰的工程名为“修城”。冯掌柜永远不能忘记这回事，也就老希望能有这样的一笔生意落在自己手中，好与他师傅争光。老冯的志愿达到了；修防空壕的经费是二十五万，比城墙上抹灰道子还多着五万，抹灰道子，到底得扎交手，用青灰，工料都须出钱，修防空壕还用不着费这么多的事。既是壕，就必定在地下，不必扎交手，省去很多“工”。再说壕者沟也，而阴城原有不少泄水的明沟。老冯的工作只须把这条明沟稍加整理，东边铲一铲，西边垫一垫的，便可以交工。同时，他须预备出二三十块小木板来，等交工的时候把木板送到衙门里去，由衙门中派员写上“避难往东”等字样，而后再派员钉在适当的地方，便算完成了阴城的防空设备。老冯，在承应与执行这项工程中，只须告诉一名木匠刨那些木板，十几名泥水匠到处铲铲，或垫垫明沟，和预备一大笔运动费。借来的那两千块钱绝对不敷用的。他很忙，忙着集款，以便及早动工。这种忙碌是有意义的，到处他脸上放着红光。

洗桂秋的朋友，那位军官，在拟定利用明沟，速成防空设备的计划中，很卖了些力气。洗桂秋给文司令的信发生了惊人的效果。文司令和其他的重要官员，都没有能想出明沟在抗战中的价值，而防空设备是事在必办，那几十万的防空捐又必须由官吏分用，怎办呢？桂秋的信送来的恰是时候。运动这个差事的人不下二三十位，文司令本不必一定把面子给桂秋。可是，为集思广益，不妨见一见一切候补的人，于是桂秋的朋友就被接见了。

他——桂秋的朋友——有主意，能使防空设备马上完成，而且金钱可以落在负责人的手里。派他去办，他就把话说出来，否则把计划放在心中，谁也没法子知道。差事就这么到他手中；计划拿出，果然高明。

文司令与其他负责办事的人，甚至于那些运动失败了的人，都一致的钦佩桂秋。据他们看，桂秋手下是真有人材。因钦佩，所以大家一提到他便也联想到：假若阴城陷落，洗桂秋最好出头领导群众，因为他既不是官员，没有捧印投降的恶名，而且他的身分又是那么高，绝不至叫敌人轻视。有备无患，大家须预先为他制造些空气，他们不约而同的把洗桂秋改为洗公子；洗公子将是他们的领袖与福星，连文司令都去拜访了洗公子一趟。

桂秋莫名其妙。要不是文司令来，他简直想不起他曾为那位朋友写过介绍信。见到文司令，想起那位朋友与那封信，他可是绝想不出那封信会有什么多大的作用，至多也不过是使他的朋友得到这个差事，而得差事本是他的朋友的目的；目的既已达到，总算了结了一桩麻烦。他就是怕麻烦。

因为怕麻烦，所以他只能享受自己的财力所能供给的舒适与嗜爱，而把一切实际的问题与办法都推在一边，他的脑子是动的，他的心可是死的。他的身体简直不会活动，多走一步他所不爱走的路，他就害头疼。

后花园里修防空洞，已经动工了四五天，桂秋打不起精神去看一看。那是老冯的事，他管不着。老冯根本不晓得防空洞应该怎么做，所以只按照盖小房子的办法，盖了三间小土房，只有门，没窗户，以便成为“洞”。屋顶上覆了不少的土，以便挡住炸弹，别的他不晓得，他可是知道防空洞是防轰炸的。

洞盖好，他找桂秋交了活。桂秋照数开了钱，并没到花园去看。妹妹桂枝要是有精神，无疑的是要和老冯吵闹一阵的；可是她一天到晚在屋中落泪，因为曲时人到底是搬了出去，不论怎样的留劝也无效。

老冯因为给洗宅盖造防空洞，并且包修全城的防空壕，遂成为阴城造洞造壕的专家，而应下更多的生意来。他几乎每天到洗宅来，领着他的主顾儿来看“样子”。“就照这样儿做吧？土还要加厚？看，这已经够厚了，五尺多！要再加上二尺怕要自己塌下来的！五尺很够挡炸弹的了！炸弹没多大劲儿，就是响声大。”那些来看样式的人，虽然不深信老冯的话，可是洗宅的防空洞既是这样，大概不会有很大错儿的。于是便把性命交与桂秋的疏懒，与老冯新盖的土屋。

2

曲时人的住处是间小黑洞，在阴城极热闹的一条巷子里。巷子不宽，可是昼夜不断行人。巷子不长，可是小饭馆就有两三个。堵西汀把曲时人安置在这里，好不至引起怀疑，因为谁也想不到在这么热闹的地方会藏着个小黑洞。

黑洞虽小，堵西汀可是常常带着朋友来聚谈，屋子里坐不开五六个人，所以有时候大家就须立着商议他们的事。

曲时人很满意，他不怨屋子里黑，也不怨没有坐处——朋友们来到，他应是第一个立起来的，因为他即是新手，又是小黑洞的主人。在这间小黑洞里，没人的时候他得以静静的思索；有人的时候他得以听到使他见到一些光明的话语。在这牢狱似的地方，他看见了智慧与勇敢。他觉得自己仿佛像是在一个卵壳里，虽然见不到阳光，可是正在吸取智慧与勇敢，然后可以孵出一个新的人来，一定不是先前他所在的学校中能造就出来的。

这小屋，当堵西汀来到的时候，就是在白天也对面看不见人。堵西汀的烟卷是接二连三的吸着，而他又不许开开屋门；屋里满是烟。堵西汀的烟吸完，照例是曲时人到街上去买。曲时人不大愿意出去，因为虽然离烟摊子不远，可是一出去到底得少听见许多句话，这是个损失。

慢慢的他想起一个办法，他得给堵西汀预备下香烟，省得临时出去买。极平常的一个主意，可是他非常的得意，他以为这足以表示他的热烈，他之机灵。从前，他对一切都马马虎虎，现在他连一个字也不肯随便的放弃，凡是堵西汀说出来的，他都须听到，放在心中。

他几乎连复仇的念头都忘了。自己所受的那一些委屈算得了什么呢，他须在堵西汀的指导下，去把命卖掉；这样死，他以为，才会有价值。他不叨唠了，他几乎是终日一语不发，心里与脸上都极静，静静的等候着命令；假若堵西汀发令叫他马上去投个炸弹，他觉得他会连大气不出的，揣起炸弹就走。

在他们的商谈中，他可也听见不少他所想象不到的坏事，像已有人赶办太阳旗与五色旗那种事。听到这些寡廉鲜耻的事，再听到堵西汀们设法破坏这些事的计议，他就格外佩服堵西汀与堵西汀的朋友们。不错，堵西汀们人少势力小，不能一网打尽的把汉奸们一齐肃清，可是惟其以少碰多，以弱碰强，才见出热诚与真心，才是真肯牺牲。英雄似乎是，曲时人咂摸着，只计邪正，不计成败的人。

3

不肯听别人批评自己的，是未曾了解自己的人。堵西汀在朋友中，有时候显出独断独裁，但是当大家计议的时候，他尽量的听，热诚的鼓励别人讲话。他的专制是在执行的时候，因为执行一件事与商议一件事并不相同，商议尽管详细，可是无论如何也不能把执行时的困难与办法都一一的想到。堵西汀可以在商谈时接受大家的意见，而在执行时自有他的办法。他有胆量与经验，他知道非照着自己的办法走不能实现大家拟定的计划，他不便因客气而把事弄糟。这个态度不算错，做领袖的理当能宽能紧。可是，这么习惯了，他渐渐的把心思全放在实际上，而对理论与理想视为无足轻重。当大家商量事的时候，虽然他还不限制别人说话，可是有时候对稍为空洞的话不能忍住性子去听，连连的吸着烟卷，他像个受了伤的虫子似的扭转着瘦身子，使椅或凳发出响声。这使发言人很难堪。他知道这不对，可是管束不住自己；他的热烈使他不怕得罪人，而得罪人又使他心中不安。因免去不安，他有时候须发狠，使人怕他。

正落着细碎的秋雨，堵西汀的帽子带着一层像露珠的水星，钻进了那个小黑洞。

“他们怎么还没来？”他问曲时人。

屋里虽然很暗，曲时人还能看到堵西汀的眼光，极亮的往四下里旋扫，倒好像不是找人，而是寻一件什么东西似的。

曲时人还没回出话，又进来两个人。曲时人只能看清他们是一高一矮，看不清他们的面貌，因为他们都把帽子戴得很低。曲时人近来也学会把帽子戴到压着眉毛，一来是大家都那样，二来是这样戴帽使他心中觉出一种神秘的勇气。对这些低戴帽的朋友，他不敢多问什么，就是他们的姓名也不敢问。他只觉得他们是一些英雄好汉，无名的英雄好汉，到这黑洞中，商量一些把阴城从灭亡中夺回来的事。

“来晚了，你们！”堵西汀把帽子摔在个黑暗的什么地方，没等他们答话，他接着说，语气柔和了一些。“先谈着，不用等。他们，永远不记准了时间！”

大家都摸索着坐下。曲时人把香烟递给了他们。

“听说保安队已缴了枪！”那个矮子的声音。

堵西汀没答言，只微声哼了一下。

“西汀！”矮子几乎是央告着，“西汀！咱们不能专做破坏的工作，虽然该杀该破坏的人与事是那么多。连保安队都成了赤手空拳，这座城岂不成了空城？”

“可就是！”堵西汀划着一根火柴，把两块瓦似的腮照得发了点亮。“连保安队的枪还收回去，咱们有什么方法去组织民众呢？你一去宣传，就先下了狱，或丧了命；而人民又须极详切的劝告才能明白。怎办呢？在乡间倒比在城里容易一些，可是城——别看这是座死城——是心脏，把城丢了，便是把一切可利用东西与便利都丢了。所以我们必须保卫这座城。一点不错，在保卫阴城——或任何城市——的工作中，组织民众是最积极，最重要的事。民众是铁，组织，只有组织，才能把钢炼出来。可是，我们怎么下手去做？手不准动，口不准开，兵在他们手里，枪在他们手里！我们还没把人民劝明白，已经被捉了去。与其那么牺牲，还不如咱们照着老方法去干。照咱们的老方法做事，我们牺牲，他们可也得死。打死一个是一个。”

“死了一个，还有一百个来补缺——”高个子冷笑了一下。

“我知道，我知道！”堵西汀急忙把话抢过来。“所以我不单是在这里工作，也往四外送人，叫他们到各处去工作。至于你我，哼，恐怕没有更好的方法，既在这里，就没法公开的活动什么，只能在黑影里端着枪。不积极，没有建设性，一点不错，可是一个人恐怕也只能做一样事，做环境逼他必去做的事，你不能拿理想来看轻你实际的工作，也不能用做不到的事来限制你能做到的事。一条狗能守门，而不会上树。时人！”堵西汀忽然把话转了方向，“你去找洗桂秋，给他个警告！”

“怎么啦？”时人傻子似的问。

堵西汀笑了。“告诉他，有人想举出他去欢迎敌人。”

“他不是那样的人！”时人没法不为他的朋友辩护，虽然他极崇拜堵西汀。

“不管他是什么样的人，凡不动手做实际救亡工作的，便使人有机可乘，拉到汉奸里去。告诉他，我们并不怀疑他。可是他必须做点什么，使他鲜明的立在与汉奸相反的方向，不管他爱动不爱动。”

“假若他不动呢？”时人非常关切朋友的安全。

“我们并不特为他而费一个枪弹，可是难保不带手儿把他打在这边。”

“啾！”

4

时人很自傲能得到工作。可是想了一会儿，他觉得这工作太容易，没劲。继而又一想，这也不很容易。先不用说别的，以讲话而论，他就说不过冼桂秋。假若冼桂秋一笑置之，怎办呢？

啊！想起来了！他得像堵西汀那样，四面八方的想办法，不能毫无准备而去，空着手回来。他得用他的脑子。做个战士须是智勇双全的。

对，他应当先找冼桂枝去。桂枝不像桂秋那么厉害，可是颇有左右桂秋的能力。把她说动，事情就差不离了。

把帽子戴得很低，冒着小雨，曲时人心中很乱，而并非不快活的，去找桂枝。

第十二

1

车什么时候开？没人知道。因为这样没把握，所以树人们才不敢多在站台上说闲话儿，万一车忽然走了呢！他们都挤进车去。车里还是那么乱，那么挤，可是他们的脚尖像是已经受过训练，很准确的东点一下，西点一下，把自己安插在可以站立的地方。读地图的青年，把自己的地位让给了牧乾。

“在死的前夕，对女人还应当客气！”他极费力而又极老到的说，并没有一般年青人因说了句俏皮话而得意的神气。

牧乾很想不坐下，而且要还给他一句漂亮的话，可是她真打不起精神来，像个小猫似的，她三下两下把身子团起，在极难利用的地势，把自己安置得相当的舒适。看看自己的鞋尖，看看左右，看看朋友们，她一会儿觉得一切都生疏，一会儿又觉得事事都熟悉，心中又清楚，又糊涂，难过而又无可如何。慢慢的，她眼前的人与物迷糊了一下；勉强睁开眼，又闭上；闭着眼，有意无意的拉了拉衣襟；不放心而身不由己的入了梦境。

树人们的眼慢慢的也很费事的才能睁开。他们再不能保持着站立的姿势。无可如何的，他们把地下横着的腿，东搬起一只，西挪开一条，像拨搂柴草似的，给自己清理出可以坐下的一块地方。只有读地图的青年还有精神，还想陪着大家议论，好像熬夜不睡也正是他打算自杀的一个方法。见大家都坐下打盹，他又并不强迫他们和他说话，他独自愣一会儿，嘟囔一会儿。

夜在做梦的心中只是那么一会儿，像片黑云似的随风飞去。车里的人随着晨光渐次活动，有的猛然坐起来，愣着，愣了半天，才明白过来身在哪里，又无聊的倒下去。有的闭着眼念道了一些什么，咳嗽一阵。有的把手从别人的身下抽出来，枕在自己头下，叹口气。有的打着虚空而委婉的哈欠，把手碰在别人的身上。这些声息，这些动作，叫没有动静的人也感到夜的逝去，虽然懒得动，可已不能安睡。慢慢的，有人走下车去，慢慢的，更多的人走下车去。没地方去洗脸，到处可以撒尿。大家东一个西一个的，对着薄薄的晨霞，开始奇怪为什么车还停在这个空寂的小站。车站上没有人，车头上微微发着点白气，一条瘦狗慢慢的在车轮旁随嗅随走。几片碎纸在轨道间轻轻的动，小风一阵阵的很凉。

兵士们几乎都下了车，去做些什么。树人们即使不必因为睡得晚就得起得迟，也要利用这个机会多忍一会儿，他们的腿可以自由的伸出去而不至踢在别人身上了。

不久，太阳把早露推开，光明照遍了大地。树人们不敢再睡，可也不好意思下车；同车的人们还并不认识他们，他们简直不能不承认自己是“黄鱼”。那个读地图的青年是可以帮助他们的，不错；可是他并没在车上。他们很想商议个办法，因为他们必须马上与兵士们发生关系，才能解决许多必须解决的问题——比如，问问这列车到底什么时候开走，他们该到哪里找到水喝，……但是他们打不起精神去交谈，他们还没睡足。他们心中只能悬着这些问题，似睡不睡的卧着。阳光把车中照亮，显出特别的脏乱，他们并不敢因为脏乱而走出去，他们卧居的那一块地方似乎非常的宝贵，难得。

正在这个时候，车外乱了起来。飞机！飞机！我们的！中华民国万岁！不要吵！飞机！敌——机！车上的下来！敌机！一定是敌机！从东北边来的是敌机！站台上的人们这样喊叫，车上的人们急忙往下跑，鞋声，喊声，枪刀的响声，结成一片。人们乱，可并不慌；想躲避，可是得等命令。有的嚷，有的骂，有的还开着小小的玩笑，好像是毫无纪律。可是尽管乱吵，谁也不敢私自跑出去，又分明是极有纪律。这么乱了一会儿，车的最后边上来了两位长官。站台上马上没了声音，而远处空中忽忽的声音都更清楚了。命令：离铁道五十米外，散开，卧倒。一声“明白！”大家和箭头似的跑开。车站上只剩下了两列车，微微放着点白气。

树人们听见了大家嚷，听见了飞机的响声，听见了命令，全像头上浇了一桶凉水那样清醒了。树人一把扯起牧乾就往下跑，金山们紧跟着。跳下车，跳下站台，跑过铁轨，越过木栅，他们有点恐惧，又觉得怪好玩，百忙中抬头看一眼，飞机五架，稳稳的，慢而快的正往车站这边飞。

地上的土很松，他们的腿使不上力量；没跑出多远，大家已都见了汗。在学校的时候，谁都自诩为身强力壮的好汉；现在，他们看那些兵已跑出老远，而自己的脚却费好大力量才拔出来，心中未免发软。想不出更好的话来自解，他们都督促牧乾快跑。仿佛若是没有她，他们就至少也能更快一些似的。

“撒手！”牧乾从树人的手中夺出自己的小手来。“不用管我，你们跑你们的！”她立住了，扶着心口喘气。

“快！”树人决不肯放弃了她。

牧乾又勉强跑了几步，腿一软倒在了地上。“不用管我！”

英雄主义使他们不能离开她。而大家散开以减少死在一处的危险又是理之当然；他们进退两难，而飞机的响声是越来越大。金山一边走一边说：“树人！假若你不能抱起来她，你自己就多跑几步！多活一个总比多死一个强！”

“跑你的！”牧乾喘着喊。

“跑！跑过那棵树去！”易风一边说，一边倒在地上：“我陪着她！”抬起头往回看了看：“这里已离铁道有一百多米了！快！跑你们的！”看着树人已跟上金山去，又喊了句：“找空地！别在树底下，留神扫射树木！”

树人和金山用尽了力气，又跑了三百米；实在无法再跑，像两块木头似的倒在地上。金山刚喘过一口气来，就往前爬了爬：“前面有道小沟，树人！”树人没说什么，随金山往前爬。小沟只有三尺来宽，二尺多深，他俩很快的把身子横过去，把头趴在土上，头上的汗像水似的往下流。沟虽然不深，可是他们似乎感到一股热气；这点也许是想象的热气，使他们觉得安全可靠。他们可是不敢抬头，因为一抬头就可以看到外边的一切；那么平，那么宽，除了前面有几十棵树以外，什么掩蔽也没有！气喘的稍微好一点了，他们都无聊的听着飞机的响声。用手揪住几棵坚硬的草秆，倒仿佛这点东西足以安定他们的心似的。

“我的袜子全湿透了！”金山不自然的笑了笑。

“嗨！你们把胳臂垫在胸前！张开嘴！”读地图的青年的声音。他就离他俩不远。头靠着沟边，身子折成个元宝似的极不舒适的保持着坐的姿势。

金山往青年那边爬了一点：“你为什么不倒下？”

“我这是坐以待毙！”他极费事的笑了笑，而又回头看了看：“来了，冲咱们这边来了！”

树人照着那青年所告诉的方法，把胳臂垫在了胸下。在战争中，他以为须用小心配备着勇敢。稍为把脸侧扬，他的眼已瞭到两架飞机。天是那么晴，阳光似乎把蓝空织进一层银线，使蓝色里闪出白光。看着这样的蓝天，本当痛快的高唱几句或狂喊几声。可是，那钢的鸟在天上，整着身，伸着鼻，极科学而极混帐的，极精巧而极凶顽的，极脆弱而极骄傲的，发动着死的魔轮，放着死的咒语；把一部分天地吓住，不敢出一声，只有它的有规则而使人眩晕的轮声像摄取着一切的灵魂似的在扇动。阳光在飞机的翅上，显着特别的亮，亮得可怕。蓝空随着飞机而旋动而震颤而惨白而无可如何的显出空虚无聊，甚至于是近于无赖——就那么无风无雨的任着那铁鸟施威。

“卧下！”金山告诉那地图的爱好者。

“一二三，五架，起码有几十颗炸弹！”青年依旧坐在那里，张着嘴，很细心的数那些飞机。“飞得真低，连那些铁花瓶都看见了！”在树人的眼角上，天和飞机都转了弯！

“找车站车呢！我这颗头是不值一颗炸弹的！”

青年这句话还没说完，飞机的轮声似乎忽然停断了；空中猛然间像一群鬼在啸叫。这啸声是那么直，那么硬，那么尖，好像要一直钻到地心里去；它不仅像一种声音，而是带着响声的一些怪物；钻透了天空，还要钻透了地心，顺手儿把人的灵魂吸摄了去。它使人不但惊惧，也使人恶心。

紧跟着，地里像有什么妖魔在翻身，仿佛要把人整个的翻到下面去。天地间的生机似乎完全停顿，一切都在震颤，击撞，爆裂，响动。秋叶被狂风扫落。多少条彩闪似的一直的自上而下落下来，或横扫过，一眨眼，秋树已成了光杆。随着树叶，天空飞动着向来不会飞的东西，一节铁轨惊鸟似的落下来，打倒一株老槐……

2

鬼啸与地震过去了，极快，极复杂，极粗暴的过去了。天上的机声又有规律的嗡嗡起来。又来在树人们的头上，拍拍拍拍，几阵机关枪扫射。而后，才安闲得意的昂起头来，向东北回飞。这残暴，这傲慢，使每个人将要凝结的血由愤怒而奔流，把灰黄的脸色变为通红。树人的身旁落了许多枪弹，打得他满身是土；土与汗合起来，使他感到像落在泥塘那样的难过。擦了下脸，他似乎已忘了金山是在那里，而试着声儿叫：“金山！怎样了？”

“没怎样，”随着这声音，坐起一个灰土的金山。

看到金山，树人也就看到那个地图的读者，还在沟中横窝着，可是双手捂着眼。金山要笑，树人的眼神拦住了他。

金山起来掸身上的土，那个青年像由梦中惊醒了似的把手急忙放下去。树人急于去找牧乾，可是被那个青年拦住。他极慢的说：

“我叫光明，你们记住！从现在起，我不想自杀了。这是战争，在战争中，必须去杀敌，而不是自杀！看！”他指了指远处。“看，那些弟兄们，极灵敏的跑出去，笑嘻嘻走回来。那是战士，不白死，也不怕死。我并不镇定，虽然我是来求死！他们，”他又指了指，“证明了我的错误，我以为自己是好汉，他们是些饭桶。看，他们都笑嘻嘻的，我却呆在这里！”

“他们也怕，”树人一边撣土一边说，“谁都是肉做的。心一动，脸就发白，没法子！你没法不叫脸不变白，可是能够因训练与经验而不慌，不慌才能勇敢。以咱们比他们，咱们差的太多了；他们是战士，也是我们的老师！”他向铁道那边打了一眼，“两列车和车站都完了！”

金山跳出沟来，向前望了望：“易风！牧乾！”回过头来，“他俩也没死！”

“听老兵们说，”光明很费事的立了起来，绝对没有去撣土的意向：“轰炸并不可怕，厉害还是机关枪。你说对了，只要咱们有了经验，脸白而不哆嗦，就能不怕轰炸。”

3

“哎呀，我的妈！”牧乾的脸上很红，头发上落着一层黄土，和几个干草叶。“怎那么响啊？我当是地球两半了呢！”

“要不是我拉着她，”易风告诉大家：“她一听见头上吱吱的叫，准保爬起来就跑！”

“一跑就危险了！”树人好像深知战事的一切似的说。

“哼，”易风直爽的一笑，“这才是真的试验呢！胆子是得练出来的。咱们在学校里，只练习喊口号，没练过听炸弹！教育的失败！”

“牧乾，”金山轻轻地叫了声，“回阴城吧，这不是女子该来的地方！”

“我承认胆小，可是我得把它练大了！就是你陪着我回去，我也不干！你们上哪儿，我上哪儿！”愣了一会，她开始整理头发。

“说真的吧，”树人向大家说：“咱们怎办呢？车是炸了，咱们上不着天，下不着地，怎办呢？”

“我有办法！”光明很负责的说：“只要你们拿我当作朋友，我就有办法！一同避过一次轰炸，也不怎么就像老朋友似的，你们也这样吗？”

“我一点也不敢再骄傲了，”金山低着头说：“我只能随着你们去干。炸弹能把铁轨炸飞，可是也把人心震得真诚了许多！咱们看看去？”

他们一齐奔了车站去，全身似乎都有了新的力量。

第十三

1

洗桂枝有自用的小客厅。曲时人晓得他能怎么到这小客厅去，而不被桂秋看见。

自从离开洗宅，时人便把桂枝忘掉了。他有许多缺点，可是忘恩负义并非其中的一个。他自己仿佛也闹不清，为什么竟自把个义务看护忘得死死的。来到这小客厅，他忽然想起一切，他几乎不知如何是好了。桂枝把他服侍好，这是他终身不能忘记的恩惠，怎样报答她呢？是的，是的，全民族都到了生死关头，他不能顾及这对个人的一些好处，可是好处毕竟是好处，况且给他那些好处的人马上就要立在他目前，他怎么办呢？心中很乱，他随便的看了屋中一眼。屋中还是那么清洁，那么雅致，绝对看不出一点什么危险，绝对不像四外有极大的祸乱；他认识这个小屋，可是现在他觉得非常的奇异，似乎只有在梦里才会见到这么个地方。

还戴着帽子，他呆呆的立在小屋中央。

桂枝轻轻的走进来。

时人心中的桂枝是那个义务看护，忽然看见她又打扮得怪妖气的，他似乎不敢认她了；有意无意的，他把帽子摘下来，说不出话。假若桂枝还是护士的样子，或者他能很规矩而又很随便的招呼她。眼前的桂枝，只是那么鲜红的一块什么：鲜红的嘴唇，鲜红的细毛线的菊花小马甲；他只觉得这刺目的红色红光罩着她的全身，看不清其他的任何东西；他的眼要闭起来，可是那些红色在他心中展成无限大的一片。红色越来越近了，最后他觉得几个瘦细而火热的手指握住他的手。

2

桂枝常常向自己发问："真爱时人吗？"她不能给自己一个绝对可靠的答复。

虽然不肯公然承认她长得不甚体面，可是她心中老为自己担忧。修饰是她最大的自慰。即使修饰并不能遮掩她的缺陷，可究竟是对得起自己的一个办法；就是修饰完全白费，毫无补于她的眉眼与体态，到底修饰本身还是一种技术，一种欣悦。

因着这种自觉，她时时以为有个时人那样的爱人，多少是聊胜于无。没有爱人是件可耻的事，谁能一辈子老修饰而老扑空呢！有了这个不得已的想法，她不否认时人的缺点，可是觉得那些缺点是可以设法弥补的：她可以担任起改造他的责任。是的，她把他服侍好，她还可以再进一步去改造他；他完全是她的创造物，她是他的小母亲。这点自慰与自解，使她不断的思念时人。有时候，她感到时人是个无情的人；看，他老不来看看她！她气愤，她甚至恨他，可是不大一会儿又把气压下去，而想象他的好处与可爱。无论怎说，他是一个男人。无论怎样没有诱惑力的男人也到底有点诱惑力！她想给时人写信，想找他去，可是，他在哪里呢？无情的傻胖子！信无从写，人无处找，她只好修饰自己好不至于太无聊，也希望着时人不定什么时候就会来看她——她必须漂亮得像一朵香花一样；虽然花朵未必真美，可是香味足以动人。决不能被他看见她黄脸秃眉的不像个摩登女子。她必须努力增加自己的色彩与香味，使他屈膝投降，假若他肯来看她的话；他必定会来的，必定！她试她的高跟鞋，试她的新衣服；穿戴好了，她细细的看她的影子，而后握着细瘦的手指轻轻叹息。

时人走后，她已经不再细看报纸。对于修饰自己，是无可奈何的事；不修饰就没了生命，生命是必须保住的。对于战事消息就不然了，虽然胜败也足以引起她的悲或喜，可是天天总是那么一套，看着就未免生厌。再说，即使敌人真个快打到，她总会有办法，因为手里有钱。钱能使她不受委屈，那么也就不便过于关心国事。

不过，战事到底是件无法完全置之不理的事，它至少使人心中不安。越不安，便越想有个什么东西来支持自己，像空袭时有个防空室遮护着自己那样，所以桂枝近来无时无刻的不思索着婚姻问题，而且一想到这问题，便把多一半的希望放在时人的身上。因为这更较比的切实，假若不是更近乎理想。钱不成问题；既不成问题，就无须多去费心思；婚姻可并不这么有把握，所以更应当注意。她拉过时人的手，吻过时人的脑门；谁管时人领略不领略，晓得不晓得呢，她以为这已经是打开了一条爱的道路，而且必须顺这条路走下去。想起这些爱的小小建设，她心中就跳得快一些；不是有什么可羞的，而是深深的盼望那点小小的接触已经被时人明白了；即使时人不明说，可是他心中必定有个数儿！她明知这不是事实，而不敢不这么希望着；有时候她甚至于闭上眼祷告，假若当她握时人的手的时候，去感动他，使他明白，叫他来找她！可是，他不来，没有一点消息！她的盼望，她的祷告，都毫无效果。她打扮好了，只好到床上去哭；哭完了，再去搽脂抹粉。有时候，她因失望而想永远忘记了那个无情的庸俗的胖子；以前她怎么活着来呢？空虚，不错；可是也并没因为空虚而死了啊！何必为时人那么个傻子费眼泪呢！不过，以前的空虚是可以忍受的，因为自己并没有在爱上花什么本钱。时人是她服侍好的，这是真真实实的投资。况且，从前没有和日本打仗呀。

这样都想过了，时人可还是不来！他应当来，他欠着她的情，为什么不来道谢呢？“完全等着我发动吗？”她咬上嘴唇，心中责问他。她的身分简直一点也没有了，于是感到极度的悲哀，一个女子就这么没有任何价值么？她想寄封最厉害的信，去责骂他，可是他在哪里呢？都是堵西汀的坏！最厉害的信没有写，她转而咒诅堵西汀，而原谅了时人。

3

听到时人来找她，她并不像一个陷入情网的青年女子那样狂喜的去迎接爱人，因为她不敢断定是否时人已经接受了她的爱。她的心确是跳起来，可是她得安静的想一想。她必须先决定如何对待他：是慢慢的诱导他呢？还是不容他转身，就把他擒住？一面穿起那件鲜红的菊花纹的小马甲，一面思索；在照着镜子扑粉的当儿，她已决定了必须把他擒住。战争不允许人们详密的计划自己的事，她必须赶快决定。把他捉到，她就有了事做，那就可以叫战事照顾着她自己，而她可以带着时人远走高飞了。假若这种生擒活捉的办法有什么不大体面的地方，那是战争的过错，不干她的事！想到这里，她觉得时人必是个最幸福的人，而她的计划大概是天意如此，没有什么可耻，也没什么可以狂喜的。她是要解决一桩事情，虽然这桩事情理应有些眼泪与热吻在里边，可是即使没有它们也似乎得将就一些，谁叫赶上这样的时局呢。她不敢再思索，思索或者足以减少了她的勇气。她腿要快而反走的很慢，心中乱而勉强显出镇定，低着头往小客厅走。到了门口，她的手与脸都热起来，几乎不敢往前迈步。心中好像空了，只剩下那点决定，她用全身的力量支持着自己去执行那个决定，她走过去，拉住他的手。

4

时人不会很快的去对付临时发生的事件。愣了一会儿，他把手抽出来。

桂枝抬起头来，看了时人一眼，心中反倒平静了一些；时人的样子是那么平凡，她仿佛是见着一个极熟识而又极没趣的亲戚，不用怕他，也不用殷勤招待他，只须不过于冷淡他就够了。她刚要这样冷淡下去，可是忽然觉得一阵难受，她觉得自己简直全无希望。她极快的坐下去，想哭；手捂住了眼。

“怎么啦？”时人莫名其妙的问。

桂枝的泪落下来，决定不说什么；她伤心，而且知道说话是没多少用处的，时人不懂！假若他懂事，他必会过来安慰她；他依旧立在那里！

“怎么啦？”时人又问了一声。

桂枝忽然把手放下来，掏出小手帕轻轻抹了抹泪，先冷笑了一声，而后嘴唇颤动着说：

“我把你服侍好了，这就是你知情感义的办法，站在那儿审问我！我有什么对不起你的地方，你连我的门也不登？！”

“实在，实在没工夫！”时人的脸红起来。

“你连坐下也不会？”桂枝随便的挑毛病，因为并没预备好多少的厉害话。

时人急忙找了个座位，离桂枝很远。桂枝叹了口气，“没办法！你干嘛来啦？”

“有点事！桂秋在家吗？”时人打算快快把事说完，好急速回去报告；虽然他心眼慢，他也由桂枝的行动上看出点不大妥当的地方来。

“你不是来看我？你知道不知——”

“知道什么？”

“不用说了，你什么也不知道；木头人！”桂枝说完，又后悔了，惟恐把时人说急了，事情就更不好办。“找桂秋有什么事？”

“桂枝你得先答应帮忙我，我才能告诉你；不然的话，我自己找他去！”时人这些话是早预备好了的，为忠于工作，他不肯随便泄露了机密。

“我要是答应了你，你可也得答应我！”桂枝勉强的笑了一下。

“什么事呢？”时人几乎不敢再看她，低声的问。

“你说你的好了！”

“堵西汀——”

“老是堵西汀！多嗒你叫他给钉死就好了！”桂枝立起来，犹疑了一下，慢慢的把椅子挪过来，和时人面对面的坐下，手里揉搓着那块小手帕。“你看，时人，我把你伺候好，多少是点情义！”她的语气非常的温和了。“咱们是老朋友，父一辈子一辈的朋友。堵西汀是谁？你不过才认识了他几天，干嘛听他支使呢！你看，这么兵荒马乱的，我也得为自己的安全想一想。我们啊——也得有点安慰！比如我们彼此了解，彼此帮助；叫桂秋干他的，虽然我很爱我的哥哥，你听明白了；叫他干他的，你我可以躲避躲避。钱，不成问题；没人同我一路走，我可不敢瞎撞去。答应我，咱们一同走，我就帮助你，帮助你这一次，并且永远帮助你！”

时人半天没有说出话来。他听出来话中的意思，没法回答。他一点也没有忘了堵西汀托付给他的事，可是不能不管桂枝怎样而直截了当的说下去。桂枝是个女的，他必须客气一些。对，她是个女的；而且呢，她所提出的并不是泛泛的一件小事；这种事不是轻易由女子口中说出来的；她既说了出来，他无论如何也不能不表示一点感激，不管她是怎样的不中他的意，也不管他愿意接受不愿意。况且，假若他不敷衍桂枝一下，她就必定不肯帮他的忙，去劝告桂秋；有什么脸回去见堵先生呢？连这么点小事都办不了！可是，假若一敷衍而就算承认了她的建议——她要不是出于真心，怎能这么急切的提出来呢？——又怎么再摆脱呢？为大事而戏耍一个女友是可以原谅的，可是时人不是那样的人，他要处处对得起人，不能因为可以原谅而耍手段。他出了汗。

搓着手，他下了决心：

“桂枝！我来警告桂秋！有人准备到时候把他推出来做汉奸的首领。他也许还不知道。你告诉他，叫他设法表明心迹；不然……你刚才说的，桂枝，我实在，实在没话来回答；你知道我嘴笨。”

“我知道，你只要说个是或不是就够了！”桂枝壮足了胆子，极畅快的说。

“那，那我只能说不是！国家要紧！”

“一点希望也没有？”桂枝的眼盯住了时人。

“我不愿太伤了你的心！”时人急忙接下去，怕她插话，“桂枝，你把我看护好了，为什么不去救护伤兵呢？能做，为什么不做呢？你看，现在你又打扮起来；我在这病里的时候，你不是连件好衣裳都不穿吗？”

“那么，你愿意我服从你的意思，一同去工作？”桂枝又看到一个缝子，递进来一刀。

“咱们不容易在一块儿工作！”时人的汗落下去，话来得容易了些。“你看，我是走死路的；你应当找安全的工作。我求你，求你！把我的话告诉桂秋。我要是一直的去说，他必因为看不起我而不信我的话；我越劝他，他会越不在乎。他不是那么个脾气的人吗？你告诉他，他必相信，是不是？”

“你还是得跟着堵西汀？”

“这么着吧，”时人实在不肯太使她难堪了，“我常来，只要我不离开此地，我就常来看你，好不好？”

“明天来吃晚饭好不好？时人！你天天来吃饭吧！你的衣裳也该换换了，多么难看呀！我愿意照顾着你，咱们是老朋友！”

“明天？我不知道能出得来不能，我有工夫就来！那件事可千万告诉桂秋！”

第十四

1

火车不够用，电线已炸断，大家困在了小车站上。长官下了命令，先到柳林中去造饭。伙夫们忙着搬东西，挑水；树人们无事可做，只好坐在地上谈天。谈着谈着，他们发现了一件奇怪的事：敌人并未派侦察机来侦察，怎会就知道这荒凉的小站上有两列车兵呢？

汉奸！汉奸！每个人心中都预备好了这个回答，可是都不愿意把它说出来。他们似乎都为祖国害羞，为自己害羞；为什么中国会出这么多的汉奸呢？为什么他们这么多人就一筹莫展的听着汉奸摆布呢？

“光明呢？”树人问。

“他给咱们交涉去了，”易风亲热的回答，这种亲热也似乎是为表示他对光明有很好的友谊。“别的不说，他得先给咱们弄点东西来吃。”

“我可是真饿了！”牧乾轻轻的挺了挺腰，把手按在肚皮上：“肚皮都快贴住脊梁了！”

“当汉奸吃饱饭啊，牧乾！”金山笑着说。

“不理你！”她本想向金山做个鬼脸，可是忽然的心中一阵难过，忙把头低下去，眼中含着泪。

“哼！”树人似有所悟的慢慢的说，“铲除汉奸和打仗一样重要！其实，咱们满可以不离开阴城；那里才是汉奸的大本营；就连刚才的轰炸，也未必不是阴城的毛病，你们信不信？易风，你还是当兵去？”

“不便于再改！你们去铲除汉奸，我去扛枪杆；各走各的路。”易风说得非常坚决爽朗。

“又要回阴城啊？”牧乾还低着头问。

“不，既然出来，就不必回去；到处有汉奸，我们不能没事做。光明来了。”

易风急忙站起来：“怎样？”

光明的脸上阴得非常难看，嘴唇动了好几动，才说出来：“不好办！”

“没有饭给咱们吃？”金山也站起来。

“你看，我这个兵，”光明向四外看了看，“是靠人情补上的。营长是我亲戚。我当初和他说的时候，他以为我是神经病。后来我一直说到，他要不带我来，我就自杀，他才答应了。我知道营里有空额，可是——用不着揭穿他的诡病罢。”

“叫我不悲观，怎能够呢？我一给你说，易风，他摇了头。他说这是军队，不是流亡学生收容所。我又给你们说，”他的头向树人们点了点，“他说，即使他自己愿意带着你们，公事上可也没有办法。我说，只求把你们带到前线去，他也不干。你看……”

“我要去说，就准行！”牧乾很天真的说。

“虽然是可以不择手段啊，”树人极慢的，一边想一边说，“可是也得留点神！”

“我以为无须留那份儿神！”金山虽然在神色上还有点骄傲，可显然的是说正经话：“新的时代需要新的女性。牧乾既不是为恋爱而来的，她就会有她的办法。是不是，牧乾？”

“我对天盟誓，”牧乾几乎是喊嚷着说，“在抗战胜利以前，我要是有那个事，我就连条狗也不如！我也警告你们这一点，谁要跟我，或跟任何女子，讲爱情，也就——”

“不是东西！”易风痛快的给她补充上。

“好了，这么一来大家就都痛快了。”树人微笑着说，“我们此后把爱都放在国家与民族上！牧乾，你是我们大家的妹妹。去罢，跟营长去说，只把咱们带到前线上去就行。”

“光明，你陪她去！”易风建议。

“牧乾，用袖子擦擦你的脸，放出点笑容来！”金山虽像开玩笑，可是真心的鼓励着她，叫她大大方方的去交涉。

2

时人回到自己的小屋中，慢慢的把事情一五一十的检点了一遍。把事情都看过之后，他头上冒了汗。全糟了！第一，怎去报告给堵先生呢？把警告只告诉了个女的，就算办了事啊？荒唐！第二，桂枝的事怎么办？不，不，不，这不是事，而是缠绕。难道就忘了国难，忘了私仇，而甘心嫁给桂枝？是的，这是他嫁她，一点也不错！什么事还没做成，而先弄来一身麻烦，饭桶，饭桶！

骂完了自己一阵，他好像是疲劳过度的样子，躺在床上，胸口有些发胀，脑中空空的，两条泪道儿慢慢的从脸上流到耳边。

躺了一会儿，想不出别的来，只觉得这样躺着不是办法。猛古丁的爬起来，再到街上走走，也许走得痛快了，就能想起好办法来。

刚一出门，他的手被握住。他本能的说了声“完了”。他知道堵西汀所到的地方，也就是侦探们爱来的地方。他刚要夺手，已看清那是桂枝。

她穿着件旧的秋季大衣，脸上的粉显然的是胡乱擦下去的，还留着残余的红白道道儿。

“我可认识了你的地方！”她心中惭愧，而勉强拿出满不在乎的样子。“你刚走，我就灵机一动，看看去，看他到底住在哪儿，嘻嘻，擦了把脸，我就跟出来，省得你不爱我脸上的红胭脂，看，这件破大衣，合你的味道罢？里边的衣服可没来得及换。下回，下回你再看见我的时候，我就连一根丝也没有，全是布的，像乡下姑娘似的，好不好？走，时人，你跟我走一走，让咱们也在工作之外，有些安慰，休息，快乐！”

时人没回答出什么话来，傻子似的随着她走。走了几步，她夹住了他的右臂，紧紧的靠住他。她仰着点脸，脸上有些极快活的笑容。

走出了小胡同，时人忽然立定，把胳臂抽出来：“桂枝，你回家罢，我明天找你去！我托你的事，明天要回话！”

“也好！”桂枝故意的表示出对他的信任与服从。“我必对桂秋说，明天给你满意的答复。什么时候，明天？早九点？我可以早起；有事做，我就能不懒？”

时人只点了点头。

3

时人在街上绕了好久，才敢回到小屋中，他怕桂枝又回来。坐在小屋中，他要极快的打个主意，好像一个人在要自杀之前那样，他要想得极周到，还要极快当。这实在不大容易，他的脑子向来迟缓。

最容易想到是赶快把自己置之死地，以自己的命撞汉奸们的命，结束了自己的困难，同时也为国家社会除去了一些祸种。对，就这么办了，这比什么也简便快当。这么大概的决定好，他心中痛快了许多。在还未想出什么办法之前，他先想了想家中。很快的他得到个结论：这样去死是对得起祖宗的。于是，就不必再多去思索，而心中更坚决了。是的，他不能忘了活生生的那些骨肉至亲；可是他没法只在家族哪个小圈里转，他必须狠了心，做个有用的国民是要把心先横起来的。

把家族放下，他想朋友们。小学的，中学的，大学的，那些朋友都来到他的眼前，有的很真切，有的连模样已记不甚清了。这些人现在都干什么呢？不知道，他们能想到时人会死得这么早与勇敢吗？想这个干嘛？难道自己的死是专为大家给开追悼会吗？时人笑了。

对于树人们，他特别的关切。虽然与他们相交甚浅，可是他们确与他一样，都是去做救亡的工作。他的死，别人知道与否还不要紧，他必须叫他们几个知道，好坚定他们的不折不挠的决心。可是，他们上哪儿去了呢？想到这里他不知为什么，几乎要落下泪来。

最后，他想到冼家兄妹。他感激桂秋与桂枝，虽然他明知他并不喜欢他们。他一点不恨桂枝，要不是桂枝，他就早没了命，就不能现在还有命可拼。这么一想，他倒可怜了桂枝。怎样能叫她变成个有用的女人呢？给她写封信，对的，在死以前，给她一封信：感谢她，劝告她，也许因为他的死而感动她了。对桂秋呢？他想不出什么好法子来，他有钱，他空洞，他胆子小，这些都叫他和抗战很难发生关系；说不定，他还许因为这些而与汉奸合流；一个人的金钱会使他无可如何的丧失了灵魂，无论他是怎样的想在思想上往前进。时人一向有点怕桂秋，现在他可怜桂秋了。除非桂秋能有超人的力量，从金钱中提拔出自己的腿来，别人是无从帮忙的。

把这些都想完，好像结束了一笔大账似的，时人开始筹划怎样去死。

最先来到他心中的，是去干毒打他的那两个混账。他们险毒，卑污；即使与时人无仇无恨，也不应留在世上。有这样的人在中国，便是民族的一种耻辱。干掉他们！

不，且别粗心！该杀的人不止这两个，而且有比他们俩更坏的，这不能不算计一下。况且，没有堵先生的命令，而随便动手，也许会给堵先生惹出些不方便的地方来，破坏了堵先生的计划的完整。自己的命可以按着自己以为合适的时机丧掉，团体的纪律可是不应这样叫自己的死给破坏了。

怎办呢？桂枝的缠绕是不能不以快刀斩乱麻的手段，一下子弄清的。稍一迟缓，谁知道，自己稍一失神，还许叫她探听了去一些机密，那才糟；一个想以结婚解决一切的女人，什么也干得出来！

这样一想，他害起怕来。假若他不立时去死，明天他就得找她去。知道哪一句话就叫她抓住呢？

死的坚决，在这时候，并没有一点动摇，可是他不能像刚才那么痛快了。他不由的又把那个老的自己唤了回来：时人，时人，你地道的是个废物！恐怕你只会自杀，别的什么也做不成！

4

“刚才时人来了，”桂枝告诉她的哥哥。她的眼异常的明亮，身上异常的挺脱，她自己觉得心中有了一股向来没有过的热力；她几乎没法控制住这热力，而不由的想笑了出来。

“他干嘛来了？”桂秋随便的，并不一定希望得到回答的问。

“你老是这么看不起人！”她要先矫正哥哥的态度，好再说时人嘱托她的事。“时人并不像你想的那么笨。”

“你倒颇爱他？”桂秋很俏皮的一笑。

“哼，我若是真想结婚，倒还许特意挑那么一个人呢！他老实，忠厚，而且有心眼！”

“好罢，你的事我没法过问；先说他干么来了？是不是来证明他的忠厚，而且有心眼？”桂秋笑得把白牙露了出来。

“没法跟你说话！告诉你罢，他是为你来的；简直可以说是来证明他的忠厚！他在外边听到些不利于你的话，叫我告诉你！”她故意的把话停住，看有什么反应。

桂秋，不出时人所料，果然因为话是时人说的便有些不愿相信。可是，听到“不利”两个字，他的笑容马上收个干净。他的青春完全叫那点前进的思想支持着，他懒得动作，更怕外力压迫他去动作。为避免动作，他可以对一切屈服，而美其名叫不屑于对付那些小人与小事。

“有什么不利？”他假装镇定的问。

“时人说，”看出哥哥的不安来，桂枝故意把“时人”说的很亲热，很响亮，“城里有许多人要推你做代表，去迎接敌军；另有一些人，叫你赶紧表示态度，要不然就——”

“时人怎么晓得的？”没等桂枝回答，他自己说了出来：“噉。堵西汀！堵西汀要吓唬吓唬我！”

“吓吓罢，警告罢，你总得想个办法。”

桂秋的手微微有点颤，还不完全是害怕，而在讨厌堵西汀和类似堵西汀那样好多事的人；讨厌，使他心中堵得慌，而习惯的颤动起来，作为一种发泄。

看哥哥没说出话来，桂枝出了主意：“好不好把堵西汀和时人都请来，谈一谈呢？”

桂秋只哼了一声。

5

牧乾的交涉成功了。树人们都觉得不大适合，可是不便因怀疑而耽误了往前线去的机会。他们信任牧乾，也决定用全力去保护她，那么，就不必顾虑太多，而减少了大家的勇气。

他们得到了一顿饭吃。饭很粗，菜很少，可是大家吃得非常的香甜。吃完了饭，他们的精神振作起来，仿佛就是有天大的困难，他们也有克服的办法与战胜的把握。

第十五

1

历史是人类的血迹。伟大的史事是血的急潮。血的奔流把平庸变为崇高，把卑污洗刷干净。

曲时人给桂枝写了封信，信中没有一句夸张的话，可是每句都坚决，都到底，不管桂枝是怎样细细的去琢磨，她一定没法把那些话错解了的。

“我并不拿这条命闹着玩，”他对她解释：“我也并不因为你我的事而想到死。事实上，我是被私怨公仇所挤，挤得我出不来气。我是个平凡的人。我的思想与能力都不够用的。这样，假若我不把最后的决定明白的预先说出来，我生怕像块豆腐似的，放了半日就会生出恶气味来。我必须在这神圣的抗战中做点什么，我必须以死领导我还活着的这几天的心，以死集中我整部生活的力量。一摇动就坏，准坏；我不是怎样了不起的人。我决不以这样去死为荣，只以此为一个老实人在抗战中所应有的态度。你跟我谈爱吗？请记住我上边那几句话吧。那几句话若能永久在你心中，你便是真的爱我。嘴笨，我说不出多少动人的话来。……”

把他自己的决定说完，他温和的劝告桂枝：“找工作，找工作，只有服务才能叫你认识自己——你是抗战中的一个中国人。我不愿说你须对得起谁，我觉得你只有对得起自己，和自己的国就够了。我在写这信的时候，完全清醒，所以客观的我不把你看成一个朋友，而只拿你当作一个女同胞。一提到你我，或你和任何人，或我与任何人的关系，我就觉得没有什么值得一说的话；反之，拿你我都作为一个国民来看，咱们该说的话就非常的多了。你自己会想出来许多话，许多办法，你比我聪明。我就不必再多说了。至于桂秋，请你也用你自己的话去劝告。……”

2

桂枝把这封信读了不知道多少遍。最初，她感到忿怒，她以为这是用大话来拒绝婚事。他的话越大器，她就越想起他的平庸，一个那么平庸的人而公然轻视她，她不能忍受。她已把信团在手中，可是没决然的掷入盂中。不，对一张纸发脾气是没多大用的；她得设法报复，把那个平凡而不知好歹的时人收拾一下！这时候，她心眼中的时人是个一二寸长的小人儿，像一个什么最讨厌的精灵似的，在她心中乱跳；她缩小了瞳孔，看准了他，擒住他，用一支无形而有力的手，把他投掷在一团烈火中。渐渐的，她无意的又把手中团着的信舒展开，再念，仿佛是绝对没法明白的一些什么咒语。

因为在手中团了半天，信纸上有点暖气。这些暖气似乎叫她平静了些。心中刚一平静，她马上想到另一极端去。时人是老实人，说死，他就必定去死！怎办？怎办？她顾不得想他是要怎样死，和为什么死，她只觉得死是最大的恐怖；她的脸，身上，手，由热而冷；在心中看到一个尸体，没有一定的样子，因为她不敢正眼去看，可是千真万确的那必是时人的尸体。这时候，她忘了与时人的关系，忘了一切，只觉得可怕，可怜，她把信纸压在胸下，伏在床上哭起来。昏昏迷迷的哭，哭得极伤心，而极渺茫，像要把心哭裂而不晓得为的是什么的样子。

哭了一阵，她的身上不冷，也不热了，心中痛快了许多。她开始要冷静的思想一番。把信又读了两遍，她明白过来，那些话绝对不是为对付她而发的，而是他——一个平凡老实的人——要在抗战中结束了自己，把自己生命的价值放在全民族的总价值里去。

她怎么办呢？

她慢慢的在屋中走来走去，由她，由时人，渐渐想到战争上去。虽然还很渺茫，可是她承认了战争是件该关心的事，至少时人要为战争而舍命这件事是千真万确的。

3

树人们非常的欢喜，因为听说不久就可以有车来到，送他们到前方去。

在等着车的时候，他们慢慢的咂摸出来：假若前线上是等着这些弟兄们换防或增援，非马上赶到不可，这样的耽延，岂不误了大事？兵贵迅速，迟到一小时，半小时或几分钟，都有很大的关系。他们又都咬上了牙。恨不能立刻抓到一两个汉奸，审判，定罪，执行，才能解气，才足以表现一点他们的能力，铲除汉奸，他们现在明白过来，决不是消极的工作，而是与正面的作战同等的重要。任着汉奸自由的活动便是增强敌人的力量。

但是，怎样去铲除汉奸呢？你一句，我一句的他们乱想办法；这些办法像春天的雪花，未曾落在地上已经消逝了。这几乎使他们绝望，他们感到自己与事实仿佛隔着一层雾，而这层雾绝不是他们的几对拳头所能打开的。

“没有办法”这几个字在大家的嘴边上，可是谁也不好意思公然说出来。慢慢的，大家的神色都由阴郁悲观而改为兴奋与努力。谁也不肯开口，可是都在眼神里表示出来：没办法也得想办法，这就是抗战的最深的意义。这不是按部就班的慢慢去做的事，而是要以最大的努力，以肯拼命的决心，去打开一条智慧与勇敢兼全的路子。他们又笑了。有性命就有办法，不怕把性命碰碎就有办法。一发愁就动摇，动摇便是造成汉奸的基本心理。让我们笑吧！他们彼此用眼神劝勉着。

4

发出了那封信，时人觉得非常的痛快勇敢。“了了一桩事！”他絮絮叨叨的念道。把这缠绕拨刺开，他就可以自由的英勇的干他所要干，应当干的事了。

这时候，阴城的聪明人们已造出“发国难财”这一名词来。他们制造这一名词，并不含有丝毫讥讽意思，而是脚踏实地的去朝着这种财去费心与跑腿，正像他们平素见财就起意一样。他们发过水灾财，旱灾财，内战财，……现在他们应当勇敢的、巧妙的去发国难财。他们心中没有任何可以自傲自慰的主意，除了搂钱。

防空捐已入了他们的腰包，他们应当赶快另想主意；钱是越多越好的。那些没有分到防空捐的，当然更不能不急起直追，赶上前去。

那惟一的敢把这名词用讥讽——只是讥讽——的口气说出的报纸，阴城日报，很快当的就被封了门。

在这名词下，阴城的钱像秋天水坑里的小鱼似的，就是藏在泥里，也会被挖掘出来。连当铺都贴出“停当候赎”的纸条，而且在纸条贴出的两三天后，又改为拍卖。没人来买。于是，好一些的东西就运到阴城的政府里陈列。所谓陈列，就是摆开了叫股东们，和他们的小姐太太参观。股东们都是阴城的文武官员。参观以后，东西就都不见了；据说，这两天的火车上东西比人还多呢。

时人由朋友们的谈话中，听到这件新闻。

由这件事所引起的怒气还未沉落下去，另一件使人切齿的事又传到时人的耳中；街上的铺户，无论大小，这两天都在天将黑的时候，不能不用香烟与热茶款待着便衣警察。没有收据，没有公文，警察们“劝告”着商家，协助军款。“没有粮饷，军队断难开发，这是大家都知道的，大家也就必当热心捐助。”警察换了便衣，言语说得比平日委婉了许多。“况且，这次筹款也还不是没有相当的好处，比如说局子里现在就存着些烟土，大家分一分，小铺子少买，大铺子多买，公道，公道；不是强派，而是为爱国买点——买点——”巡警们找不到适当的字眼，只好笑了一笑，而后把小折子掏出：“算你们八两吧，明天午前钱物两清。爱国的事，不得迷误！”

时人在听说这件事后，他亲自到街上去看。看见了，听见了，千真万确。他纳住了气，拿这当作一件很好玩的把戏似的，向铺户的人们打听：第一，烟土从什么地方来的呢？第二，巡警们为什么这样和蔼呢？没人能猜到在这战事紧张，运输困难的时候，怎会能运来大批的烟土。猜想不出，大家就只好下了这样的结论：“反正人家有法子，既然想这么办，还愁没办法！”

“这办法好不好呢？”时人问。

没有回答，大家转了转眼珠，不再开口；连时人也明白过来，他们大概是拿他当作了侦探，他只好到另一家去探问那第二个问题。

“他们和气？自然喽！”声音降低到像耳语那样：“保安队都缴了械，巡警还敢不和气？”

“干吗缴械？”

“军队里要枪。”

“地面的治安呢？”

大家笑了笑。时人不敢再问。

5

时人一直到了自己的小屋，才敢思索，生恐在半路上发了疯。

以他那颗简单纯洁的心，无论怎样想象，他也不会想象出这种黑暗的事来。在这黑暗中，充满了卑污无耻，还不如土匪硬抢明夺那么敢做敢当，还不如妓女那样有良心。阴城是有一群怪兽，他想，用最毒狠的手段叫人民们像怕狼似的怕它们；全城里日夜没有人声，每个人都颤抖着等着狼嗥。狼嗥便是命令，有时候声音高一些，有时候声音低一些，但都是命令，都须遵从。狼是绝对不讲情理的。

想到这里，时人有些看不起堵西汀了。堵先生那些办法还是对待人的，而这里根本是有一群狼。他不但不以堵先生为然，他也看不起自己了。以前，他想到的几乎完全是救国卫国一类的事，他虽渺茫的想到在这个国里社会里有许多黑暗的地方，可是到底是个国，是个社会，是“人”的世界。现在，他明白过来：这社会里有狼。非把狼除掉，“人”就没法活动。他不该再迟缓，而应马上去杀狼，这是最要紧的工作。军队是在前方打虎，他，时人，应当先在后边杀几条狼。

他找了堵西汀去，把他所想的这点，明白白的说出，而且不准堵先生驳回。

“给我比刀更厉害的兵器！没有别的话！”

第十六

1

汉奸有许多种。要想找到他们的共同的心理根据，恐怕“怕吃亏”是首当被荐举出来的吧。怕丢钱，怕丢东西，怕丢地位，怕丢生命；好汉不吃眼前亏，且先叫膝盖软一点吧。从不吃亏，慢慢的再走入占便宜，是退而能守，进有所取，便左右逢源，绝对不会损折本钱了。就是在进取之中，仍然不失其怕吃亏的原意；卖力气即是吃亏的一种，而给敌人做走狗根本是浑水里摸鱼，鱼也许会很容易来碰到手上的。守住原有的，再抓点现成的，这才叫上算。

这怕吃亏的心理，使他们跳出国家社会，与任何公事都没关系；私人的利益才是一切。神圣的抗战是要以精神胜过物质，是以最壮烈的牺牲去争取最后的胜利！“牺牲”根本与“不吃亏”相背，他们听到这两个字就头疼。热情的奔赴国难，在他们看，是最愚蠢可怜的事，他们决不上那个当。

桂秋决不想贪便宜。可是他怕，怕离开家，怕麻烦，怕劳动，怕丢了书籍。为怕这些事，他坐卧不安，日夜愁思。可是每想起一个主意，都必须改变自己的生活，起码要搬家，旅行，带东西。这些琐碎都使他头疼，手颤。为这个，他任凭着自己那点不痛快。而诅咒战争，不管是怎样的战争。并不愿去细想他的财产与生命，他只是怕麻烦。可是既没法解决问题，他慢慢的就想到比搬家更重要的事；假若自己带着桂枝逃到远方去，谁给看守着这座宅子呢？先不用谈别的，那些书籍怎办呢？哼，假若历年搜集的这些书要被焚毁或抢去！他哆嗦起来。

这样，由怕麻烦，他想到怎样可以不吃亏；“畏惧”使人专去想利害，而忘了一切崇高的理想。啊，他想起时人的警告。这引起他一些忿怒，自己无论如何也不能做汉奸哪！可是，假若汉奸们包围自己，怎办呢？还是得走！上哪里？带什么东西？自己受得了受不了？又回到最初的问题上来，脑子白白的绕了一个圈！随它去吧，过一天是一天，到时候再说！不行，万一时人他们真向他示威呢？万一敌机再来轰炸呢？财产与生命，本不算什么，当一点危险没有的时候。可是，一遇到危险，也不怎么就觉得金钱与性命特别的可贵可爱。怕麻烦，顶好是不动。为避免危险，还是得走。要把这二者调和一下，既能不动又无危险，仿佛就须先把时人说通："我决不是做汉奸的料子，你们可以相信！"桂秋对着镜子自言自语的。"可是我不愿意离开这里，太麻烦！"说完，他想象着大家都明白了他，谅解了他，笑着走了出来。但是，即使他得到时人们的原谅，敌机的轰炸依然是无可抵御的。想到这里，他想起时人在这里养伤的景况来：时人的热烈，堵西汀的精明，在那些日子，都使他深深的受了感动。是的，这个战争是影响到每一个国民的；因此，每一个国民必须拿出他的力量，金钱，献给国家。战事也许离自己很远，可是飞机会不客气的在头上飞动！单就这一件事说，他也得离开阴城；不，不止于离开，还须做些比逃亡更有出息的事；飞机可以来到阴城，也可以追着他走；哪里是乐土呢？没有！

不过，假若汉奸们来保护他，大概他们必会与敌人暗通消息，不叫他受损害吧？

嗽，这是多么没有骨头的事！但是，这样一来，他便可以避免一切麻烦，用不着逃亡，用不着收拾东西，也就不会害头疼。

况且，等汉奸来找他，他便可以自告无罪；他只是敷衍他们一下，决不为他们做任何事情。不走，为是省麻烦；不做事，为是表明心迹；既可以不动，又不卖国，这的确是个好办法。也许时人们不能原谅他，可是那就各凭良心吧，冼桂秋是不能完全依着别人的意见而生活着的！

好，就这么办！他对着镜子，很开朗的笑了笑，显出一些不常有的勇敢与快活来。点上一支香烟，他去找桂枝，把他的决定告诉给她，每一句话都是考虑过的，简短而有力。桂枝没有说什么。

2

树人们的快活只是暂时的。还没走出多远，他们便看到一批批的难民。他们自己本是流亡的学生，可是一看到这些受难的同胞们，他们好像就完全忘掉自己的苦处，而为别人难过起来。在平日，他们的青春使他们往往专顾到自己的享受；虽然偶尔也想到民众的苦痛，可是不过像一些微弱的什么灵感或感触似的，它是那么微弱，即使能被牢牢的抓住，也不足以成一首诗或一篇小文。今天，他们看了那些背着包，挑着筐，携抱着小儿的男女，他们感到这些人真是弟兄父老姊妹，而这些无辜的兄弟姊妹是受一个暴力的催迫，离了故乡，走上茫茫的途程。这不仅是一点感触，而是惨绝人寰的事实，是民族最大的耻辱，是每个人的仇恨。他们，这几个青年，责无旁贷的应负起这报仇雪耻的责任！

“看！”树人的大眼几乎要冒出火来。“那个小孩！”

“也就是六岁，至多！”金山说。

车走的很慢。大家的眼都盯住路旁的一个小儿。至多有六岁，秃头，张着嘴，看看前面，看看后面，而后哭喊一声——大家可以想象到，他喊的是“妈”！

车走过去。那个小儿的面貌，神情，却留在大家的心中。他走丢了？找得到妈找不到呢？假若找不到呢？已是秋天，那小儿却光着头，光着脚！大家心中思索着这些事，而不敢说出。小儿的哭喊焦急，便是暴敌的最大的罪状，暴敌已把血泪从个小儿的身上压榨个干净！

光明捂着脸哭起来。

3

阴城又遭了一次轰炸。

一个轻量的炸弹落在了洗宅的后围墙外。桂秋的书斋的玻璃被震碎了一块，因为他藏在了紫檀的桌儿下面，玻璃渣子并没有打着他。

在一听到警报的时候，他已面无人色。及至炸弹落下来，爆炸开，屋子在颤动，他的心中又倒觉得松快了一些，就好像将要昏迷过去的时候，苦痛已过，冷汗出来，心中倒渺渺茫茫的舒服一下那样。从桌下爬出来，他的脸上是红红的像吃了些酒似的。

没顾得掸膝上的灰土，他急忙的去找妹妹。什么地方都找到了，不见桂枝！

平日，他是爱桂枝的；可是，他向来没有感觉到像现在这么热烈；在这一会儿，他仿佛是忘了一切，而整个的生命价值似乎全在能找到妹妹不能。平素，他越生气越沉静，把怒火藏在心里，显出高傲的气派来。今天，他高声的叱责仆人们，甚至于骂起来。骂了几句之后，他感到未曾经验过的痛快。

热烈的，痛快的，而又并非不焦急的，他一屁股坐在后园中的一条石凳上，狂吸着香烟。他在这时候，不再觉得自己是个了不起的人物，而只领悟到一些爽朗的男儿气；他任着脑门上的汗一直流下来，不去擦抹，好像脸上流汗是最自然的事似的。

坐了一会儿，他随便的和男女仆人们谈起来。

“假若炸弹晚落一秒钟，还不是正碰在书房上？”他笑着说：“街上炸得怎样了？桂枝上哪儿去了呢？”

仆人们得到这空前的宠爱，慢慢都放胆的和主人说起来。每个人都愿主人知道他或她自己所受的惊险；所受的惊越大，越足表现出自己的胆量或幸运。末了，大家都愿到街上去找小姐，而桂秋也就不便于拦阻，一个炸弹炸出许多感情来，仿佛是。

4

桂枝回来了，同着时人。

桂枝告诉哥哥：她是正在街上买东西，遇到警报，就近跑到时人那里。自然她自己知道，她不遇到警报，也会到时人那里去的。

“那么，”桂秋很关切的问：“你们就没躲一躲？”见桂枝微微一摇头，他开始述说自己所受的惊险，而后嘱咐她：“必要小心一点，现代的战争就是整个的屠杀！”说完，虽然他没有什么更进一步的言论——譬如说：应当以全民族的抵抗，去粉碎这整个屠杀的毒计——可是他至少承认了战争与他有直接的关系，专想逃走是没有多大用处的。

他留时人吃饭。在吃饭的时候，他们几乎是完全讲论着战争，说着说着，时人把上次托桂枝传达的警告，又当面对桂秋讲了一遍。很奇怪，桂秋并没有生气，也没有惊惧。他问时人应该怎办。

“专为自己的安全设想呢，”时人慢慢的说，“及早逃走；假若不愿逃走呢，那就得做点对自己不利而对国家有益的事。”

“走？”桂秋仿佛是自言自语呢：“上哪里？现在的杀人利器会在天上飞！”

“可是，不走吧，你又讨厌做事。”桂枝生恐招哥哥不快，赶紧补充上：“我不是说你不会做事，是说你讨厌做事！”

“那就不如早些搬走，”时人说：“省得因为怕麻烦，而反倒添了麻烦。你不走，汉奸们会来包围你的！”

听到妹妹与时人的话，桂秋的心中稍有点乱。不愿随便的回答他们，他要自己细细想一想。可是，他不知怎的，心与口像是联在一处，想到的就要说出来，像小孩与老人那样。

“逃走并不等于逃生，”他的口自动的报告着他的心意：“就是我不嫌搬家的麻烦，也还不见得准就安全。至于汉奸，难道他们就没听见看见敌机的轰炸？”

“刀放在他们的脖子上，”时人给桂秋解释：“他们总是希望刀不往肉里砍，刀只要没砍在自己的肉里，他们就认为是成功；即使他们的邻居都被杀尽，他们也不会动心的。所以我说，你必须离开此地。假若你不动身，他们就会以为你是有恃无恐，必来劝你给他们帮忙。”

“假若我不走，而做些反汉奸的事呢？”桂秋问。

“你不行！你清闲自在惯了！”时人毫不客气的回答。“据我看，你能不嫌麻烦搬了走，叫汉奸们无从捉到你，你已经是做了一件事！”

桂秋半天没说出什么来。

沉思了好久，桂秋微微一笑：“时人，我承认我的软弱！我同意你的主张——我得走。不过，我想在躲汉奸之外，再多做一点什么。我走开，汉奸找不到我，是自然而然的；我更愿有点近乎自我发动的事。炸弹既可以落在我头上，我就应当有些反抗的表示！这不是表示，应当说是责任！”

“假若你愿意的话，”时人很高兴，可是慢慢试着步儿说，“我去和堵先生商议一下；我自己想不出最好的主意来。”

桂秋点了点头。

“那么，我呢？”桂枝问时人。

时人不由的把手放在胖腮上，来回的搓搓着。（未完）

载一九三八年二月至一九三九年三月

《抗到底》第四期至第二十三期

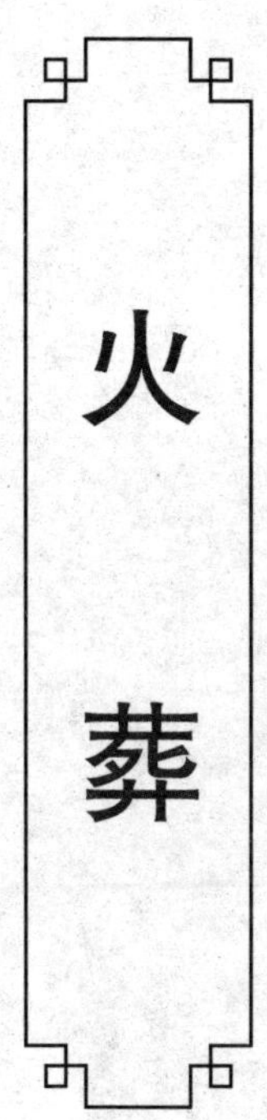

火葬

序

在七七抗战那一年的前半年，我同时写两篇长篇小说。这两篇是两家刊物的“长篇连载”的特约稿，约定：每月各登万字，稿酬十元千字。这样，我每月就能有二百元的固定收入，可以做职业写家矣。两篇各得三万余字，暴敌即诡袭卢沟桥，遂不续写。两稿与书籍俱存济南的齐鲁大学内，今已全失。十一月，我从济南逃出，直到去年夏天，始终没有写过长篇。为稍稍尽力于抗战的宣传，人家给我出什么题，我便写什么，好坏不管，只求尽力；于是，时间与精力零售，长篇不可得矣。还有，在抗战前写作，选定题旨，可以从容搜集材料，而后再从容的排列，从容的修改。抗战中，一天有一天的特有的生活，难得从容，乃不敢轻率从事长篇。再说，全面抗战，包罗万象，小题不屑于写，大题又写不上来，只好等等看。

去年夏天来碚，决定写个中篇小说。原因：（一）天气极热，不敢回渝；北碚亦热，但较渝清静，故决定留碚写作。（二）抗战中曾屡屡试写剧本，全不像样，友好多劝舍剧而返归小说。（三）荣誉军人萧君亦五在碚服务，关于军事者可随时打听。

天奇暑，乃五时起床，写至八时即止，每日可得千余字。本拟写中篇，但已得五六万字，仍难收笔，遂改作长篇。九月尾，已获八万余字，决于双十日完卷，回渝。十月四日入院割治盲肠，一切停顿。二十日出院，仍须卧床静养。时家属已由北平至宝鸡：心急而身不能动，心乃更急。赖友好多方协助，家属于十一月中旬抵碚。二十三日起，缓缓补写小说；伤口平复，又患腹疾，日或仅成三五百字。十二月十一日写完全篇，约十一万字，是为《火葬》。

写完，从头读阅一遍，自下判语：要不得！有种种原因使此书失败：（一）五年多未写长篇，执笔即有畏心；越怕越慌，致失去自信。（二）天气奇暑，又多病痛，非极勉强的把自己机械化了，便没法写下去。可是，把身心都机械化了，是否能写出好作品呢？我不敢说。我的写作生活一向是有规律的，这就是说，我永远不昼夜不分的赶活，而天天把上半天划作写作的时间，写多写少都不管，反正过午即不再做，夜晚连信也不写。不过，这种细水长流的办法也须在身体好，心境好的时候才能办得通。在身心全不舒服的时节，像去年夏天，就没法不过度的勉强，而过度的勉强每每使写作变成苦刑。我吸烟，喝茶，愣着，擦眼镜，在屋里乱转，着急，出汗，而找不到所需要的字句！勉强得到的几句，绝对不是由笔中流出来的，而是硬把文字堆砌在一处。这些堆砌起来的破砖乱瓦是没法修改的，最好的方法是把纸撕掉另写。另写么，我早已筋疲力尽！只好勉强的留下那些破烂儿吧。这不是文艺的创作。而是由夹棍夹出来的血！（三）故事的地方背景是文城。文城是地图上找不出的一个地方，这就是说，它并不存在，而是由我心里钻出来的。我要写一个被敌人侵占了的城市，可是抗战数年来，我并没在任何沦陷过的地方住过。只好瞎说吧。这样一来，我的“地方”便失去使读者连那里的味道都可以闻见的真切。我写了文城，可是写完再看，连我自己也不认识了它！这个方法要不得！

不过，上述的一些还不是致命伤。最要命的是我写任何一点都没有入骨。我要写的方面很多，可是我对任何一方面都不敢深入，因为我没有足以深入的知识与经验。我只画了个轮廓，而没能丝丝入扣的把里面装满。

抗战文艺，谈何容易！

有人说：战争是没有什么好写的，因为战争是丑恶的破坏的。我以为这个意见未免太偏。假若社会上的一切都可以作为文艺材料，我不知道为何应当单单把战争除外。假若文艺是含有奖善惩恶的目的，那么战争正是善与恶的交锋，为什么不可以写呢？而且，今日的战争是全面的，无分前方后方，无分老少男女，处处人人全都受着战争的影响。历史，在这节段，便以战争为主旨。我们今天不写战争和战争的影响，便是闭着眼过日子，假充糊涂。不错，战争是丑恶的，破坏的；可是，只有我们分析它，关心它，表现它，我们才能知道，而且使大家也知道，去如何消灭战争与建立和平。假使我们因厌恶战争而即闭口无言，那便是丢失了去面对现实与真理的勇气，而只好祷告菩萨赐给我们和平了。

今天的世界已极显明的分为两半，一半是侵略的，一半是抵抗的，一半是霸道的，一半是民主的。在侵略的那一半，他们也有强词夺理的一片道理好讲。因此，在抵抗暴力与建设民主政治的这一半，不但是须用全力赴战，打倒侵略，他们也必须阐扬他们的作战目的，而压倒侵略者的愚弄与谎言。我们的笔也须作战，不是为提倡战争，颂扬战争，而是为从战争中掘出真理，以消灭战争。我们既不能因冷淡战争，忽视战争，而就得到和平，那么我们就必须把握住现实，从战争中取得胜利；只有我们取得胜利，世界才有和平的曙光。我们要从丑恶中把美丽夺回，从破坏中再行建设。这是民主同盟中每一个公民应负起的责任，为什么作家单单不喜欢这个调调儿呢？

这可就给作家们找来麻烦。战争是多么大的一件事呀！叫作家从何处说起呢？他们不知道战术与军队的生活，不认识攻击和防守的方法与武器，不晓得运输与统制，而且大概也不易明白后方的一切准备与设施。他写什么呢？怎么写呢？

于是，连博学的萧伯纳老人也皱了眉，而说战争是没有什么可写的了——我记得他似乎这么说过。于是，战时的出版物反倒让一个政治家或官吏的报告——像威尔基的《天下一家》与格鲁的《东京归来》——或一位新闻记者的冒险的经历，与一个战士的日记，风行一时了。不错，一本讲恋爱故事的剧本，或是有十个嫌疑犯的杀人案的侦探小说，也能风行一时，销售百万，可是无奈读者们的心中却有个分寸，他们会辨别哪个是天下大事，哪个是无聊的闲书。等到时过境迁，人们若想着看反映时代的东西，他们会翻阅《天下一家》，而不找藏在后花园里的福尔摩司！而且他们会耻笑战时的文人是多么无聊，多么浅薄，多么懦弱！

从这一点来看，《火葬》是不可厚非的。它要关心战争，它要告诉人们，在战争中敷衍与怯懦怎么恰好是自取灭亡。可是，它的愿望并不能挽救它的失败。它的失败不在于它不应当写战争，或是战争并无可写，而是我对战争知道的太少。我的一点感情像浮在水上的一滴油，荡来荡去，始终不能透入到水中去，我所知道的，别人也都知道，我没能给人们揭开一点什么新的东西。我想多方面的去写战争，可是我到处碰壁，大事不知，小事知而不详。战争不是不可写，而是不好写。

我晓得，我应当写自己的确知道的事。但是，我不能因此而便把抗战放在一边，而只写我知道的猫儿狗儿。失败，我不怕。今天我不去试写我不知道的东西，我就永远不会知道它了。什么比战争更大呢？它使肥美的田亩变成荒地，使黄河改了道，使城市变为废墟。使弱女变成健男儿，使书生变为战士，使肉体与钢铁相抗。最要紧的，它使理想与妄想成为死敌。我们不从这里学习，认识，我们算干吗的呢？写失败了一本书事小，让世界上最大的事轻轻溜过去才是大事。假若文艺作品的目的专是为给人娱乐，那么像《战争与和平》那样的作品便根本不应存在。我们似乎应当“取法乎上”吧？

有人说我写东西完全是瞎碰，碰好就好，碰坏就坏，因为我写的有时候相当的好，有时候极坏。我承认我有时候写得极坏，但否认瞎碰。文艺不是能瞎碰出来的东西。作家以为好的，读者未必以为好，见仁见智，正自不易一致。不过，作者是否用了心，他自己却知道得很清楚。像《火葬》这样的作品，要是搁在抗战前，我一定会请它到字纸篓中去的。现在，我没有那样的勇气。这部十万多字的小说，一共用了四个月的光阴。光阴即使是白用的，可是饭食并不白来。十行纸——连写带抄副本——用了四刀，约计一百元。墨一锭，一百二十元——有便宜一点的，但磨到底还是白的。笔，每枝只能写一万上下字，十枝至少须用二百元。求人抄副本共用了一千一百元。请问：下了这么大的本钱，我敢轻于把它丢掉么？我知道它不好，可是没法子不厚颜去发表。我并没瞎碰，而是作家的生活碰倒了我！这一点声明，我并不为求人原谅我自己，而是为叫大家注意一点作家的生活应当怎样改善。假若社会上还需要文艺，大家就须把文艺作家看成个是非吃饭喝茶不可的动物。抗战是艰苦的，文人比谁都晓得更清楚，但是在稿费比较纸笔费还要少的情形下，他们也只好去另找出路了。

三十三年元旦于北碚。

一

不要说高粱与玉米，就是成熟最迟的荞麦，也收割完了。平原变得更平了，除了灰暗的村庄，与小小的树林，地上似乎只剩下些衰草与喜欢随风飞动的黄土。近处的河流与铁道，和远处的山峰，都极明显的展列着，仿佛很得意的指示出这一带的地势。这是打仗的好时候。

大山在西边。我们不要说出它的名字吧，因为它仿佛已经不是山，而是一个伟大的会放射与接受炮火的，会发出巨响与火光的，会坚决抵抗暴力的武士。

山下有向东流的一条不很大，也不很小的河。河的北边，无论是在靠近山脚，还是距山一二百，甚至于好几百里的地方，都时常有我们的军队驻扎。我们的军队时时渡过河去杀敌；敌兵也不断的渡过河来偷袭。这条浑黄，没有什么航船，而偶尔有几座木筏子的河水，也正像西边的大山，时常发出火光与炮响，成为决不屈服的战斗员。

大山的脚底下，现在，有我们的一军人。

河南边，铁路东边，是被敌人攻陷的文城。

河北边，在文城的东北约五十里的王村，驻着我们的一旅人。

文城的敌军，望见远远的西山，便极度不安的想起山下的一军人——他们必须消灭这一军人，才能逐渐的“扫荡”山里的军队；他们只有消灭了山下与山上的军队，文城和其余的好多地方才能安安稳稳的趴伏在他们的脚底下。他们怕和恨西边的大山，正好像小儿在黑暗中看见一个丑恶的巨人一样。

同时，我们的驻在文城东北王村的那一旅人，就像猎户似的，不错眼珠的，日夜监视着文城的敌人。只要文城的敌马一往西去，他们便追踪而至，直捣敌人的老巢。

地上连荞麦也割净了，西山的远峰极清楚的给青天画上亮蓝的曲线。山峰高插入云，也仿佛是一些利剑似的插入文城敌人的心中。

右纵队自文城附近渡河，再向西；左纵队自文城先向西，而后再渡河，敌人分南北两路进攻大山脚下的我军。

王村的一旅接到紧急命令，以先头部队两营渡河南进，相机袭击文城和车站。

由全旅选派的便衣队首先出发。他们的任务是：一，要混进城去，探听敌情；二，要把旅长给城内维持会会长——王举人——的劝告书送达；三，要在城内散布开，以便里应外合，克复文城；四，假若攻城不得手，他们便到车站上破坏交通，并毁坏堆栈。

任务是艰巨的，可是三十二条好汉的脸就像三十二面迎风展动的军旗那样鲜明，壮丽，严肃。他们似乎不知道什么叫作危险，而只盼着极快的混进城去——一到城里便好似探手到敌人心脏里去，叫敌人立刻死亡!

对化装，入城，埋伏，袭击……他们都是老内行。只要还有中国人的地方，他们便能钻进去；像只要有风便能放起风筝那么简单而有把握。

副队长中尉丁一山虽然已经从军二年，却还像个学生。他原本是衰落了的大户人家的少爷。在胆量上吃苦耐劳上，他是个顶好的军人——要不然他也不会被派为副队长。但是，在他的身上，总多多少少还保留着一些少爷气。他决不想再做少爷，也丝豪没有以身家傲人的意思；可是，不知不觉的在像一定神或一微笑的，小动作上，他老遗露出一点他的本色。因此，他在军队中的绰号便是“大少爷”。

在初一得这个绰号的时候，他心中时时感到不大舒坦。及至被大家叫惯了，而且看清大家丝毫无恶意，他也就不大理会了。久而久之，以他的勇敢，忠诚和知识，他给“大少爷”挣来一些光辉；使喊他的人不能不表示出亲热与尊敬。

在朋友中，最足以表示出他的大少爷气味的是他得信最多，写信最多。他用邮票之多，每每叫勤务兵惊讶。他的信，十封倒有八封是寄往文城的。文城的王举人——现在的维持会会长——曾经教过他的书，而王举人的女儿，梦莲，是他的未婚妻。他的信都是写给梦莲的——自从他的岳丈附逆，他的信中永没提及那个老人一个字。

从王村一出发，丁副队长的脸就是红的。他异常的兴奋。偷入文城，除了职分上的任务而外，他还要去看看他所爱的人，而他所爱的人的父亲却是汉奸！把所有的主意都想过了，他想不起怎样处理这件事才好。

朋友们都晓得丁副队长与文城有关系，但是没人晓得有什么样的关系，因为他绝对不能对任何人说出：他的未婚妻的父亲是汉奸。

在途中，他把文城城内的形势告诉了大家，并且本着他在抗战前对文城的认识，说出哪里可以隐避，和哪里应当作为联络的中心。

在大家打尖休息的时候，他请示队长："我愿意最先进城，看看情形。下午两点钟，咱们在东门外松树林里相会。"得队长的许可，他揣起几个馒头，快步如飞的向文城走去。

他所提到的松树林是在东门外，离城门大概有五里地。松林的西端有个人家，孤零零的从松枝下露出点黄色的茅草屋顶。树林越往东越靠近河岸。假若看见树再渡河，过了河便可以跑入松林去隐藏起来。丁副队长便是走这条路的。到了树林的西端，他在那孤零零的人家门外耽误了两三分钟。这里住着王举人的佃户老郑，和老郑的儿子，儿媳妇。丁副队长嘱咐老郑帮忙他的朋友，假若他们也走到这里来。他又再三嘱咐老郑，切莫说出他自己与王家有亲戚的关系。

老郑让他喝水，他不喝；让他吃东西，他不吃；让他看一看郑家娶来不到一年的儿媳妇，他摇头。就好像有什么鬼怪追着他似的，他连一句客气话没说，便急急的跑去。

老郑莫名其妙的呆呆的望着王宅的姑老爷的后影。他呆立了许久。在他刚要进屋里去的时节，他仿佛听到远处响了两枪。

二

上尉石队长是位由心脏到皮肤都仿佛是石头做的硬汉。他的头脸就好像由几块石头子合成的，处处硬，处处有棱有角。圆黑眼珠像两颗黑棋子，嵌在两个小石坑儿里。两腮是两块长着灰绿色的苔的硬瓦，有时候发亮，有时候晦暗。左颧骨特别的高，所以照相的时候，他打偏脸，因为正脸有点难看。高个子，粗脖，背稍微有点往前探着。一双大脚，有点向外撇着，跑起来很快，而姿势欠佳。

凭他这张七楞七瓣的脸，与这条不甚直溜的身子，无论他是扮作乡民，还是小贩，都绝对的露不出破绽来。潜入敌后，简直是他的家常便饭。假若与敌人周旋，他是仗着机警与胆气，可是若没有乡间百姓的帮忙，他即使浑身是胆，也不会马到成功。他原本出身农家，所以他的样子，举止，言语和气质，都足以使老百姓一见便相信他，帮助他，教他成功。对老百姓，他向不施展他的聪明与手段，而绝对的以诚相见。到处，他极快的便与年纪仿佛的拜了盟兄弟，认年老的作为义父。他的毒辣的手段好像都留着对敌人施用呢。对敌人，他手下毫不留情，就仿佛乡下人对吃谷子的蝗虫，或偷鸡的黄鼬那样恨恶。

他也会极马虎。在用不着逗心机的时候；一个十多岁的乡间小儿都会欺骗了他。他觉得该收起心来，休息几天了，他硬像入了蛰的昆虫似的，一动也不动的任人摆布。这时候，他往往想起他的老婆，而想不起老婆是属龙的还是属马的，也记不得她的生日。他怀疑，现在若回到家中，是否一见面便认识她，因为他在婚后一个月，就离家从军。算起来已有九年半了。同样的，他有几双袜子，几套军衣，和多少钱，他都说不清。往往他的新袜子与勤务兵的破袜子不知怎的换了主人；在发觉了的时候，他也只红着七楞八瓣的脸骂上几句，而并不认真追究。

及至奉令出差了，他全身的每一神经都紧张到极度。他的眼放出利刃般的冷森森的光；他的心像个饿急了的蜘蛛，敏捷的，毒狠的，结起一张杀生的网。这时候，他倒真像个连一粒谷子也舍不得遗弃的农人了。他决不肯在敌人面前丢失一件小东西，他甚至想把打出去的子弹还从敌人身上挖出，带了回来，才心满意足。

这次，在出发以前，他检查了每一个人的手枪。然后，对某人应与某人在一组，他仔细的安排，使各组的人都能刚柔相济，截长补短，成为坚强的战斗单位。对每个人的化装，他也一一的加以矫正。他不肯有半点疏忽，惟恐怕因一个人有了失闪，而使全体队员失败。都检校停妥，他才下令出发。刚迈第一步，他的鼻子好像已嗅到火药气味。他的大脚好似两个小坦克车，不管地上的砖头瓦块，也不管什么坑坑坎坎，只横扫直冲的“扫荡”。

过了河，他把大家散开，约定下午二时在树林深处集合，以老鹰啼叫为号。他不会唱歌，不会唱戏，惟一的音乐修养是学老鹰叫。到下午二时若听不见老鹰的声音，大家便分头进城，不必集合。大家都没表，可是都会看树影儿；树影是太阳的指针。

刚望到茅舍，他便停止前进。四位弟兄像放哨似的散开。石队长穿的是一身破蓝布棉袄棉裤，满身都是油泥，很像乡下二把刀的厨子。棉袄敞着怀，松松的拢着一条已破得一条一条的青搭包。这时候，他擦了擦头上的汗，说了声“真要命”！这是他的口头语，无论是在最安闲舒服的时候，还是最惊险紧张的时候，他总说声“真要命”来宣泄他的感情。说罢，他由怀中摸出一张破膏药来，坐在屁股底下。又摸出一个泄了黄的臭鸡蛋，和一张用香烟盒里的锡纸包好的扁扁的小纸包儿——那封给王举人的信。破膏药被烫软，他把臭蛋打破，涂在右胸前，然后，把纸包埋在膏药里，贴在臭蛋的汁儿上。“真要命！”他笑了笑。又浓又臭的蛋浆，流成很长的脓道子，他用破棉袄的襟来回扇动，使它们凝固起来。这样加好了彩，他背倚着一株老松，想象着；他要脸色晦暗，肩垂腿软，左手按着膏药，口中哼哼着，稳稳当当的混进城门。这么一想，他身上的汗慢慢的落下去，好像自己能感觉到，脸上的颜色是正在逐渐晦暗，而右胸仿佛真有点疼似的——真要命!

除了这点要以外表的稀松掩饰心中的紧张的想象而外，他简直想不起一点别的事。他很愿意想起一点别的事来，好使他心中平静一些，而心中平静，也许更能帮助他的乔装入城的成功。他试着想念家中的老婆，但是感不到趣味，因为根本想不起她到底是什么样子。再试着想勤务兵偷过他几双袜子，也并不起劲，因为他根本不愿意算旧账。他心中有点急躁。最后，他发现了急躁的原因并不在此，而是在挂念丁副队长。

在平日，虽然没有什么明白的表示，他多少是有点看不起丁副队长。就拿丁副队长的名字——一山——说吧，他在安闲无事的时候，暗自推敲，就不十分高明。怎样说呢？既是个人吗，怎能又是“一座山”？什么山？泰山？华山？翠屏山，要是一座山，就应当标明出山名来；既不标明，到底是哪座山？真要命！石队长，在闲暇无事的时候，运用着“脑筋”，像一位哲学家似的这样思索着。思索的结果是十分不利于丁一山的。不管他——丁一山——是不是真正的大少爷，这个名字反正是没有“脑筋”。假若一山而真是大少爷，他一定不会起这么个不通的名字。假若他——凭他的不通的名字——不是大少爷，而来冒充，那就更没“脑筋”！有了这个结论，石队长十分的高兴，觉得自己比大家都多长着一大块“脑筋”！别人都以为丁副队长确是一位少爷，所以为巴结他，或是为讥讽他，都以少爷呼之。现在，咱却琢磨出他并不是少爷，因为少爷，既上过洋学堂，就不应有个不知到底是哪座高山的名字。这点推论与发现，使石队长在闷得发慌的时候，得到欢悦与安慰。他狠狠的把石印的，亮纸的带着油墨味的《济公传》抛到老远去。“真要命！咱老石比济公还聪明咧！”

但是，平日彼此间小小的故典，到了一同作战的时节，便忘得干干净净。什么话呢，打虎亲兄弟，上阵父子兵，一块儿出来作战的朋友，比亲兄弟还亲。亲兄弟不见得就有生在一块儿，死在一块儿的关系！现在，石队长的心，那颗在见了敌人便坚硬如铁的心，挂念着丁副队长，正好像母亲惦念着儿女那样恳切。想到丁一山对文城的熟悉，他咧了咧嘴微笑，暗自责备自己“太神经”。可是，丁一山既对文城熟悉，就必定有许多熟识的人啊；焉知道他的熟人中没有汉奸呢？万一叫奸细认破……石队长把按膏药的手移到脸上，遮住了眼睛，仿佛面前有一摊鲜血似的。

好像睡觉撒呓症似的，他猛古丁的站起来，想马上进城去，找丁一山。走了两步，他又停住。说好了两点钟在林中相会，不能自己破坏了预定的计划。这是作战，不是闹着玩！虽然这样控制住自己，可是心里依然不安。无聊的拣起两个松子含在口中，也无济于事。

有些脚步声，他极快的藏在树后。

三

老郑极不放心！不放心丁一山。因为一山是梦莲的未婚夫。虽然是佃户，在情义上他却和王举人是老朋友。他特别喜爱梦莲。一来，她本人就可爱；二来，她是王举人的独女。王举人有过三四个儿女，都不幸而夭折；只有梦莲，在提心吊胆的抚养中，长大起来。她是王举人的掌上明珠，而老郑也就永远把她捧在手心上！无论他有什么一点“宝贝”，像是头一个成熟了的鲜玉米，或是两条还顶着黄花的嫩黄瓜，他都极小心的摘下来，用他的最干净，几乎是专为这种事儿预备的白花蓝布大手绢，像裹起珍珠与玉钗那么慎重的包好，给梦莲送了去。

五十多岁了，老郑除了眼睛有点迎风流泪，身上没有一点别的毛病。做活，走路，都和年轻的人一样，或者比他们还更泼辣一些。矮个子，大腮帮，全身的肌肉都一疙疸一块的像些个枣木榔头，腮下稀稀疏疏的一部半长的须，已经半白；在思索事情，或得意的时候，他便用那短棒锤似的手指拇狠狠的擦摸胡须，连腮上都擦红了。而后，像嚼着一半个米粒似的，嘴唇并得很紧，而腮上微动。在看到梦莲的时候，他腮上动得特别厉害；他没有什么合适的话足以表示出对她的喜爱，只好这么不言不语的透出爱她的心意来。

从梦莲幼年直到现在，老郑老叫她“莲姑娘”，而不称“小姐”。梦莲也知趣，永远没喊过老郑。他永远是她的“松叔叔”。在她小时候，她管他叫作“松树叔叔”，因为他住在松林里。长大了，她把“松树”的“树”字减去，而他就成了“松叔叔”。每逢在莲姑娘叫过几声松叔叔之后，老郑便用各种亲热的音调给她说些松林里虫鸟的故事。他的嘴笨，说不好，说着说着，就停顿下来，而眼睛虽然没有迎风，也流下了泪，一种快活的泪。

在老郑喝过两盅酒，连须子都仿佛发了红的时节，才偷偷的对人说：“我要是有莲姑娘那么一个女儿，就是一口气把我累死，我也得给她买绸子衣裳穿！”

他的真诚得到了报酬，莲姑娘把他当作了心腹人。在她十岁的时候，她死了母亲，她的房子很大，来往的人很多，可是她感到空虚。只有父亲和松叔叔是知心的人。她很爱父亲，但是父亲似乎还不如松叔叔那么好。虽然父亲是举人，而松叔叔不识字；虽然父亲做过官，而松叔叔只是个农夫；可是松叔叔的简单就是最高的智慧，他的诚g实就是最高的品德。简单的说，松叔叔的可爱，像一株老松或一块山石那么可爱；爱他，而几乎说不出所以然来。

王举人做过几个月丁一山的老师。他很喜爱一山，但是很不喜欢一山的家穷！

梦莲喜欢一山，不管他的家穷不穷。

父女之间，因此，起了许许多多的小冲突。冲突虽小，可是根儿都与梦莲的终身大事相连，所以即使是为一杯茶的冷暖，或一顿饭的迟早，而引起的不快，也会把眼泪诱出来，每一件小小的冲突都慢慢发展到婚事上来。王举人说丁家穷，梦莲就说丁家曾经阔绰过。王举人说过去的富不能补救现在的穷，梦莲说今日的穷或者正好教明天再富。王举人以为娇生惯养的梦莲一定受不了委屈，而娇生惯养的梦莲以为只有受点委屈才足以表现出真的爱情来。王举人，虽然很爱女儿，但在这件事上决定拿出父亲的威严，不许女儿胡闹；即使女儿因此终日以泪洗面也在所不惜。梦莲，虽然很爱父亲，但在这件事上决定以不吃饭，不起床，头疼（真的和假的两种），落泪等等为反抗的工具，几乎是故意的使老父亲伤心。有一天，梦莲逃跑了。王举人发动了不知多少人，到处去找，连河岸上都细细搜查过，可是没有结果。王举人一天水米没有打牙，他很后悔，因为后悔而想到：丁一山那孩子是有出息的。丁家虽然穷，可是王家不是有产业吗？自己只有这么一个女儿，为什么不陪送给她一所房，几十亩地呢？糊涂！——这回，他骂的不是梦莲，而是他自己。

当王举人在家后悔的时候，梦莲正快活的含着泪与松叔叔谈心。松叔叔，在开始，并没听清她的话，因为他觉得梦莲的来访，至少像一位公主或仙女来到他的茅舍，乐得他说不上话来，也听不进话去！

“草房！草房！”他连连的说。意思是：他的草房简直没法接待一位公主或仙女。他把凳子擦了再擦，才请她坐，他把铁锅刷了再刷，才给她烧水。他把珍藏着的一撮儿香片，找出来为她泡茶，而后想起至少须为她煮五个鸡蛋——刚下的大油鸡蛋。只顾了忙着这些，他只感到耳鼓上受着一些温美的刺激，而听不清她说的是什么。

慢慢的，水开了，茶泡了，鸡蛋已煮好了，而且一让二让三让的使梦莲没法不吃点喝点了，他的心才安下去，而请她把话重述一遍。

他听明白了，梦莲喜爱丁一山。把十根小棒锤放在磕膝上，腮上微动着，他听明白了她的话。腮上又动了好多下，他完全同意于她，她应该喜爱丁一山。他本不大认识丁一山，现在，他似乎看见了一位最可爱的年轻貌美的，头插金花，十字披红的驸马爷。

梦莲说一句，松叔叔点一次头。把话说完，她得到松叔叔百分之百的同意与同情。

及至她问道：怎么办呢？松叔叔直愣了一刻钟，或者更多一些。他觉得，凭他的岁数与经验，他一定有办法，可是，在这一刻钟的沉默里，他什么也没想起来。他的脑子，在这时候，活像一块木头，而且是被虫子盗空了的木头。

最后，他拿出最高的智慧，说了声："莲姑娘，我送你回家吧！"

天已经快黑了。梦莲思索了一番，觉得除了接受松叔叔的智慧，还不容易想出更妙的办法来。

于是，她就好像迷路了的羔羊又找到了老牧人似的，随着松叔叔与一个破灯笼回了家。

在路上，松叔叔想起来一个超智慧的计策。"莲姑娘，莲姑娘！"倒好像莲姑娘会随时被周围的黑影给卷了走似的，他连连的叫着。"莲姑娘，咱们可以扯谎吧？"

莲姑娘莫名其妙的轻咳了一声——那种妇女特有的，闭着嘴，下巴稍微一低，像在嗓子里边敲了一声小玉磬的咳声。

松叔叔以为这声轻美的玉磬是表示同意。"莲姑娘！咱们扯了谎，我才能对举人爷说话！"

"说什么话？"莲姑娘问。

"你叫我说什么话？"松叔叔故意的卖弄着聪明。

"唉！婚姻的事！"她的思考能力也不弱。

"就是啊！"松叔叔把想好了的话故作惊人之笔的提出来："莲姑娘！是上吊好还是投河好？"

"谁呀？"她在黑影里有点害怕。

"扯谎呀！"怕把她吓坏，松叔叔急忙的直说下去："比方说，咱们说你去跳河，叫我给救了。你才有劲，我才有劲！举人爷要不答应婚事，你，莲姑娘，就说，今个晚上歇一夜，天亮再去跳河！我就说：莲姑娘，你要跳下去一个时辰，我才赶到，不就太晚了吗？这么一说，举人爷准得吓成秀才爷，事情就成了！”

照计而行，事情果然成了功。

老郑的欢喜是无可形容的！经过好几天的述说与思索，他决定了可以自居为莲姑娘与丁一山的大媒！从这以后，莲姑娘就是买一包糖炒栗子，也把几个最大的挑出来，给松叔叔留下。

…………

老郑极不放心一山。一山来的那么奇突，走的又那么匆忙，而且在他走后，老郑还好似听见了两声枪响！不放心！不放心！没敢进屋子，他把正在林里砍柴的铁柱——小郑——找到，嘱咐他到路上去看一看；路上若看不到什么，就进城到王宅，问问莲姑娘可曾看到了丁一山。

四

四个在林中放哨的弟兄之一，李德明，看见了铁柱子匆匆走去，又匆匆的跑回来。李德明，身体像牛而心像狐狸的李德明，不能随便放过一个可疑的人和半点可疑的事。他迎出林外，把铁柱子截住，很客气的把枪杵在铁柱子的脊背上。铁柱子是个除了砍柴种地，只会混吃闷睡的傻小子，四肢百体好像都是铁筋洋灰铸成的。事情若倒退一年，即使有两个牛似的李德明，即使有两把枪杵住他的脊背，他也不能服气，而必定用他的铁筋洋灰的身体和枪弹碰一碰！今天，他没有反抗，因为他在今年正月结了婚。爹爹老郑在铁柱子结婚的那一天，就盼望得个肥头大耳朵的孙子，所以时常用一套简单而意味深长的话教训儿子："不能，不能再混吃闷睡，装傻充愣啊，铁柱子！你是有了老婆的人！不能，不能再动不动就抡拳头；得像个人儿似的，好好干活，好好的给我生个大头孙子！别看我还能嚼得动铁蚕豆，谁知道阎王爷几时叫我回去呢！没了我，你就是一家之主了！专凭胳臂粗，拳头大，不能治家呀！"

这段话，叫铁柱子的铁筋洋灰的脑子多少要活动活动；而脑子一活动，身体也不知怎的就受了控制，况且，年轻轻的老婆，不管是丑吧，还是俊美，是值得怜爱的，绝对不能用铁筋洋灰的办法对待她。她，虽然身体并不弱，可是处处是那么温软，即使他是双料的铁筋洋灰，也不能不渐渐的软化。

所以，他今天没有反抗。虽然他的脸红得像蒸熟的螃蟹似的，可是他没有劈手夺枪，而乖乖的拧着眉毛走进树林来。

两个人四只大脚（而且有两只是铁筋洋灰的），把地上的干枝与松花踩得吱吱拍拍的乱响。这，惊动了石队长。他极快的藏在树后。

从树后看明白了来的是李德明，石队长极自然的走过来，倒好像从家里出来，要到外面看看天气那么自然。"干吗的？"他问。

"还没问呢！出来进去的，见鬼见神的，我怕他不地道！"李德明这样的报告，把"报告队长"与敬礼都免去。

"你是谁，老乡？"石队长的石头脸上裂开几道笑纹。"我们也都是庄稼汉儿！"

铁柱子看了看石队长，看了看李德明。李德明这时候，也把笑容摆出来，而且把枪藏在背后。铁柱子脸上的红色减去了一二分。他指给他们："那里的草房就是咱的家。"他告诉他们："咱是去找丁一山的。"

"丁一山？"石队长的心几乎要从口里跳出来。可是，他用力把它咽了回去。而且脸上裂出更多的笑纹来。他抓了抓头，把左颧骨仰起向着天，假装在思索："丁一山？是不是王村那个丁一山？"

"不是！"铁柱子的铁筋洋灰的嘴是不说假话的。"他是王宅姑老爷！""城里的王宅？"石队长顺口答音的问。

"王举人的女儿给了他，还没娶。"铁柱子得意的补上一句："咱爹是媒人！"

"唉！真要命！"石队长心中不十分的舒服。早知道丁一山有个未婚妻在文城，他决不许一山跟他一同来。"你干吗去找他呢？"

"咱爹不放心！"

"为什么不放心！"

"他到咱家来过，连口水都没喝就走啦！"

"真要命！"石队长心里说。而后笑着问："所以你爹不放心？"

铁柱子点了点头。"咱爹叫咱去看看。"

"看见他没有？"石队长的心又要跳出来。

"看见了！"铁柱子的黑脸上起了一层白色的小米粒。

"在哪儿？他干什么呢？"石队长是用笑容去缓和话语的急切，可是——假若铁柱子稍微精明一点，必定能看出来——笑得已极不自然了。

"他在大槐树下面躺着呢！"

"什么大槐树？躺着？"石队长脸上的笑容一点也没有了，像要生吞了铁柱子似的张着嘴，向前凑了一步。

"离东门二里来地，有两棵老槐树，时常有人在那里上吊！"铁柱子脸上的小米粒更多了些，米粒上的小毛都竖立起来。"丁一山在树下躺着，大概是死啦！"

"死啦？"石队长的嗓子像忽然被什么堵住了的样子，眼睛盯在铁柱子的脸上，半天不能转动。

忽然，他抓住铁柱子的胳臂，声音极低的说："你知道，丁一山是我的好朋友吗？告诉我，他怎么死的？不知道，就猜猜看！”

“咱猜不着！”铁柱子把胳臂夺出来，“走！问咱爹去！”

“李德明！”石队长的声音是由牙缝里挤出来的，牙已咬紧。“叫大家赶紧进城！对谁也不准说，不准说——听明白了，不准说——丁副队长的事——大家一知道，就必立刻想报仇，忙中生错，事情准糟！听明白没有？”

“明白！”李德明无心中敬了礼，把枪狠狠的插入腰里，三步当二步的走去。

“走！找你爹去！”石队长命令着铁柱子。

老郑正在门外，背着手来回的走呢。假若心情是可以用尺量的，他对一山的关切应当和石队长的同一尺寸。他并不特别喜爱一山，但是一山是莲姑娘的未婚夫，他就不能不另眼看待了。爱阳光的也就爱月光，虽然明知道月光是由太阳借出来的。

看见铁柱子，他匆忙跑过来：“怎样？怎样？”

“完啦！躺在大槐树下面了！”

老人的迎风流泪的眼，这时候，并没有泪。反之；倒好像干得发痒似的，他用手掌使劲的揉了揉，把眼睛揉红。像要嚼碎一粒砂子似的那样用力的咬着牙，连颧骨上都微微的动弹，他的心中着了火！“我的错！我老糊涂了！我应该送他进城！”说着说着，他像全身都软了似的，慢慢的坐——不是坐，他是瘫在了地上。“莲姑娘怎么受得了呢？”

“老大爷！”石队长也坐在了地上。“老大爷！我姓石，丁一山的朋友！我同他一道来的！”

老人眨着迎风流泪的眼——现在可有了泪——无精打采的看了看客人。看明白了，他的腮上慢慢红起来：“他的朋友？一道儿来的？你为什么不同他一块儿进城？我问你！”小棒锤似的手指几乎——要不是石队长躲的快——戳在客人的右眼上。

“老大爷，你看哪！”石队长指了指胸前的膏药。“我走的慢哪！”

老郑的眼刚看到膏药，便相信了石队长的话。

“老大爷，那是怎回事呀？”

“丁——”老郑不往下说了。丁一山嘱咐过他，不许把他与王宅的关系说给任何人，而不提出王宅，话又无从说起。

“老大爷，我是丁一山顶好的朋友，他的事我都知道！他是王举人的姑老爷。”石队长看了看在一旁咬着手指甲，呆立着的铁筋洋灰。

铁柱子也不知怎的感觉到不好意思了，搭讪着走开。

“你都知道？”老人要问个水落石出。

石队长点点头：“你老人家是大媒。”

“大媒”像一把钥匙，咯吱一声把老人的心打开。他把一山如何来到，如何急忙的走去，和如何他——老人自己——仿佛听见两声枪响，详细的说了一遍。

石队长的脊背上爬动着一股凉气，心中冒着一股热气，这两股气仿佛在身上的某处碰到一块儿，叫他打了个冷战。“老大爷，你看这是谁干的？”

“什么谁干的？”老人的脑子里只有个满脸是泪的莲姑娘，简直没心思再想别的。

“谁打死一山的？”石队长几乎是喊着，这样的问。把话喊出来，他急忙往左右望了望，很后悔这样失去控制自己的力量。

老人想了想：“我不能血口白牙诬赖好人！可是，丁姑爷要是叫文城里的人打死的，那就一定是刘二狗！”

“刘二狗？”

“唉，唉！”老人连连的点头，“我知道，他要从丁姑爷的手里抢走莲姑娘，我知道！”

“他是干什么的？”石队长心中很着急，不为莲姑娘，而是为众弟兄。假若刘二狗是给城内敌军做事的，恐怕大家就难得进城了。

“他，二狗，在日本鬼子——”老人说到这里，把声音放得极低，倒好像四围的松树也有耳朵似的，“来到以前，他什么事也没有。日本鬼子进城以后，他不知怎的就当了王举人的蜜——蜜……”老人说不上来二狗的官衔，只知道那是个与蜜有关系的东西。

“秘书吧？”石队长想帮忙解决这问题。

“不错！不错！是秘书！”

石队长心中安定了一点：“他不带兵？”

“不！不！他是文的！”

石队长立起来：“老大爷，你很爱莲姑娘吧？”

老人也立起来：“比亲女儿还亲！”

“好！我和丁一山比亲兄弟还亲！我马上进城，你敢去不敢？”

“我一定得去看看莲姑娘！”

“见了莲姑娘，你给我说一声，告诉他，我是丁一山的好朋友，好不好？”石队长想在王宅安下“埋伏”。

老人揉了揉眼，不客气的打量了石队长一番。“我看你是个好人！可以！”

“一言为定！咱们在城里见！”说罢，石队长迈开大步，往松林外走。

“嗨！”老人在后面喊：“走慢一点！你的疮！”

石队长的脸几乎发了红。杀住脚步，回头含笑的说：“不要紧了，老大爷！脓已经流出来了！”又走了两步，补上个“真要命”！

老远，他就看见了那两株“老而不死”的大槐树！他的胸中像有一锅滚水。“镇静！镇静！老石！”他低声嘱咐自己。他切盼能看到一山尸，好面对面的告诉一山：“老石会给你报仇！”他又切盼尸首已经挪开，因为他不能保险不去抱着尸身大哭一场！

到了槐树下，没有尸身。他的一对老鹰眼转了两三次，就看到树下一片未干的血迹，低着头，咬着牙，把泪咽到肚内，他不敢抬手，不敢停步，而使心中的右手放在眉，心中的双足立正，心中喊着“敬礼”！

他的心里，这时节，已经不是一锅沸水，而是完全空了。本能的，他往前挪动着脚步。他的眼睛是干的，连一点泪的影子也没有。可是，泪却迷住了他的心——像湿透了的一张白纸那样。都快到东门了，这张白纸上才有了城门，小摊子，房屋，和日本卫兵。看见这末一项东西——石队长总以为敌兵是一种东西——他胸中的那锅水又沸腾起来。但是他须极镇静。他须用全身的力量给自己造出一些冷气，吹冷了那一锅沸水。他的脸上发了青！

低着头，左手按在膏药上，口内哼哼着，他对着那可以立刻杀死他的敌兵慢慢走去。敌兵的枪刺戳住他的胸口。他把破袄的襟拉开更宽一些，一股臭气扑入敌兵的鼻孔。敌兵的厚皮鞋无情的，最傲慢的，狠毒的，踢在石队长的小腿上，使他跌出老远。爬起来，带着一身的马粪，他进了城。

五

文城没有什么特产，没有什么了不起的人物，没有什么电灯与自来水。它只是一个平凡的小城。虽然西门外有火车站，而且附设着修车厂，可是仅足以叫关厢洒满了机油和煤渣，在刮风的时候，到处都是带着臭味的灰沙，在下雨的时候，到处都可以陷进去个七八岁的娃娃。虽然因为有了车站，西门与南门外创设了应运而生的打蛋厂与纱厂，可是这些建设似乎并没在文城人民的心理上或经济上有什么显然的影响。

文城城里的石板路，大概曾经有那么一个时期，是相当光滑平坦的，现在，它的作用不是给人方便，而是千方百计的专绊行人的脚。路旁，没有使人看着高兴的铺户与房屋。除了豆腐房——主要的还是为养猪，卖豆腐仅是带手儿的事——酱园，小粮食店，其它的买卖，好像都是在这里作试验的，试验成功，便弄来更多的资本，到别的地方去繁荣市面。这里在晚上八点钟以后，街上便像死了似的，只有些无家的癞狗在黑暗中巡逻和乱叫。假若不是“文城”写在了车站的木牌上与车票上，恐怕人们早就把它忘得一干二净了。

可是，炸弹与枪炮似乎是起死回生的东西。西门外的纱厂与车站都遭受了轰炸；文城的人们开始感觉到吃饭喝茶，生儿养女，喂猪，卖（或买）豆腐而外，还有些更大的责任与工作。他们须设法保卫自己的城池。车站上昼夜过兵，文城的人们昼夜有人在车站上，有招待茶水的，也有卖饼，卖香烟和茶卤鸡蛋的，还有专为数一数过来多少列车，车上有多少兵士的。他们看见了本省的和外省的军队，一样都为他们去打仗。因此，文城的人开始明白，文城不是孤立的一个有几家杂货铺与一座小车站的岛，而是与整个的中华联成一气的。他们的朋友不仅是朝夕晤面的张三李四和麻子王老二，而是全中国的人民。他们的胆气壮起来，也就想做出一点事来，表现出文城并不是一口装着些半死半活的人们的棺材，而是一个足以自傲的地方，因为它也有些欢蹦乱跳，肯做事的人。

文城没有自己的报纸。订阅北平天津或保定的报纸的只有县政府与县立中学。这两个机关，永远把阅过的报纸贴在门外。可是，文城人的看报，不过是一种消遣。他们不但不大了解报纸上所说的国际大事，就是本国的新闻也每每引起他们的误会，而惹起完全与本题无关，越说越远的争辩。现在，日本人的飞机在西门外投过了弹。他们急于看报，而且是认真的看了，因为西门外的死尸与炸毁的屋宇，作了报纸的最真切的保证！——报纸上所说的，不管关于上海的还是天津的事，并非是信口开河，而必定是确有其事；上海与别处所落的炸弹必定和落在文城的一样厉害，或者还更厉害一些。他们信任了报纸，也就信任了抗战，所以，他们老有人在车站上，向旅客，向士兵，“借”报看看。能够把一张报纸，不管是哪里印的，和哪一天的，拿进城中来的，几乎就可以算作一时的英雄！

消息越来越不对了。报纸上所说的，正和敌机的常在头上飞来飞去，两相配合。可是，大家并没有发慌。车站上来了军队，住下了；河岸上来了军队，住下了；王村，李庄，城里的中学，与东关外的松林里，全住了兵！看着士兵们军容的整齐，枪炮的齐备，人与马的精神，纪律的良好，文城的人们不但不慌，反倒睡得更香甜了。仿佛觉得中日战争的胜负就决于文城这一战，而在文城这一战中，中国必定打胜。

大家非常的兴奋。看着城里城外那么多的军队，听着早晚在固定时间吹出的号声，他们虽然不敢明说，可是心里都暗自盼望；快打吧！快打吧！把日本鬼子打败！从文城把日本鬼子打败！

城里最大的人物是王举人，既是举人公，又做过京官，还有房子有地。王举人可是一点也不兴奋。反之，他很悲观。除了对最亲信的人，他并不肯轻易发表意见，可是谁也看得出，他的神色，他的故意沉默，他的不常出门，都是对抗战没有信心的表示。

他是个读书人，并且极以此自傲。在他的心目中，读书人之所以为读书人，就是遇到事情能够冷静的辨别利害（虽然“利害”不就是“是非”）。辨明了利害，才能决定进退出处，这叫作明哲保身。他看不起文城的人们。看，一面军旗，一队士兵，一尊大炮，会叫他们忘其所以的欢悦，愚夫愚妇们！不错，在圣经贤传上，他常常碰见忠孝节义等等字眼；这些字眼也时常的由他口中有滋有味的说出，但是这与其说是读书人应当信任这些好字眼，还不如说是读书人有点义务——把这些好字眼挂在嘴边说的义务。因此，在他遇到非亲非故的人，他的口中不是诗云，便是子曰；仿佛他就是一本活的经典。及至遇到他真关心的人，他的诗云子曰就一齐引退，而让位给两个铜板比一个铜板多，或与此类似的考虑与计算了。假若圣经贤传像太阳那么大，王举人的心眼才不过是个针孔，或更小一些。

“清癯”是王举人愿意拿来形容自己的两个字。中等的身材，小瘦脸，王举人并没有使人望而生畏的威严。全身，除了一些不十分硬的骨头，便是一些带着皱纹的软皮；无论他怎样怜爱自己，当他摸到自己的一身骨头与软皮的时候，也感到十分失望。所以，他一天到晚总去摸他的胡须，好叫他的手有个地方放一放。他的胡须也并不体面。一共大概有几十根吧，而且每一根似乎都没有固定的颜色，黑不黑，白不白，又不肯定的黄或红。其中，有四五根很长，十几根极短，其余的都一根有一根的独立的尺寸，仿佛完全是偶然的长在一处。可是，王举人很珍惜这些根“乌合之众”的毛儿，因为他以为只有这种稀疏，古怪，不美观的胡须，才正好配得上他的“清癯”。他常常的想：凭他的小瘦脸，稀胡子，再加上蓝纱袍，大红福字履，和一把雕鸰扇或团扇，叫传真的好手给他画下像来，他必定和陶渊明，李太白，至少也和吴梅村，一样的潇洒俊逸！

一阵狂风，也许把他吹散，一场暴雨，也许把他浇瘫。但是，即使被风雨摧毁，他的眼睛会永远完整的存在。他的生命的力量，仿佛都在这一对眼睛上呢！单眼皮里包着一双极圆，极黑，极活动的眼珠，一齐往上翻，一齐往下落，一齐往左往右疾行。他的一双黑眼珠，在单眼皮的掩护之下，像一对诡计多端，无时不闹事作祟的小黑鬼儿。自左而右，或自右而左，两个小黑鬼极快的一走，从这个眼角走到那个眼角，他便从圣经贤传看到两个铜板比一个铜板多！

“梦莲！”王举人托着水烟袋，用单眼皮遮住黑眼珠——他不愿叫女儿看出他的聪明，因为心中有些怕她。“你看怎样？”

“什么怎样？”梦莲似笑似不笑的问。

“听说，连东门外的松林里都来了军队！”他用水烟袋向东指了指。他不敢说“战事”两个字，而只提出松林里的兵。他怕战争。

“这两天，我的心老跳！”梦莲把柔软而洁白的小手按在胸前。

“怕？”举人公从上下眼皮的小缝里放出点黑光来，又赶紧收回去。

“不是怕，”她又似笑非笑的说：“是兴奋！”

举人公吸了两口烟，然后又用烟袋向外一指：“你也和他们一样？”

“谁？”她慢慢的把小手从胸上挪下来，检查自己的手指——每个指甲都剪得圆圆的，短短的，没有任何可挑剔的地方。

举人公先摇了摇头，而后不愿得罪女儿，又非说出不可的，低声的说：“那些无知的人！看见几个兵，一面军旗，就忘其所以的高兴！”

“爸爸，你不高兴看见咱们的军队！”梦莲的眉头皱上了一点。

举人公低着头，用眼皮遮住来回转的黑眼珠。眼珠转了几次；他从战事看到家破人亡。沉默了好大半天，他长叹了一声。

六

军队调来了，军队又调了走。人不知鬼不觉的来到，又人不知鬼不觉的开拔。文城的人们心中有点不安。他们猜测，而猜测便产生了谣言。乐观的张三以为日本人不会打到文城来了，因为我们的军队已经调走，去到远处截击或追击敌人。悲观的李四以为我们的军队调走，是因为别处的兵力太弱；那么，假若军队都调了走，而敌人向文城攻打，岂不是得唱空城计？这两种，且无须再多说别种的，猜测都各自去找它们的佐证与根据，于是可信的与不可信的消息都一到文城便变成了使大家狂笑和皱眉的，有传染性的东西。

这种有传染性的东西可是传染不到王宅，不仅是因为王宅的房高墙厚，而多半是因为王宅的主人根本不受传染。他有自己的主张与打算。他会从八股与策论中找到他们实际的，像两个铜板永远比一个铜板多的道理与办法。

东门松林外的地是他的地，松林里可住了兵。他不放心！不管那是哪里来的兵，和为什么来的兵，他不放心！西门外纱厂有他的股子。纱厂被敌人炸毁，他悲观！不管那是谁的炸弹，和为什么轰炸；他悲观！由这些使他关切与悲观的事实，再推想到他的房子，他的书籍，他的金银器皿；他的黑眼珠不论是怎么转，总转到损失，饥饿，甚至于毁灭上去！最后，还有他的女儿呢！自从她生下来直到如今，他所得到的只是“爸爸”这两个字。“爸爸”有时候是带着笑声喊出，有时候是带着怒气喊出的，喊出的时间与声音的不同，便是病痛，顽皮，闹气……种种的直接的表现。这些表现使“爸爸”心中受到不知多少折磨。可是，尽管折磨很多，他不能不爱他的女儿，他只有这么一个宝贝。况且，这个宝贝又是个女儿，而女孩子，是他以为，最会给家庭丢人的东西，应当昼夜监视着，像看守一个大案贼一样！在太平年月，这些折磨与操心，倒也还有它们的苦痛中的乐趣，及至到了兵荒马乱的时节，它们便成最大的负担与责任，使人只想流泪！

是的，地亩，股票，房产……还有女儿，缠绕住王举人的心！他无暇顾及比这些东西更高更远的事。他不能为别人筹划什么，他自顾还不暇呢！他不能从国家民族上设想，而把自己牺牲了；因为命只有一条，而国家是大家的呀！

他的心愁成了一个小铁疙疸！他想带着金银细软，与女儿，逃往上海或天津。不行，那些地方也有战事！战事，战事，到处有战事！他以为这简直是故意与他自己为难，叫他老头子连个逃避的地方都找不到！逃既不行，那就只好硬着头皮留在家里，看着自己的房，自己的地，倒也不错。可是，炸弹又不知哪一时会从空中落下来，把他的房子，书籍，器具，连他自己，都炸个粉碎！

最难处置的，还是那个会喊爸爸，可爱又可气，而且不能随便放弃了的梦莲。假若她是顺着他的心意定了婚的，事情就简单多了。弄一顶轿子，马马虎虎的把她送到婆家去，即使陪送上五十亩地也是好的——反正荒乱的年头，地亩也不甚值钱。这，岂不干净利落？可是，她偏偏爱那个丁家的小子，要死要活的闹得满城风雨！丁家的小子，在哪儿呢？听说已经当了兵！胡闹！胡闹！一百个胡闹！做老子的赶上这个时代，这个年头，就算倒了霉！倒了“死霉”！王举人真动了气，居然把经传上不见的字也运用出来。

他可不敢堂堂正正的责备梦莲。他有点怕她。当他把小黑眼珠睁大，旷观宇宙的时候，他觉得只有梦莲是他的亲人。天上有那么多的星星，地上有那么多的生物，可是只有梦莲时常立在他身边，叫他“爸爸”。同时，她似乎又离他很远；她的行动每每叫他吸过十几袋水烟，还琢磨不透。她离他最近，也离他最远，像吹到脸上的风似的，刚碰到，就马上走向野海或大漠去了。看吧，她平日看到一个毫无伤害人的意思与能力的绿虫，都把小脸吓得发青，可是空袭解除后，她会穿上男人衣服（什么样子）去加入救护队，弄得混身像小泥猪似的才回来吃饭！奇怪！平日，邻居若是有打架的，都足以使她藏在屋里，半天不敢出来；出来以后还必定闹点头疼。现在城里城外都是军队，看她，不但不躲起来，反倒给士兵们去送茶水与鞋袜！平日，有亲戚来看她，她都有时候故意的不见；现在，任何一个生人，不管是士兵，还是难民，仿佛都是她的熟朋友！

关于她的婚事，就更不能提！当丁一山在文城的时候，两个人几乎老在一块，使王举人看着都觉得脸上应当发烧。及至一山去从军，王举人以为大难又临了头，她一定天天和爸爸发脾气，不说她想念一山，而说爸爸一切都不对。奇怪，她并不发脾气；反之，她倒欢欢喜喜的告诉爸爸：一山要是做了军官，回来与她结婚，够多么体面呢！王举人看不出体面在哪里，她便引电影为证，说外国的女郎都喜欢军人。王举人心里说："幸而文城不常演电影！要不然，她还许去嫁个洋人呢！什么话！"

"梦莲！"王举人悲痛的说："怎么办呢？"

"什么怎样办？"她又换上了男装，小手插在裤袋里，仰着脸，似笑非笑的问。

"唉！"王举人长叹了一声，不愿说下去。他觉得女儿离他有十万八千里。不用跟她多费话吧。他的痛苦与忧虑简直不是他的那个心所能容纳的，因为他的心才有一颗干黄豆那么大。

女儿既不能给他分忧解愁，他切盼有个人——或者哪怕是一条狗呢——来和他谈一谈，给他出个妥当的主意，保全他的老命，家产，和——唉，没办法！——他的女儿！

他很羡慕老郑。老郑一看到松林里来了军队，便把媳妇——一张八仙桌，腿儿朝上，上面盖了一大块蓝布，便算作花轿——接过门来。这样，媳妇的娘家放了心，而老郑也觉得对得起祖宗与儿子。

老郑对得起儿子，王举人可是对自己的女儿毫无办法！

老郑拿来五十块现洋，交给王举人，请举人公给他保存，做他的"棺材本儿"。

"你叫我给你存钱，我的钱叫谁给存着呢？"王举人的小黑眼珠上顶着两小颗泪！

这，把老郑问住了。他本来想把钱埋在松林里，可是松林里有兵。又想把钱缝在腰带里，身不离货，货不离身；可是，假若日本兵来到，把他打死，岂不连钱带命一齐丢掉？

想来想去，他决定把"棺材本儿"交给举人公去。在他心中，他觉得无论是天灾还是人祸，是总不会轮到举人公身上的。举人公不是凡人，他必有神灵保佑着。再说，即使举人公的命不像他——老郑——所想的那么结实，不是还有莲姑娘吗？莲姑娘住在哪里，哪里就一定平安无事，像"姜太公在此，诸神退位"那样。莲姑娘若是有什么失闪不幸，世界就必同归于尽，一点含糊也没有，同归于尽！

举人公不接受那份"棺材本儿"！老郑的心里，打了个冷战！

"举人公！难道日本人打进城来，就真的鸡犬不留吗？"老郑揉了揉迎风流泪的眼，急切的等着足以使他获得安慰的问答。他切盼举人公摇摇头。可是，举人公竟点了点头。

“鸡犬不留？”老郑的牙又嚼着一粒无形的米。

举人公又点了点头。

“好！”老郑握紧了拳头。“好！”用拳捶了磕膝一下。

“怎么啦？老郑！”举人公低着眼皮问，显出不动声色的样子。

“打就是了，还有什么可说的！打就是了！”老郑脸上的皱纹，这时节，都像是一根根铁丝织成的了！

“打谁？”举人公问。

“谁无缘无故的来祸害我，我就打谁！谁来‘鸡犬不留’，我就叫他‘死无葬身之地’！”老郑很恰当的用了两句成语，眼睛忽然一明，看举人好像比平日短小了一些。

举人公半天没说出话来。他本想和老郑谈谈心，谁知老郑也和梦莲是一路货！

“去吧，老郑！”举人公把老郑赶走了，独自紧皱着双眉！

七

连着三夜了，文城，带着多少人的跳动的心，与微微的几点灯火，静静的听着远处的炮声。

城里只剩了一连兵，河岸上还有一营。

文城的人们开始互相的问："你看到底怎样呢？"把"到底"说得特别的有力。

谁也回答不出来。即使有人极大胆的去判断，他的语气还是"仿佛"，而不是"到底"。

可是。大家并没有十分发慌，因为城里和河岸上还有那么一些兵。兵的数目虽少，可是每一个人的脸上都带出那么坚决，那么沉着，那么勇敢的神气，使大家觉得假若自己还一劲儿发慌，就对不起人！

连长，唐立华，虽然到文城来才不过一个月，可是仿佛已经像自幼就生在这里的了。谁都认识他，因为他的身量比常人高着一头。连刚学说话的小娃娃，都会那用带着小肉坑儿的胖手指，指着他，嘴里好像学打锣似的说：唐！唐！唐！谁都喜欢他，他是那么和气，那么简单，那么直爽，仿佛永远把他的鲜红可爱的一颗心挂在胸前，叫谁都能看得清清楚楚。任何人跟他说了一半句话，就马上感到连长把那颗挂在外面的，鲜红可爱的心，摘下来，放在他——任何人——的胸里。

当大家在屋里静静的听着炮声的时候，他们的心无法不跳得比平常快一点。可是，同时，他们也知道，唐连长——那个黑塔似的好人——是在他们的街上和他们的城墙上走动呢。他是文城的护神！炮声一紧，人人都想去问唐连长——到底怎样呢？

唐连长永远板起笑着的脸一小会儿，而后又笑一下，才回答："我不知道别的到底怎样，我知道我跟敌人干到底！没了文城，就没了我！"

这个简单的，并不十分乐观的回答，把文城的百姓感动得落了泪。假若不是打仗，唐连长也许一辈子没听说过文城，更不用说来到这里了。他和文城简直没有任何关系，可是他决定与它共存亡！“看看人家唐连长！”这一句话几乎是在每个人的嘴上，而每个人的心中也似乎有了一个决定：“咱们还怕什么？”

炮声越来越紧了。天还相当的冷，刮着尖溜溜的北风。在北风刮来的时候，文城的人们还可以很清楚的听见机关枪声。大家的眼，像受了惊恐的小儿寻找妈妈似的，都盯在唐连长身上。唐连长的脸上还是照样的笑着。他的笑容使许多人板紧了的脸松开一点。他的话语更少了一点，表示出他绝对有办法；有办法的人是用不着乱吹的。他连走路似乎也慢了一些，他不是几声枪炮所能吓慌了的人。

“唐连长不慌，咱们就不慌！”文城的人们像落在水的人抓住了一块木板似的，把生命托付给唐连长。

可是，唐连长，通过地方政府，劝告大家迁移。胆子小的，而且有地方去的人们，开始含着泪往城外搬家。但大多数的人，因为交通的困难，老家的难舍，金钱的不方便，或是家中有病人，都不肯走。这时候，他们才感觉到文城的可爱。在平日，因为文城的穷苦与简陋，大家仿佛只好相信自己的“八字”不好，才能忍气吞声住下去；看，那些命运好的人，不是都上了天津上海么？就是那到保定或石家庄的也总比在文城穷混的强啊！现在，大炮将要打碎他们的城，他们的家，与他们的性命，而他们无处可逃！看着他们的老人妇孺，看着他们的那些灯锅碗箸，他们觉得文城必须守住，文城与他们和他们所有的一切是不可分离的！

在前两三个月，他们听到学生的讲演，看见过各色纸制的标语，甚至于还看过一两次话剧。讲演，标语，话剧，都向他们说过一番颇有道理的话；可是，他们听过，看过，以后，还是依旧过着他们的日子。标语没有叫豆腐便宜一个铜板，话剧也没有叫谁走了好运。他们没有得到什么实际的便宜，便也犯不上多关心什么国家大事。文城就是文城，马马虎虎！现在，假若他们敢半夜里爬上城去看，就可以看见敌人大炮的火光！他们想起话剧与标语上那些好话。他们必须守住文城，否则一切都要丧失。他们的性命，现在看起来，是牢牢拴在了文城的。

他们最实际，但是到了鼻子碰在墙上的时节，他们也会想用拳头把墙推倒；尽管拳头出了血，而墙还不倒，也不妨试一试。实际与理想，狭小与崇高，在他们的心里，都只隔着一层窗纸。

他们必须做点什么，好表示他们不是坐着等死的人。他们给军队抬沙袋，运子弹，挖壕沟……他们卖点力气，赔上时间与金钱，都没关系；只盼能打个极大的胜仗，把文城保住。

他们很希望城楼上插起各色旗帜，城墙上摆列起枪，机关枪，与大炮，而唐连长应当像关公似的骑着大马出城迎敌。可是，唐连长把士兵埋伏在松林里，车站上，纱厂里，城里简直没有一个兵。他们感到了惶惑不安，不晓得这是什么战法。假若不是他们对唐连长有那么深的信仰，他们几乎要说出他是怕死贪生，把兵都藏起去了。

更使大家心中不安的是，据说，王举人去见了县长，而县政府要马上迁出城去！王举人和县长的价值，这时候，被大家大大的打了折扣。县政府的门前挤满了人，看县长怎样的搬家。可是，县长出来，告诉大家，政府中的档案是必须拿走的，他派定第一科科长将它们拿走。政府中上了点年纪的职员是理当疏散的，他已给他们找到地方，马上离城。但是，政府中的青年职员和他自己是决不离开文城一步的。不幸，他若是必须死的话，文城是他最好的坟墓！

文城的人们不会欢呼，不会鼓掌。听了县长的话，年轻人的胸口挺起，年老的人流下泪来。一个敢说话的小伙子问县长，为什么城里没有一个兵？县长反问：你们这些年轻人都是干什么的？日本贼寇是来打你们的城，你们的家呀！

于是，文城年轻的人在县长领导之下，开始拿起刀枪棍棒，在城门口，在街心，尽着他们守城的责任。拿在自己手里的一条棍，胜似别人手里的两支枪。文城的人开始感到自信，和一点英雄气概。

炮声越来越近了。他们守河岸的弟兄们，文城的人们这么想，恐怕都睡了觉吧？为什么敌人一劲儿开炮，而我们连一枪也不发呢？大家正在这样怀疑的时节，被派到河岸上服务的壮汉们抬回来几位伤兵。由伤兵的口中，他们知道了我们一营人倒有一半早已渡过河去，三个一群五个一伙，布好了十面埋伏，叫敌人前进一步，就要死许多人！敌人有飞机，我们没有；敌人有大炮，我们没有；敌人有各种战车，我们没有。可是，我们的机关枪，步枪，和手榴弹，会像勇敢而聪明的猎犬，冷不防的咬住那祸害人的狼与狐狸的腿，而结果了它们的性命！

“我们胜了？”文城的人们问。

“论炮的响声，敌人胜了；论死尸的多少，我们胜了！”一位受了伤的同志这样回答。

文城不是个富庶的地方，可是找几口猪，几百斤粉条，与几缸白干酒，还不是很难的事。很快的，肥猪，粉条，白干酒，由两位年高德劭的绅士——一高一矮——押送到河岸去劳军。两位绅士都带上了两包小号哈德门香烟，为是见了官长好敬烟，表示出文城的人是见过世面的。

可是，东西怎样抬去的，又怎样抬了回来。他们找不到营部。他们逢人就问，而且觉得那些人必定知道，可是他们只得到了摇头。两位绅士低着头，吸着敬客的哈德门烟，不住的念道："这是神兵！这是神兵！来无踪，去无影！"

"神兵"在不大的工夫已传遍了全城。大家都后悔了——他们曾经怀疑过：河岸上只有一营人，是否能挡得住敌兵？现在，他们完全相信神兵是以一当百的，即使敌人开来十万人马，也是自来送死。

他们去找唐连长，要从唐连长的口中证明他们的想法是完全正确无误的。

唐连长可是并不像他们那样乐观，他告诉他们：敌人要我们的城，我们就要敌人的命。城，在最后，也许丢掉，可是在丢了以前，要使敌人赔上顶多的血肉！他还告诉他们：我们军人要使尽方法，把枪弹打进敌人的致命的地方；你们老百姓要日夜不息的防备汉奸，别中了敌人里应外合的诡计。

"汉奸"在文城人们的心中，是最不体面的两个字。当他们辞别了唐连长以后，他们觉得自己的脸上都怪不得劲儿的："文城，咱们文城，能有汉奸？"假若有的话，"谁？"

"谁？"没有人能回答。"汉奸"是不能随便掷在任何人的头上的。

可是，猜测产生惶惑，而惶惑便容易把猜测变成结论，好使心中安定。他们很快的怀疑到王举人，由怀疑而很快的给王举人判了罪：王举人是汉奸！

城内，谁的院墙最高？王举人的。平日，他的高墙仿佛老对大家耳语："不要靠近我，我是保护举人公的，你们都是贼！"现在，文城在危险中，这些高墙依旧不许任何人靠近。王举人在这些高墙里面干什么呢？没人知道。

县长发动了全城的壮丁，保护文城，王宅可曾出了一个人？没有。大家抬着猪酒去劳军，王宅可曾出了一个人，还是一个钱？没有。王举人是活着呢，还是死了呢？一定是活着呢，不是据说他去过县政府，劝县长同他一块逃走吗？况且，王举人的朱漆的大门里，近来有谁常由门缝里钻进去，钻出来？刘二狗！文城没有汉奸便罢；假若有，刘二狗必定是一个！刘二狗可是近来常上王举人那里！刘二狗，那么，要是汉奸；王举人就必是汉奸的头子！

他们没有确凿的证据，证明王举人是汉奸。在平日，即使他们拿住什么把柄，大概也不敢有人出头和王举人碰一碰。今天以他们的爱护文城的热诚，凭王举人对抗战的冷淡，他们觉得不应当再过分的惧怕举人公。反之，为了文城的安全，他们即使没有力量把举人公按汉奸办罪，至少也该去问问他，到底他是怎么一回事。

两位年高德劭的绅士——一高一矮——很愿意去和举人公谈一谈。当前两天要去劳军的时候，大家众口一声的都以为举人公应做代表。可是举人公胆子小，不敢到河岸上去冒险。因此，一高一矮的两位绅士才带着哈德门烟跑了一趟。两位绅士在文城的地位，虽远不及举人公，可是自从这次“偏劳”以后，他们的名誉突然增高了许多。他们二位愿意去和举人公谈谈。

举人公有点不舒服，拒绝见客。两位一高一矮的绅士恼羞成怒，很想在王宅的朱漆大门外给举人公点颜色看看。当他们还没十分决定是马上发作，还是稍安勿躁的时候，梦莲小姐出来，把他们让进去。

梦莲，什么都怕，什么又都不怕的梦莲，皱一皱眉，笑了一笑，学着男子汉的姿态，把小手插在腰间，声音很小，可是很有力的向他们说：“我知道你们两位的来意！有我在这里，我爸爸不会做对不起人的事！”说完这两句，她的脸蛋上红起两小块，轻咳了一声，仿佛是告诉他们：“用不着再多费话。”

两位绅士像是还没听够，但是想了一想，又觉得这么干脆倒也不错。

两位绅士——一高一矮——放了心。文城的人们也都放了心。“无论怎说，梦莲小姐是会管束举人公的！”大家这么想。有了这个结论，大家仿佛已经把汉奸完全肃清，即使偶然还提到这问题，也会由忧虑而放心，因为“梦莲小姐总会管住举人公的”！

八

石队长进了城。低着头，他把牙咬得吱吱的响。他恨、恨、恨踢倒了他，叫他“滚”进城来的敌人。他真愿意掏出枪来，一下子把那个两条腿的矮狗的脑浆打了出来，溅在城门上！可是，他控制住自己。他不能因快意一时而耽误了大事。他须带着耻辱，马粪，去执行他所应做的任务。

他不敢在街上东瞧西望，而只能像牲口似的低着头，用眼角收取一切他所应记住的地方和景象。在平日无事可做的时候，他是个无忧无虑的大小孩子。现在，他要思索，忍耐，勇敢，勇敢而狡猾。他须违背着自己的本性去执行那最狠毒的计划，而且只有忠诚的去执行，才能消灭他所最恨恶的矮狗们。他的口很干，好像马上须喝一大桶冷水，方足以浇灭心中的火，也就解了口中的干渴。他心中的火是由于和善的天性与毒辣的计划——像阴阳电互击而发生雷闪那样——的磨擦而来的：他要爱，他又须恨；他想活，他又应当去死！没遇到挑水的，也没看到井，他用力咬牙，强迫出一点津液。把这么可怜的一点津液咽下去，他浇灭了心中的火。不，不，不，他不能再这么乱想，瞎耽误工夫。他应该马上动作，像猛虎看准了一条猪而带着风扑过去那样去消灭敌人！是，是，像猛虎似的那么准确，那么勇敢，那么狠毒！他的眼发了光，七楞八瓣的脸上有些发烫，心中轻松了许多，光亮了许多，他开始感到一种愉快，而几乎要高声的学老鹰叫。

他的愉快只勉强的维持到一分多钟。他所看到的文城已是一座死城！城里，并没有遭受过轰炸。可是，街上没有一个小孩，甚至于看不到一条狗。铺子都开着，但没有人出来进去。茶馆——还开着——没有人。酒肆——也还开着——没有人。做买卖的几乎都是五十岁以上的男或女，不像做买卖，而像看守着还没有下葬的棺材。铺子里都收拾得相当的干净，但是货物——连点心之类的东西都算上——好像都是一年前的旧东西。纸褪了色，铁生了锈，可以被虫子蚀咬的已经都带着小孔或脱了毛。街上，也相当的干净，没有随风飞舞的碎纸，鸡毛，蒜皮，连小孩的屎迹也看不见一摊。相当干净的铺户排列在相当干净的街道两旁，静静的，没有笑声，没有行人，没有小孩玩耍，没有鸡犬的啼叫，好像全城的人都忽然害了什么病，忽然都死去，而留下一座阴森而干净的城。遭受过轰炸的城，并不像文城这么使人难堪，因为火与血的灾祸会使人愤怒，呼号；会使人因丧失了邻居，朋友，亲戚，而更增多了自己的生命——去报仇。文城仍然是完整的，而且比以前更清洁了，但是它没有了生命。它很像一个穿得很整洁的“睁眼瞎”，还睁着眼，但是什么也看不见——慢慢的，走向坟墓里去！

惟一的鲜明的东西是到处像刚刚贴好的标语——日本的纸，日本人制的标语。各色的纸，都发着光，在墙上，门上，和柱子上。它们的彩色是那么鲜明，而门墙与屋柱是那么黯淡，活像死人的脸上擦了胭脂与铅粉。

街上偶然有几个行人，即使他们是至好的朋友，或亲戚，也都不敢并肩而行，而是调动好了，保持着相当的距离。他们的眼都看着地，只从眼角彼此打个招呼。不敢说话，不敢露出笑容，他们甚至不敢高声的咳嗽。当他们进铺店买点东西的时候，他们像老鼠似的溜进去，而后极快的像老鼠似的再溜出来。他们的一切行动，即使是买一块豆腐，都会给自己惹来灾祸，都会被送到进去就死的牢狱里去。他们既不是日本人，也不是中国人，而是还会吃饭的死人。

石队长，转战西北的“老”行伍，看见过北平的天坛与金鳌玉栋，看见过天津的洋行与电车，也看见过仅有一二百户的，苍蝇比人多的小城。但是无论城大也好，城小也好，见到城他总欢喜。他是乡下人，见到城——正和别的乡下人一样——他老有点害怕；可是城市仿佛是五彩斑斓的老虎，越可怕便越可爱。一到城里，他可以毫无计划的，不期然而然的找到有趣的事。他可以吃到各种馅子的饺子，可以听戏，看电影，洗澡，买牙膏。即使在最小的城里，除了油条与豆腐脑，没有别的开胃的东西，他至少也还可以享受油条与豆腐脑。

他没见过像文城这样的城！这里。连油条和豆腐脑都已经发了丧！

县立中学门口立着一个持枪的矮狗，石队长不必细看门外木牌上的字，已知道中学也发了丧。

十字街口——平日最热闹的地方——来往的人比较的多一些，可是正在街心立着一条矮狗，闪着一条白光——刺刀。这一条白光叫行人的眼都极快的闭上，只留下一条小缝看着它。和白光同样的刺目，是十字街口的最重要最体面的几家商店，都已改成日本铺子，里边摆列着颜色最鲜明而本质最坏的仇货，外边挂着有字又有像注音字母的牌匾。有一家正开动着留声机，放出单调的，凄凉的，哭比唱的成分还多的东洋歌曲。这里，颜色最多，最刺目，也最惨淡，刺刀的白光与各种色彩都同样的有一股冷气，好像一张大的鬼脸，越花哨越丑恶，越鲜明越叫人心颤。

石队长，在这个无声的，黯淡而又有颜色的城里，不敢站住，也不敢坐下，甚至于不敢思想什么。这是个被毒气笼罩住的死城，连地上的石沙好像都是一些毒藜蒺。“真要命！”

在一个僻静的小死巷子里有个厕所，厕所的墙上还留着一条十个月前贴上的标语。经雨水打过，一条条的好像挂着泪痕；泪痕下几个也哭过好多次的字是：“中国人，起来杀敌！”石队长咬紧了牙，但是泪还是落了下来。

在西大街，他看到举人公的宅子。朱漆大门关着一扇，开着一扇，门里外都没有人。王宅的对过，一排小铺子，都往外冒着极浓厚的鸦片烟味。一些像鬼的中年人老年人一会儿出来，一会儿进去；出来还在门外立着，似乎预备着再进去的样子。还有些年轻的鬼，有的不过十八九岁，也和年纪大的鬼们挤在一处，有说有笑。这是惟一的有说有笑的地方，仿佛像一种什么特殊的地带，准许人们随便谈笑。石队长看见一个穿着红小袄的女鬼，发着最尖锐的笑声，带着一片雾气跑出来，打了一个青年一掌，而后又带着最尖锐的笑声跑进去。看看这一排小店，看看举人公的朱漆大门，石队长点了点头。他决定在这里休息一会儿，因为他看出来这是安全地带。假若，他心中盘算，有什么不对头的事，他应当往小店里走——鸦片，在这里，是最保险的东西！

九

假若石队长看见了一座死城，那座城在唐连长眼中都是最活跃的。

河岸上的柳树几乎全被敌人的炮火打光。我们的军队没有动静。敌人到了河边，我们还没有动静。敌人渡河了，我们的机关枪吐出火的舌头，把敌人与河水一齐打红。

“我们又胜了！又胜了！”文城的老幼男女不顾得喝茶吃饭，狂跑着，传播这好消息。

夜里，大家蒸起馒头，熬好了稀饭。夜里，抬着馒头稀饭，他们直奔那有火光的地方跑去，把馒头塞在弟兄们的手里。

夜里，壮汉们拿着椅子，门板，板凳，到河边去抬受伤的弟兄。

夜里，老太婆，大姑娘，连梦莲小姐，都抱着油灯，给弟兄们缝袜子与洒鞋。

夜里，十一二岁的男孩子们，听着远远的，连珠响的枪声，都不肯去睡，也拿起短棍，偷偷的跑到城门里，和壮丁们一块儿挺着胸立着。

夜里，风是那么凉，枪炮的声音是那么急，可是大家的心里感到兴奋，兴奋生产了温暖和力量。他们的眼神似乎都在表示：没什么！我们一定会把敌人全数打跑！

一部分的敌人已经渡过了河，城东的几个小村已被敌人的炮火打光。可是，我们又打了个胜仗。

“我们又胜了！”大家争着传说。

这次的胜利，几乎不能使人相信；我们只有半排人和一架机关枪，在几棵小松树后面藏着。把敌人的路上侦探让过去，再把尖兵让过去，直到大队过来一半，我们的那一架机关枪和所有的手榴弹才冷不防的发了狂。我们的人和枪都碎在了那里，可是给他们“殉葬”的是一百九十四个敌兵！

苦战了五天，河岸上的一营人，只剩下两排了。

敌人本想用很小的兵力拿下文城，我们的一营人用敢死的精神惩罚了这个狂傲的错误。敌人增援；我们的援军，可是没有来到。敌人有炮，我们只有轻武器与足用的弹药。敌炮施威，我们的人散开，各自为战。敌人的炮火失去了应有的效力，而我们的枪弹像一种有知觉的东西，到处去找敌人的头颅与胸口。敌人改变了进攻的计划。把士兵们分成好几路，分头渡河。我们分散开了的士兵，没有集中与同时歼灭各股强渡的敌兵的可能与力量。所以，一部分敌兵已过了河。

唐连长一见敌兵过了河，就知道我们已无望及时的得到援军。他把埋伏在城郊附近的人全拿上去截击渡过河来的敌兵。在城郊与河岸之间，他支持了三天，敌人到了东关。

唐连长已整整两天两夜没有合眼，几乎可以立着便睡去，可是他的脸上还不断的笑着。笑着，他指挥；笑着，他射击；笑着，他前进或后退。前进，他在最前，后退，他在最后。看见他的笑脸，弟兄就好像看见一股温泉似的，心中立刻感到温暖，而把一切危险置之度外。我军与敌兵的装备几乎相差了半个世纪。我军与敌兵的数量相差不止好几倍。多么艰苦的任务啊！可是唐连长的笑脸叫弟兄们忘了一切，而只顾向敌人射击。

一手一支枪，唐连长在战斗最紧张的时候，还匀出手来从腰间抽出一根大葱，咬一大口。咬一口葱，眼中流出点泪来，他感到一点舒服，身上轻松了好多。

退到东关，他叫弟兄们到西关去守车站，他自己进城去看看县长。大家都已疲倦得抬不起脚来。他把没咬完的三根大葱扔给了他们："咬口葱，跑步！"他的大葱的效力不亚于仙丹，立刻把大家的精神提起，一气跑到西关。

唐连长在东大街遇见县长。县长的眼睛至少和连长的一样红，而脸上的神色比连长的更疲倦。县长是个四十多岁的矮胖子，很忠诚，很慈善，只是不大懂现代的军事。

"怎样？连长！"县长紧紧的握着连长的手。

"敌人已到东关！"唐连长用笑容冲淡了语气的紧张。

"是吗？"县长把汗手抽了出去，愣了一下，转身就走。

"往哪里去？县长！"唐连长向前赶了一步。

县长脸上的神气是忠厚人偶尔想露一露聪明，不敢自傲，而又不能不自傲的那一种。"他们已经预备好了滚木礌石！"

"谁？"唐连长没法抑制住自己的惊异。

“壮丁们！他们还预备了石灰罐子，等着把敌人的眼睛都迷瞎！”说罢，县长又要走。

唐连长把县长一把拉住：“县长！你该走！带着壮丁们走！你的石灰罐子一点用处也没有！”

“走？”县长仿佛永远没有想到过这个字，不住的眨眼。

“走！快走！敌人不会马上进城，”连长极负责的说：“他们必定先把城外的防御都扫清了，才敢进城。快走，还来得及！”

“放弃了城池？”

“壮丁们没有武器，没受过训练，不能作战！即使有武器，也不该死守城里，敌人会用大炮轰击！”

县长立在那里，眼睛看着自己的手，好像向来没有看见过似的。唐连长猜不透这个忠厚的人在思索什么，他只好接着说：

“援军一时绝不会来到，敌人的兵力又比我们大的多，我们没法子守住城！走！快走！别白白牺牲了我们的没受过训练的壮丁！”

显然的，县长并没想起什么好主意来，他只问了声：“你呢？”

“我去守车站！我们守不住城，可是在敌人进城以前，我们能叫他们多死几个，就算尽了职！走！县长！在路上，你若是遇见我们的师长或旅长，给我说一声，唐立华已死在了文城！”唐连长双手拉着县长，呆立了一会儿。连长低着点头，县长仰着点头，四只眼对看着，眼神说出来：“我们将是永远可以共生共死共患难的朋友，假若这次死不了的话！”

“再会吧！”唐连长似乎还有许多许多话要说，可是只这么低声的向县长告别。放开手，像老虎看见一个什么肥美的小动物似的，飞跑而去。

县长赶上去两步，想说什么，他还有没有找到适当的话，唐连长已经不见了。

车站外的洋槐树林中，坐着二十二个人。他们都抱着枪，垂着头，昏昏的睡去。唐连长不忍惊醒他们，可是又不能不马上发命令；他愣了一会儿。但是，他们在昏昏忽忽之中，仿佛感到了唐连长的来到。没有什么声响与麻烦，他们都睁开了眼，立起来。向左右稍微一看，他们立刻排得相当的齐整。

“坐下！”唐连长低声的说。等大家又都坐下，他细细的看了一看：连副不见了，排长只剩了两位，勤务兵和火伕敌情也都拿上了枪！连勤务兵和火伕都算在内，才一共二十二个人！他舔了舔上嘴唇，回头向林外望了望，仿佛希望那些与他共患难的朋友还会从林外走来，虽然他明知道那些熟悉的面貌与语声是永远，永远，见不到，听不着了！转过头来，他重视着地上，好像不敢再看面前的人，因为看到一位排长，就不由的想起另一位排长；看到勤务兵，就想起连副来。连副的小胡子与一闪一闪的白牙，张排长的斜眼，李万秋同志的六指，和……都在他的心中活着，都好似他自己身上的东西。可是，他们都上哪里去了呢？不能再想！再想一想，他就会马上大哭起来。不是为怕死而哭，而是为给共患难的朋友献出心中的热泪。说真的，他们由死亡而得到光荣是映射在他自己，与现在还坐在他面前的每一个人身上。他，与坐在他面前的二十二个，会在阵亡了的朋友的光荣中找到他们自己的光荣。他应当大笑，不该落泪，可是，他笑不出来！他的眼中并没有泪，可是他用手去揉了揉。他应当赶快向大家说几句话，否则他也许真的大哭起来。话还没想好，他已叫出："同志们！"

"同志们！"他重了一句，而仍找不到话讲，愣了一会儿，慢慢的蹲下去。这一蹲，他身上的筋肉似乎弛懈了一些，他想起话来。一挺身，他又立起来。惯于在他脸上来往的笑容，又来到他的嘴角与鼻凹间。

"同志们！连火伕算上，咱们只剩了二十多个人！我们已和师部失了联络，援军恐怕一时不会来到。车站上，纱厂里，还有许多粮食，东西。我们不能给敌人留着。马上就去焚毁！我没法子请示上方，但是我觉得——凭着我的良心——应当这么做！王排长，你带八个弟兄破坏车站！孙排长，你同八个弟兄破坏纱厂！我和其余的人死守这里；这里便是连部！也许，敌人马上就来到，我们抵抗！凭着我一个军人的良心，我的命令只有一个字，死！"

说完这段话，他的因困倦而发红的眼，发出些光，像两片流动的明霞。他的笑意由嘴角鼻凹扩达到眉梢。亲切的，慈善而又严肃的，他看着像亲手足似的二十二个战士。

二十二个战士没有任何动作与表示，只是脸上显出一种轻快与得意的神气。假若唐连长的脸是太阳，他们的脸就好似接受到阳光的花。

"王排长，孙排长！马上出发！"唐连长和两位排长握了手。

不出唐连长所料，敌人不敢进城，而先在四面的关郊细心的搜索。在南关北关，他们没有遇到枪弹与手榴弹，只搜出不少手无寸铁的壮丁；随便的选择了一下，有的留下做买卖苦力，有的死在刺刀下。

将近黄昏的时候，文城城内静寂得像一座古坟。小儿抱着母亲的膝，老人藏在屋中最黑暗的地方。年轻的妇女把脸涂黑，穿上最破的衣衫，像看到猫的老鼠，向门外，厕所，和最不舒服的地方乱躲乱藏。没人顾得做饭，泡茶，或点灯，而只想象着由门板刺进来的刺刀的可怕！他们知道敌兵已到了城外，逃走是来不及了。他们知道我们的守军，那给他们打了好几个胜仗的守军，已经都躺在了城外的黄土上。他们知道，县长已把学生和壮丁带走，城里已没有一个可以拿木棍或花枪和敌兵拼命的人！怎么办？怎么办？谁也没有一点主意！他们已经没有心思去想明天，因为死亡就在眼前；他们知道自己是拴在屠场的猪羊，刀已经离他们的脖子不远！刀，或者还是最好的东西；怕只怕，敌人还有比刀更厉害的刑具，最爱体面的姑娘本能的感到她们的刑罚必定不是刀，而是绝对不能忍受的污辱。她们有的上了吊，有的把剪刀揣在怀里。最亲爱的父母，在这时候，不能给她们半点安慰与主张，而只呆呆的看着她们采取最聪明或最愚笨的办法。聪明与愚笨，在这时节，已失去界限；因为快要进城来的敌人是人兽未分的动物！悲泣，自杀，黑暗，恐怖，叫文城城里静寂得像一座古坟。实在没有主意了，他们反倒盼望敌人快些进城，杀剐存留，给个干脆！

正在这个时候，西门外起了火。城内没有一个灯亮，城外起了好几个火头；城是黑的，天是亮的；人们开始由黑暗的角落里出来，在门外呆呆的望着火光。火光永远有一种悲壮的吸引人的力量，不管是在什么时候。火光给大家一点刺激，大家都想狂喊几声，把心中的黑暗吐出来，而使自己与火一样的光亮。可是，大家并没敢喊叫。看看那把半个天烧红的火光，他们反倒觉得分外寒冷，不住的打噤。这悲壮而有吸引人的力量的红光也给人以渺茫之感；没人能抓到那光，或挨近那火；火与光中宜示着毁灭死亡！

“烧啊！烧啊！”忽然一位老人狂喊起来：“烧了房，烧了城，不给日本鬼子留下呀！烧啊！烧——”

这个呼声几乎没得到任何响应。它没使大家兴奋，也没使大家恐惧。当最大的危险来到眼前，人们反倒在表面上露出把生死置之度外的样子。随着这呼声，大家低声的彼此说了点什么；此外，别无动作。

那老人——城中最正直刚强的教过私塾的先生——还在喊，而且把一玻璃瓶洋油倒在土炕的草褥子上，预备放火。

这时候，城外的火光忽然暗了一些，漆黑的烟柱，像受了什么不可忍的刺激与压迫，疯狂的往上冒，似乎要把星天变成黑幕。烟钻得极高，下面的火舌变成无光的血红，从黑烟里吐出来，又吞进去。烟在高处散开，火光又明亮起来，把天都照亮。这时候，城内老人的草褥已经燃起，老人仰卧在火光里。不久，黑烟与火舌从门窗内吐出，比城外的小，而热气直扑到人们的脸上。大家开始喊叫，开始奔跑，争着来救火。这时候，城外有了枪声。

“唐连长还打呢！还打呢！”大家的心又欣悦的跳动起来，几乎和前几天打胜仗的时候一样。

城外，有铁路路工的帮忙，士兵们把所有应该破坏的东西都付之一炬。火起来，他们散开，各自为战。敌兵到了，首先尝到槐林中射出的子弹。

敌人一方面包围槐林，一方面到所有能藏人的地方去搜索。不管是树林，还是独木，不管是一道浅沟，还是一堆垃圾；不管是一段矮墙，还是铁道旁边的小木阁子，都使他们迟疑，害怕，只在一阵两阵三阵猛烈的射击之后，他们才敢前进。他们不知道我们有多少人，而只感到这里的树、沟、土堆、墙和一切东西，都有眼睛，都有子弹，都会要他们的命。火光把整个的车站，照得如同白昼，但是火光越明，他们越怕；他们只能像蛇似的趴伏在地，看到一个黑影或黑点，便把头贴在地上，火忽然明了，又忽然暗了；火忽然移向东边，西边暗起来；又忽然移向西边，东边暗起来；在这一明一暗，忽东忽西之中，他们惶惑、恐惧，只管放枪壮自己的胆子，而不管子弹向哪里打，和打什么。

从一株树后跑到另一株树后，唐连长和他的六个弟兄变动着地位，向四面八方射击。唐连长的汗把袜子都淹湿。天气还相当的冷，他的身上可是只脱剩下了一件汗衫。他的心中，现在完全是空的，假若还有什么感觉的话，他只是想喝水；他的口中冒着火。在敌人的枪声稍静一点的当儿，他倚着树吐了口气；更想喝水。从树旁来了一只手，轻轻的放在他的腿上。他以为是那个也拿着枪加入作战的勤务兵呢。不是，地上卧着的人，不是兵，而是个铁路工人。

“给你！唐连长！”工人声音很小，而很清晰的说：“三个馒头，一瓶水！”

唐连长顺手把馒头接过来，马上扔在地上，再伸手，他摸到那玻璃瓶的脖子，很凉，很滑；他的心里也立刻感到清凉滑润。水有点煤油味，可是他一气把它喝光。“哈！”他吐了口气。这时候，他才觉得工人的可敬与冒险。没顾得道谢，他叫工人快走。工人递给他一支香烟。

唐连长摇了摇头。“快走！谢谢你！”

敌人的枪弹又像雨点似的打进来。唐连长不晓得工人是怎么走开的，他又开始从树后向外射击。这时候，他感觉到身后有人在地上爬行。他以为还是那个工人，所以连头也没回。可是，身后有了声音：“报告连长，我，我，完了！”唐连长急转身，借着闪动的火光，看清：长长的，像一条不大有形状的口袋，伏在地上，一动也不动。他的勤务兵！

“老刘！老刘！”他一腿跪着，扳起老刘的头。老刘的眼还微睁着，可是全身都已不动。他手上摸到血。他轻轻放下老刘的头，想找一块布或一件衣服盖上老刘的脸。这时候，他的左半边身子已失去掩护。左肩上忽然一麻，他喊了声“不好！”急要转身，左臂上又中了一枪！他知道敌人已发现了他。他想立起来，可是左半边身子已经不听他的调动。用了最大的力量，他把自己挪动了一尺多远。他的左肩靠住了树干。他要镇静的思索一会儿，可是心中极乱。一种无可形容的迷乱，随着左臂的由麻木而疼痛，渐次占有了他的心。他决定不去思索。咬着牙，右手抓住树干，他立了起来。立不稳。他的右臂搂住了树干。像醉汉似的，他抱着树干绕了一个圈。他的背上又中了一枪。脸擦着不光滑的树皮，他跌落下来。

臂上燃烧，腿上燃烧，心中也在燃烧。林外是火光，眼前是火星，心中也变成一团火，火催着他狂喊：“王排长！冲锋！孙排长！冲锋！”他不知道是自己还是别人正在这么喊叫，而只觉得有人喊冲锋。他立了起来，喊了声“杀！”

随着这声“杀”，一切是静寂。火渐渐熄灭，枪声渐渐停止，唐连长的血，已渐渐流尽。到天亮的时候，文城变成了死城。

十

在文城的战事中，老郑——梦莲姑娘的松叔叔——的生活差不多是个噩梦。自从松林内来了军队，他的平静就受了很大的扰乱。他不知道把“棺材本儿”放在哪里才好，而带在身上是最不放心的事。他也不放心他的铁筋洋灰的儿子——这小伙子是那么愣头愣脑，说不定哪一刻就会闯出祸来。媳妇，更难办！她比棺材本儿还难找到妥当的地方藏起来。假若不幸，她……老头子简直不敢往下想！媳妇年轻，年轻人的胆气往往使自己把该留神的地方故意的忽略过去。老郑再三的嘱咐她隐藏着一点，可是她还照常的出来进去。她不反抗公公的命令，但是由她的眼神可以看出来她是要说：“我要不出屋门，怎能把柴拿进来，把脏水倒出去？”老郑不想拌嘴，而只终日提着心，手心上老出着讨厌的冷汗。

为了儿子儿媳的安全，他嘱咐他们要处处小心，而他自己倒去冒险。做父亲的爱心每每有不合逻辑的地方。别等军人们来找他，他想，他须先去找他们，于是，他背着粪箕，或拿着斧头，心里不安，而脸上若无其事的，专往有军人的地方去徘徊。

溜了几趟，军营中的人好像全都认识他了。出他意料之外，军人是那么客气和蔼，简直像学堂里教书的先生。他们给他说了许多他不大了解的事，许多不知道是在哪里的地方，并且告诉他，他们是哪里人，和家中的情形。在从前，他总以为军人都是没家没业的坏家伙，穿着虎皮到处欺侮好人。现在，呕，他开始明白过来：为什么丁一山肯去从军。想起丁一山，也便想起梦莲姑娘来，没有什么别的足以傲人的话，他把梦莲姑娘的一切都告诉他们，把一切他所能想象到的美丽的形容词都加在她身上。她就好比——擦了三四次迎风流泪的老眼，他才想起来——刚下过雨后的嫩青椒！

他不怕军人了。反之，他倒去给他们砍柴，挑水。他们给他钱，他对天起了誓，（脖子都憋得通红）他若伸手接钱，明年就叫蝗虫把他的庄稼都吃光！当他没有工夫的时候，他就叫铁筋洋灰去代替。可是，他已经先跟军官说好：我只有这么一个“畜生”，你们不能把他拉走！

他们也知道了他有儿媳妇，而把一大堆衣服送了来，求她给缝补。他们给钱，她私自收下。以作公公的身分与尊严，他向来不敢在她面前说一句带脏字的话。等到他发现了她接受了缝补衣服的报酬，他几乎忘了一切规矩礼貌，而指着媳妇的脸骂了一顿：“下贱！下贱！他们是干什么的？是为大中国打仗的呀！（自从他剪了辫子那天起，不知由哪里学来的，他把大清国改成了大中国。）没有这几个钱，你就会饿死吗？要给大中国打仗的人们的钱，你偷坟掘墓去好不好！下贱！不要脸！”把钱要过来，他亲自送了回去。

但是，这是他最快活的几天。他本来准备好去接受损失，污辱，与痛苦。万没想到，他所得到的是友谊与工作。他觉得世界的确是变了。怎么变的？为什么变？谁出主意变的？他都想不出来。他只感到一种未曾经验过的乐趣。他很想把这点乐趣与变化说给梦莲姑娘去。她，他想，必定能告诉他这种变化的所由来，而且欣赏他的工作——那似乎应当称作“为国家出力”的工作。

在他挑水或砍柴的时候，他老想念着梦莲。当他立着或坐着休息一会儿，他必面朝城墙。好像他会隔着城墙看到她似的。一会儿他想，假若她能看到他给军队服务，她该怎样的夸奖他；一会儿，他又想到，假若日本鬼子真个打进城来，她怎么办呢？他屡次想进城去看看她，可是又不肯耽搁了军队中托咐给他的工作。他只能一方面工作，一方面想念她，关切她，而出现于他心中的她的形影，老使他心中发出些甜美的滋味。

可是，这点快乐是短命的。有一天，天刚刚发亮，他就起来了，吃了一块昨晚剩下的贴饼子，喝了半瓢凉水，他到林中去，看看有什么工作。到了军队扎营的地方，他怀疑自己是否完全醒清楚了。拍了拍头，揉了揉眼，他知道自己的确是醒着呢，不是做梦。奇怪！军队不见了！地上打扫得非常的干净，连一两团马粪都看不到。

他坐在了那刚刚打扫过的地上，胃中的饼子与凉水几乎翻出来。他感到空虚，失望，与耻辱——他们什么时候走的？上哪里去？为什么不告诉咱老郑一声呢？他想不到军队的行动是绝对要守秘密的，他只主观的以为：“咱老郑对你们不错呀，为什么这样的不讲交情，一声不哼就全开走呢？”他的自尊心受到很大的创伤，他几乎后悔了曾经那样热心帮他们的忙！“咱老郑是穷人，巴结不上人家呀！”他一天没吃什么，而和儿子发了好儿阵脾气。

不错，城里和河边上还有军队，可是那似乎不是“他”的军队。那一片松林是官产，可是他以为是自己的，连树上的松鼠和猫头鹰也都是他自己的。因此，住在松林中的军队也应该是他的，至少，“也该告诉我一声呀！怎么不辞而别呢？”

幸而唐连长常常由城里到河边去，不管是步行，还是骑着自行车，他总到老郑这里休息一会儿。起初，老郑对唐连长并不十分亲热，因为松林的军队刚刚不辞而别。唐连长，可是，没介意老郑的神色与态度。他很亲热的喝了老郑的两大碗开水。

唐连长第二次来，老郑给他泡了一大壶枣叶“茶”——茶的代用品，晒干的嫩枣树叶。

第三次，老郑拿出真正的茶叶来。他很喜欢这位黑塔似的军官。为确定唐连长的官级，他问：“你老的官比守备大呢还是小呢？”

唐连长向来没比较过连长与守备的高低，他只能以大笑一阵作回答。

“飞机怎么就会飞呢？”近来老郑对军事感到很高的兴趣。

唐连长解释了半天，老郑心中不明白，而口中一劲说：“啊！”

无论怎么说吧，老郑与唐连长成了好朋友。慢慢的，老郑把松林中军队不辞而别的事说出来，唐连长给他详细的解释了一番，并且告诉老郑，调走的朋友来了信，都问老郑好。

老郑感激得说不出话来。又独自到松林中转了一圈。从松林回来。好像诗人看到美景而得了灵感似的，想出一句话来。唐连长又来了，老郑赶紧把这句话说出：“唐连长，你给他们写信的时候，也替老郑问他们好哟！”这里的“老郑”显出很高的身分与很深的关切。

可是军情又出了岔子，友谊仿佛必然的产生痛苦。唐连长要在松林外王举人的地土上挖壕沟！老郑深知举人公的脾气，他若是不去禀明，举人公会拿帖子把他（老郑）送到县里去的。在另一方面，唐连长说得十分明白；这是国家大事，是个人就应当帮忙啊！老郑十分为难，怎么也想不出两面圆的办法来。最后他偷偷的见到莲姑娘。

莲姑娘的细白食指指着一个雀斑也没有的小鼻子，说：请他们放心挖吧，我负责——

“不用禀明了举人公？”

莲姑娘轻轻一摇头。

老郑几乎是飞跑着去找唐连长，报告这个好消息。可是他，很郑重的“声明”：“连长，我可不好意思帮着挖呀！你们挖，我给抬土吧！有朝一日举人公问下来的话，我好说；我并没动手挖呀！”

连长同意于这个足以使老郑良心上得到安慰的提议。

松林外的壕沟刚刚挖了几丈，河边上就打起仗来。老郑十分的兴奋。他并不喜打仗，因为打仗和种地是永远不相能的事。可是，他兴奋。他好像——在跟军人们有了些交情之后——看得千真万确，我们的军队一定会打胜仗。再说，这次是和日本人打仗，他几乎天生来的厌恶日本人。

在兴奋之中，他也关切着自己的茅屋，自己的儿子儿媳，并且极不放心梦莲姑娘。假若枪弹打在茅草上，而把房子烧了，可怎好呢！自己的儿子没有被我们的军队拉去，儿媳也没受到惊险。可是，日本兵能这样客气吗？不能，一定不能！梦莲姑娘，那么娇生惯养的，能受到这个炮火连天的惊恐吗？几天几夜，他几乎没有安睡过一个钟头。出来进去，他听着四面八方的枪响，看着屋顶上的茅草，嘴中自言自语的："早晚，早晚，这个洋火盒子是得烧个一干二净！"

有时候，他因关切与忧虑而忘了危险，迷迷糊糊的一直走到河边，枪弹屡次由他的头上或耳边擦过去，他只立住往四下看一看，好像是找枪弹到底落在哪里似的。在这种时候，他若遇上抬伤兵，或输送军火的，他必过去帮一把手。但是，他却不加入他们的组织，因为他须看着他的儿子与草房。这个使他感到一点惭愧。于是，在半夜枪声最紧的时候，他会烧两桶开水，挑到前线去，好叫心中安定。

他只进城看了莲姑娘一次。在城门上与街上；他看见了壮丁们耀武扬威拿着刀枪剑戟巡逻或站岗。他们几乎都认识。在往日，他们对他都相当的敬重，因为他们在清明或十月一去扫墓，或出东门有事的时候，都免不了到他的茅屋喝碗开水歇歇腿。现在，他们改变了态度。他们居然高声的问他："铁柱子呢？他为什么不来守城？"

老郑的尊严降落到零度。见了莲姑娘，他几乎说不出话来；只喝了一口她特为给他泡的好茶，就告辞回家，一路都没敢抬头。但是，他下了决心，无论大家怎么议论他，辱骂他，他万不能放手儿子！他只有这么一个"畜生"！他勒紧了腰带。挺起那有时候发僵的腰背，自己叨叨："他们要是找上门来的话，我老头子自己去！别的不会，花枪还能刺几下子！不能叫郑家绝了根！"

枪声越来越近了。他不晓得那几间茅屋和几个草垛是怎么会还不曾燃着，发起火来。说真的，他差不多已经忘了草房与草垛的危险，而怀疑到一家三口的性命是否能保得住！他切盼举人公能给他送个信来，指示一些办法。可是举人公像完全忘了他的样子，一点消息也没有！连莲姑娘也不派人给他捎句话儿来！

西门外起了火，松林里已经安睡了的禽鸟都惊惶的啼叫起来。老郑在茅屋外呆呆的立着，口中像嚼着一颗永远不碎的米粒，连腮部和太阳穴都轻轻的动。"文城完了！完了！"他掩面哭了起来。

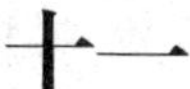

自从文城失陷，梦莲不但没出过街门，连屋门几乎也没出来过。她没有脸见人。对文城的人们，她曾夸过口——她的父亲是不会做出对不起人的事，可是，举人公居然接受了敌人的命令做了维持会会长。最使她难堪的，是举人公对她声明：为了房子，地产，衣食，我没有别的办法！还有，为了你梦莲——我不能不投降！

她想逃走，可是门上，院中老有监视着举人公的人——他们也随手儿监视着她。她想自杀，可是她又舍不得这个世界。世界是给青年人预备着的。她还想留着这条正在青春的生命，去设法洗刷父亲所给她的耻辱。况且她还有个丁一山。几时她能见到丁一山，她以为，她就会把生命和生活的火力扇旺，与他携手创造出一点什么光荣的事业来。她须耐心的等着他！

她把自己禁闭起来。每逢举人来看她，她便将门倒锁，一声也不出，等到举人公叹着走开，她才痛快的哭一场。

梦莲的身量不高，而全身没有一处长得不匀称。在她淘气的时候，她像个“娃娃”。当她生了气，或要做些正经事的时候，她很像个发育完全了的小妇人，使人敬畏。小长脸，眉目很清秀，她不能算个美人，但是她可爱。她的脸时时和她自己开玩笑。一会儿，她的小脸板起来，嘴角往下垂着一点，眉头微皱；她是准备着发脾气。一会儿，她的满脸上都是小肉坑儿，很小，很浅，很活动；她是要发笑或唱个声音很小只有她自己知道含着什么意思的歌儿。她的脾气永远没有一定，一天不定变多少回；十分的显示出她是个娇生惯养的女孩子。可是，不管她是怎么善变，在她的心的深处生了根的却是慈善，正直，与正义。最使人畏惧的是她的那黑而厚的头发。当她发怒的时候，那些头发好像忽然拥到脑门上来，像鸷鸟立起的冠缨那样。

在她十七八岁的时候，丁一山已经是她的好朋友。丁一山很听话，她要做什么，一山永远不反对。这时候，他不过是她的伴侣——能够在一处玩耍的伴侣。她好玩，她好出主意，而且是一会儿一个主意。所以她的伴侣必定是个随着她的主意转动的陀螺，而丁一山恰好是这样的青年，就是这样，她还有时候连自己也不准知道为什么就发了脾气，使一山无从捉摸。于是他也就生了气。这种无端的小冲突，使二人能有三四天，或者甚至于一个礼拜不见面。二人都彼此怨恨，都决定永不相见。可是怨恨渐渐的被那些没法完全忘记的甜美的往事所冲淡，于是渐渐的彼此思慕，直到心中像有个虫子咬着似的那样难过。最后，两个人，不知怎样的，又见了面；比往常更加亲热。这样，在玩耍之中，二人的年龄加长，也就慢慢的在玩耍之中添入了爱的成分。

爱的主要滋味是苦的。丁一山不晓得她什么时候需要爱，什么时候想玩耍。她自己也不知道。有时候，她很热烈，颇像要把生命立刻托付给他的样子。有时候她又很冷淡，皱着眉头，很像对自己，对世界，都已厌倦，而想去做尼姑似的；丁一山感到惶惑不安，而不敢问她这种变化是什么意思。等到她最高兴的时候，他大着胆，试着步，去探问。她满面的小肉坑都发着天真的笑意，告诉他："没有什么意思！"

她颇有些聪明，假若她专心学绘画，或音乐，或数学，她必能有相当的成就。可是，她是娇生惯养的女孩子，她爱学什么与不爱学什么，都决定于一时的高兴。她绝定不能学看护，因为她若一高兴，也许一天给病人十次药吃；而不高兴呢，就许三天不管事。她不懂得服从，不受拘束。可是，在这种独立的精神中，她又需要爱——一种应当被解释作母爱友爱恋爱的混合物的爱。这种爱很难大量的生产，相机供应；而一山就时常感到无可形容的痛苦。

梦莲不喜欢林黛玉——太落伍了！可是，她并不反对茶花女。有时候，她极冷淡，而责备一山缺乏热情，她的意思："我是茶花女，而你，可惜不是阿蒙！"好，他赶紧去学阿蒙；可是她又与别人表示好感，而把阿蒙放在冰窖中。每一个生人，对她，都有一种诱惑力。她不爱金钱，看不起势力，但是，她喜欢时时有新的刺激。对于一个初次见面的人，她能为上叫他感到她是一见倾心，而同时把老朋友几乎忘得一干二净。及至那点新鲜劲儿过去了，她随手的把新朋友扔在垃圾箱里去。因此她有许多朋友，而哪一个是她真正的朋友却很难说。她好像拴在河岸柳树上的一只小艇，老有活水激荡她，但是谁也不能把她冲了走。一山没法不嫉妒，没法不质问她，她并不回答。直到问急了，她才说："这是茶花女的办法！"

"茶花女并没有这种办法！"他含着怒说。

她不再反驳，而只轻蔑的一笑。

在她的许多的朋友中，居然也有刘二狗！一山用了最大的容忍，去讨好于她。但是无论如何他不能容忍刘二狗。

刘二狗是文城最富的一家——按照老郑的说法——“畜生”。他是文城惟一的永远穿着洋服的人。高个子，小眼睛，眼睛老看着自己的皮鞋尖。他的动作，表情，都很像一条大泥鳅——永远慢慢的往泥里钻，仿佛非钻到泥底下去不能甘心。就是坐着的时候，他的身子也像蛆虫或泥鳅那样一刻不停的动；两个小眼偷偷的向左看一下，又向右看一下，很像要偷点东西似的。他的身子蛆式活动，使人看着恶心，总想一下子把他打死才痛快。他的不住的往两边溜的小眼，叫人感到不安，像遇见一个惯贼那样。

可是，梦莲也招待他——刘二狗！他有时候在她屋中坐一整天，而且随便的翻动她的东西。一山，凭着过去的经验，不敢干涉她。但是，他又不能与二狗一同坐在那里而不发生冲突。他只好躲开。这不知怎的，惹恼了梦莲。第二天，一山又来看她的时候（二狗早已坐在那里），她一声没哼！轻蔑的一笑，走了出去！

一山心里的火把眼睛都烧红！他不能再忍！他到处去找，找不到她。到第四天上，他才见到她，他第一句话就是：“你怎么啦？”

她毫无表情的回答：“没什么！”

对男人，无论是朋友还是爱人，她都没有表示一般的女人所共有的母性的爱，像问问冷暖或饥饱什么的；她自己需要个母亲，她十岁的时候就失掉了母亲。她对谁都像一个男人对一个男人。可是，她又不是个男人，她到底需要爱。在恋爱之中，她不会疯狂的爱一个人，而把别人挡开。同时，她也不会用一点小的手段，使大家都相安无事。她纯洁，纯洁得像个没有性的人。可是，这种纯洁叫一切朋友都找不到“座位”，而彼此乱挤乱闹。她没办法，也不愿去想办法，有时候她只好以一走了之；把自己藏起去，叫他们乱闹他们的。

因为她纯洁，所以她很勇敢，不拘小节。因为她纯洁，所以她很柔弱，大事不敢随便冒险。她愿意表示出她是个男人，而事实上她是个女人，她表面上很随便，可是她并不浪漫。她有很大的胆量，又有个很软的心肠，而柔软的心肠使她的胆气减少了许多。她愿意对人亲热，无差别的亲热，于是这亲热——平摊在每个人身上——就等于冷淡。谁都得到一些，谁也就都没得到一些什么。她的好心完全白费了。

她的确爱一山。可是她不会用不费什么事的一个眼神或一句话，使他放心。她要对朋友一视同仁；假若一山不明白此理而感到痛苦，就活该！她长期的接到许多情书，而且很喜欢读念它们。在她回答那些情书的时候，她永远不鼓励任何人向她加紧进攻。可是，她回答他们的信，仿佛向他们暗示："且莫绝望！"她不敢浪漫，她愿意在这些情书中找到一点生活的刺激。那些富于感情的，夸大的谀赞，使她觉得出自己的重要，而且有点害怕。无危险的惧怕，是很好的一种兴奋剂！

许多人向她求过婚，而每一次求婚都使她感到真正的危险。她马上"收兵"！一山向她求过几次婚，她都不置可否。可是，她并没立刻疏远他。她的确爱他。

一山和二狗打了一架，打得相当的厉害。二狗的小眼旁边加了个青红相间的大包。一山的腮帮上掉了一块肉。二狗带着新添的肉包来向梦莲夸耀，扭着蛆式的身子报告战斗的经过：他很得意自己加了一个肉包，而一山失掉了一块肉。一山没有来看她。她，脸上由红而白，小手哆嗦着，告诉二狗，永远不要再来；而马上去看丁一山。她本能的同情于弱者。

见了面，一山并不提打架的事，而只说他要去从军。他没有提及二狗一个字，好像二狗根本不足道，不存在！这个态度完全征服了她。她答应与他定婚。

举人公不允许他们定婚。梦莲开始感到生活的趣味。不央告，不屈服，她准备宣战。假若不是这个刺激，她也许刚答应了一山，马上就再向他解除婚约。可是，举人公的抗议，使她决定了非如此不可。趣味由定婚移转到战斗上来。结果举人公撤消了抗议。紧跟着，一山来向她辞行。她不懂得如何安慰他鼓励他，而只从院中的枫树上折了一个红叶（正是秋天）给了他。

一山走后，梦莲感到一种甜美的空虚。定婚不定婚，似乎倒没多大关系。她确实的失去一个可以一同玩的伴儿，他离她很远了，可是她的手指上戴着他给的戒指，觉得她已属于他又不属于他。这很有意思！皱着眉头，她独自徘徊要承认自己是个被拴起来的小猫，又要承认自己还是个极自由的蜻蜓或蝴蝶。这，很有意思！

过了三天，她不愿再享受，或忍受这种虚空的有意思，而开始一天改十几个主意，设法创造一点乐趣。

直到抗日的战争发生，她才真的关切着一山。这并非对一山的生死有什么疑虑；不，她根本没想到过他是可以死的。她关切他，因为她很爱她的国家。她极盼望他打个胜仗，给全民族挣点体面。她开始带着她向来不爱用的真感情给他写信，鼓励他，安慰他；而且告诉他，她自己也愿到前线去服务；虽然她一点也不晓得前线是什么样子，和她自己有什么本事与用处。

十二

梦莲独自在屋里，像牢狱中的一点灯光，虽然是光明，外边的人却看不见。

刘二狗时常来看这个灯光，不为求取光明，而是想把那个美观的小灯台拿到自己的手中。

自从敌人有侵犯文城的消息，刘二狗便成为文城里最活动的人。金钱买不来天才。二狗，虽然家中很富，并没受过什么教育。他不是念书的材料。他的身量随着年龄加高，到十八九岁已经长得很高；可是，他的心与脑在十三岁的时候就停止了发展。他吃的很多，喝的很多，只是不能消化十三岁以上的心智所能消化的精神食粮。他的伟大的成就，是得过一张初中毕业的证书，而这张证书还是由人情与面子得来的。

别的同学升入了高中；二狗换上了洋服。在他心中，穿洋服与入高中是完全势均力敌的。他没有一点惭愧与不安。

金钱也买不来钦崇敬佩。虽然他是阔少，虽然他穿洋服，虽然他身量很高，可是在文城，他老是二狗！且不说那些倔强的老辈们，就是平日与他有些好感的人们，也还在可以叫他听见的距离中叫他二狗。有时候，大家为找一点变化，还加上个形容字，把二狗变成二洋狗，因为他老穿洋服。

因此，他养成一种习惯；眼睛老看着自己的鞋尖。他心中经常的燃着一把毒火，他想报复——“有朝一日，你们得叫我二太爷！”他的眼不屑于看人，而只看着自己的鞋尖，一边走一边心中说：“你们都是小蚂蚁，我一脚踏死你们一大群！”地上的虫蚁倒了霉。在他没能消灭文城的人们之前，只要他看见地上有个虫子，就必定把它踩死。

他看中了梦莲。在文城，二狗的父亲与王举人应当是立在同等地位的两位代表人。可是，无论在什么场合，王举人老比刘老者高着一头。刘老者不大识字，而王老者是举人。县立中学举行毕业式，或县中任何的集会，两位老绅士都必出席。可是王举人不是做主席，就是特约的讲演员，而刘老者永远惭愧的，极不安的坐在讲演台上，不哼一声，而只管流汗！所以，二狗为了洗刷父子二人的耻辱，决定去娶梦莲。她本人就可爱，而她的父亲又是大家所钦敬的举人。娶了她，文城的人们就不敢再用白眼轻视刘家父子了。

他久想和梦莲亲近，可是老不敢大胆的向前迈步。说不清为什么，他有点怕她。庙中的菩萨都很好看，而二狗不敢去爱菩萨。对梦莲，他也有这样的感觉。

可是，他万没想到，梦莲会那么容易接近，他第一次的冒险，就不但没有碰了钉子，而且在她那里坐了整整两个钟头。他后悔没能更早些“伸腿”。假若早下手，他想，他也许已经做了举人公的女婿。他丝毫不认识梦莲。他以为只要她不踢他两脚，便是大功已成。

没有别的特长，他只能摹仿公鸡，把羽毛弄得非常的艳丽。他又做了两套新洋服，颜色顶漂亮，一身绿的，一身花道道的，使人一看就感到点头疼。他的领带，一天要换三遍，颜色与花纹不但使人头疼，而且浑身发冷。

梦莲姑娘永远不抹口红，不烫发，不搽胭脂，不穿鲜艳的衣服。因为她素丽，所以有时候倒愿看别人的身上穿着大红大绿，好像只有这样才使世界上的颜色平均分配，而不至于太偏枯。二狗的花公鸡式的衣服引逗出来她的笑声，二狗的得意是没法形容的。

但是，梦莲并不对他“特别”的亲热。有时候，他打扮得像颜料铺的幌子，而且头上刷了二两多凡士林，得意洋洋的来看她，她只用眼角瞭他一下，连半句话都不对他说。她也许是正读着一本书，或者编织着毛线的小手套，她就继续着工作，好像他只是一块石头或一张凳子似的。二狗的身子扭来扭去，像个大蛆，越扭越不是味儿，手心上出了汗。他搭讪着说一两句话，梦莲的眼皮不抬，而他觉到她是瞪他呢。要喝茶，她便只给自己斟上半碗；要吃饭，她便走出去吃饭；他好像活该在那里渴着饿着。他动了气。

不敢怨恨梦莲，他以为她的冷淡都是丁一山从中作怪。他久想跟他干一架。

他和一山打了架。他满想以为这样一开打，就可以把自己的威力由一山而反射到梦莲的身上，叫她也怕了他。她一害怕，他便可以把她揉在手中，像揉一个泥团似的。

哪知道，梦莲并不害怕，她的脸仰着一点儿，小鼻子尖指着天，一声不哼的向他挑战。

二狗慌得像一条无家可归的狗。他来看她，不见。他在大门外等着，一等就是几个钟头，盼望她出来，好给她磕头。可是她不出来。都到快绝望的时候了，她忽然的出来——和一山手拉着手！她打扮得特别的漂亮，向来不施胭脂粉的小脸上居然淡淡的抹了些“摩登黄”，头上还束了一根豆青的绸带。她有说有笑，活泼得像一只冬天的小鸟，美得像一朵鲜花。她随便的视而不见的，看了二狗一眼。路旁有一条小胖花狗，她用鞋尖逗了逗，而绝对没有招呼刘二狗的意思。假若二狗稍微聪明一点，他就必定能看出来；梦莲会爱也会恨。或者，她的恨比爱还来得更方便一点。有胆子的，有正义感的，才会恨。她还多着一点故意的挑衅——娇生惯养的惯了，她不甘于忍受半点委屈。现在她对二狗的态度，完全像原始的女神故意对待地上的两条腿的小动物那样，稍有不敬她，就会用雷电去惩罚。

她给了二狗一个雷——和一山定了婚。

二狗的牙咬得咯吱咯吱的响。他的心智发展到十三岁，就不再前进。假若十三岁的孩子还不能脱净原始的狡猾与残忍（像还以活剥小狗的皮为乐等等），二狗想用最毒辣的手段来报复，是极自然的。他想要一山的命！

可是一山去从军。二狗的刀落了空。于是，他那简单，而自以为聪明的心，又开始活动。他逢人必说：一山那小子是怕了咱，不敢再住在家里！你们等着瞧，什么时候他把脚放在文城，什么时候就没有了命！

连举人公带梦莲都听到了这种宣言。举人公的心中很不安，生怕女儿还没出嫁，就做了寡妇。为缓和这种可怕的计谋，他每次请客也必给二狗一张帖子。二狗的简单的心中得到一点安慰，并且很感激举人公。在感激之中，他还希望举人公能强迫梦莲和一山解除婚约。因此，他对举人公尽力的巴结；有什么新鲜果子与点心，他必亲自给举人公送来，举人公要是在街上溜达，他必过去搀扶。举人公是非常爱小便宜的，一个糖豆和一两金子同样的能打动他的心。他知道二狗的愚笨无知，但是在消化了二狗的点心与鲜果之后，他从心里觉得二狗是个可爱的青年，至少比一山要好的多。礼物叫他替二狗说了话：“可惜，梦莲太不听话，偏要嫁给那个穷小子一山，说真的，二狗比一山要好的多！”

二狗听见这番夸奖，极快的下了结论，只要把一山弄死，梦莲还会变成二狗太太！

梦莲，可是，全不在乎。听到举人公与二狗的话，她只从嘴角露出点轻蔑的笑。在她最高兴的时候，她才在二狗来看举人公的时候，轻轻的学两声狗叫给他听。她纯洁，她敢开玩笑。

敌人进攻保定的时候，已经派人来到文城“招贤纳士”。他们的第一个收获是二狗。二狗不图钱，因为家里有钱。他只图得个地位，好叫文城的人不敢再叫他二狗，而改称二太爷。敌人中的“支那通”的狡猾与毒辣恰好与二狗的差不多——同类而深度稍异。他们拿二狗当作了宝贝。假若也还有不尽满意之处的话，他们只觉得二狗的洋服不大顺眼，因为他们以为只要把穿洋服与中山服的华人杀尽，中国就不会再抗战了。他们嘱告二狗换装。二狗，在这一点上，可是很坚决。他不能脱去西服；一脱去，他就不存在了。洋服是他的羽毛，也是他的生命！

二狗的坚决，并没有得罪了他们。他们的眼睛，自从在三岛的时候，就看到了王举人。王举人是他们最理想的顺民。假若中国每一县都有个王举人的话，他们就可以兵不血刃而得天下。二狗是王举人的好朋友，他可以马上去捉到他。这总得算二狗立了一功，洋服的问题，大可以暂时搁在一旁。

二狗去看王举人。举人公的心思很简单：“我不求别的，只求保住我的房子，我的地，我的一切财产，和我的老命，能保住这些，叫我干什么我就干什么！”这几句话，说得那么简单，直爽诚实，连二狗都受了感动，而举人公自己也落了两点老泪。

这时候，梦莲很愿意买一支手枪。她不晓得手枪在她手里有什么用处，或能解决什么问题；她只盼望得到一支！

十三

文城变成了死城。县中学改作了日本宪兵队的办公处与宿舍。昔日的青年的笑脸不再见了，现在出来进去的不是铁脸的宪兵，便是满脸泪痕的囚犯。昔日的青年的笑语与歌声，变成了鞭声与哭喊。十字街头的大买卖，都换上了日本字的牌匾，摆上日本货物，日本人不带一个钱的资本而来“合作”，事实上就等于霸占。西关外的纱厂被唐连长给烧完，只剩下几堵高墙寂寞无聊的立在那里。

血是野蛮人最欢喜的颜色，流血是野蛮人的工作与消遣。但是，野蛮人还有他们的禁戒与拘束，他们杀人，也许不敢杀鸡，或别的神圣的动物。我们的敌人，哼，只以流血为享受，而毫无禁忌。自从敌人进了文城，文城的夜里已听不见鸡鸣。鸡，和猪牛鸭鹅，都被敌人杀光。像狡猾的狐狸似的，他们到处去搜索；看到一把鸡毛掸子，他们便想象到肥美的鸡肉。把鸡鸭杀光，他们用枪刺戳杀街上的野狗，不为吞吃，而只为看着野狗的苦痛，给他们自己一点愉快。

不过，拿野狗与人相较，恐怕杀人是更有趣的。假若杀一条狗比杀一只鸡有趣，那一定是因为鸡是必须杀了才好做菜吃，它的趣味是比较的更实际更老实一些，远不及纯出于游戏的，带有艺术欣赏性质的去杀一条狗——慢慢的流血，浑身的抽动，眼神里的苦与悲哀都更足以满足残忍狂暴的心情。

人的表情又比狗多着许多，而杀人的方法又不限于砍头或用枪弹穿过胸口。所以杀人更有趣味。剥皮、凌迟、用冷水浇背、用煤油灌鼻子、坐电椅、拶手指掀指甲……每一种死刑都有它特殊的技巧，与特殊的趣味。那受刑的人，因年龄，性别，性格的不同，又各有各的表情，喊法，央告或挺受……这种种表情与悲痛，又非任何别种动物所能供给的。所以，野蛮人，在杀人的时候，不但显露出他们的聪明，也在流血中得到最高的愉快与光荣。我们的敌人也是这样，不过比野蛮人的花样更多一些，因为他们曾经从中国与欧美借过去一点“文明”。

到现在为止，人类的文化中还不能把武器除外，也未能消灭战争。但是，在战争中杀人，比起杀非武装的，无辜的平民，未免又太机械太单调了。所以，我们的敌人喜欢杀平民，好证明他们在战场外边比在战场里面更英勇，更聪明，更光荣。

敌人在文城的第一次屠洗，是以鸡鸭牛羊为对象。文城的人们认识了什么叫作“鸡犬不留”。可是，他们在颤抖中还希望：敌人只杀鸡犬，而把他们的宝贵，只能生一次死一次的生命留下。

家禽家畜屠完，第二步便是抢劫。他们有系统的，最精细的，挨家按户的搜查奸细——而所收到的是时表，金银首饰，皮衣，和其他的细软。他们从炕上的衣箱搜到厕所中的破盆与便壶，从纸糊的顶棚到院中的垃圾堆。他们扯开青年妇女的小衣，解开老妇人的裹脚条，摸一摸小儿的衣袋。只要是可以拿走的，哪怕是一分钱或一个铜钮子，他们都拿走。那不能拿的，他们会用手，脚，枪柄去弄碎。

这个做完，文城的人民，除了几个汉奸，都变成无处去要饭的叫花子。但是，他们还忍受着，像遭过明伙路劫的人那样忍受着，并且准备着用劳力与工作慢慢的恢复他们的损失。

可怜的人们和虎狼住在一处，还希望保住自己的皮肉！

敌人把东西抢完，开始颁布许多命令：不得在街上便溺。夜晚须在门外点起太平灯。晚九点以后不得在街上逗留。和许多其他的与此相似的小事情。文城的人们没有把这些事情放在心里，因为他们以为这不过是敌人的小把戏，遵守与否都没多大关系，即使违犯了这些规矩，也反正不会有很大的罪过。

他们不认识敌人！十几个小孩子，从两三岁到十二三岁的，都因为在门外大便或小便，被敌人用刺刀穿过了胸口，而后叫他们的父母去交罚款。罚款倒不多，而是要在他们的儿女还没把血流尽的时候，恭顺的，含笑的，眼中没有泪痕的，去交纳。

同样的，因为忘点了太平灯，或在夜晚九点以后去请个医生或产婆，都使刺刀穿进他们的胸中。敌人的命令是命令，命令的后面是刺刀。这样刺刀的滋味无时无刻不在他们的想象中，整个的文城没有了笑声。看见或心中以为看见了敌人，他们的背上就马上冒出凉气，嘴唇发颤。他们点太平灯比给神佛烧香还准确。九点以后，他们决不出门，即使是家中死了人，也把哭声压抑到天明，免得叫街坊四邻关心而想过来看一看。有谁半夜里得了急症，他们只能从院墙的上面低声的慰问，而不敢出去请医生。这样，他们希望能保住性命，等着中国军队的反攻。

他们不了解敌人！他们是想在老虎的嘴边上讨取性命。

敌人又颁布了命令：夜间不准关闭街门。从刘二狗的口中，文城的人们得到了解释：文城要成为路不拾遗，夜不闭户的乐园。可是，文城的人们，特别是妇女，感到了极度的不安。她们希望能以忍耐保全住性命；可是，忍无可忍的污辱就要来到她们的身上。虽然如此，她们可是不敢违抗，夜间只好开着街门，等着野兽们进来。同时，他们只能把妇女藏起去，藏在厕所里，床底下。夜间，他们听着喝醉了的敌人狂笑与高歌，他们的牙咬破了自己的嘴唇。一声尖锐的狂叫，他们知道野兽已经抓住邻居的少妇或十七八岁的姑娘。

什么都能忍受，这个污辱可没法吞下去。男人们开始埋伏在门后或墙角，以木棒和短刀迎接并消灭污辱。女人们，逃既逃不脱，藏也藏不严，恨自己为什么生为女人。女人，既不能保护自己，而且连累到父兄丈夫！她们悲泣，把泪流干，她们有的等死，有的用腰带或剪刀结束了性命。她们的死，更激动了男人的愤恨；木棍与短刀加在野兽的身上，而后杀死自己。

但是，野兽的命似乎比人命贵的多。一个野兽的死亡，要用十条八条的人命去抵偿。一家一家的连还在吃乳的小儿女，都为一个野兽殉了葬。在殉葬之前，不分男女，都受到最大的污辱，与最复杂的毒刑。男女的汗，血，呻吟，狂喊，诅咒，在生死之间的呓语，给野兽们一点满足，一点快乐。文城变作一个最黑暗的囚狱。

死，可是，到底有它的价值。在十几个野兽失踪之后不久，敌人撤消了夜不闭户的命令。

在悲痛惨苦之中，文城的人民得到一点安慰。他们每每对着木棍与切菜刀出神，心中想，只要他们肯抓起它们向野兽身上打去，砍去，他们连他们的妇女便还可以多呼吸几天。

他们又想错了。圈在笼子里的鸟儿没有翅膀，拴在木桩上的狗失去爪牙，被征服的人民活着等死。

敌人给了他们伪币。在城外，敌人还没能把刺刀戳在人们的心灵中，人们还带着感情的使用法币。还到时候把税租送到已不住在县城的县长那里去。城外不用伪币，而敌人把城内的货物拿去，把伪币摔在文城的人们脸上。拿出去的是千真万确的真东西，拿进来的是废纸，文城的人们遇到了“公平交易”！

文城有许多人是在城外有田产的。伪币没有用，他们想收了庄稼不卖，而留着自己吃。只要不饿死，他们暗中祷告，总会有那么一天他们能看到中国的军队来到，把所有的野兽都杀光。他们想起唐连长和他的舍命杀敌的弟兄；有朝一日，第二个唐连长必会来给他们报仇。他们在香炉边供上一个小木牌，不敢写上什么，而他们晓得是唐连长的灵牌。

可是，敌人要他们的粮食，敌人须吃米，敌人的马须吃麦子；只有玉米和高粱才是文城人的食粮，而玉米高粱也得先交给敌人，再从敌人手中买出来。而且，每个人只许买那么一点点，不够吃饱，也不至于马上饿死。文城的人们在耻辱，穷困，饥饿之中，开始看明白：他们的前途只是死亡！

这时候，他们才知道了“恨”。恨，在合适的地点与时期，是崇高的，因为它会使人从绝望中转回身来另找活路，使闭目受死改成杀出重围，使惧怕变为愤怒，使冰变成火！

因为有了恨，他们才有的不管结果如何而逃出城投军：有的不管是杀头还是凌迟，且先冷不防的把敌人的头割了下来；有的破出死命，夜里去烧满载军火的火车；有的给井里下了毒药。可惜，他们得不到炸药，假若能有够用的炸药，他们必能把铁道上的铁桥炸断，把敌兵的营房炸翻。

这样，他们的生计一天比一天困苦，可是他们的心里好像倒舒服了一点点，因为他们已经会恨，而且把恨用行动表现出来。他们知道敌人给他们的惩罚是极重极重的，但是连他们的小孩也晓得，只有牺牲才能获得希望。牺牲，既是牺牲，就不能算计得失；牺牲不是算盘珠子上的事。

敌人感觉到了文城表面上的静寂并不健全。静寂之中，却有冒着火的眼睛，与报仇的心。他们知道死寂是他们所希望的效果，可是现在又看出来，死寂也有危险，死寂曾一声不响的掐住他们的咽喉，使他们像埋在冰窖里那样的死去。

他们开始想叫文城热闹，想叫未被屠杀完的人民变成他们的朋友。他们开始创办“聚乐部”，把妓女，鸦片烟与宝盒子摆在一处，叫文城的人们来享受。这里，可以高声的笑，可以哼哼梆子腔与二黄，可以消遣到夜里十二点钟，吸烟的可以欢笑，因为他们已经一半是鬼。

敌人也开了恳亲会，叫快饿死的人们去听讲演与留声机。每逢有敌人的官长来往，文城的人们必须拿起纸旗去到车站上欢迎或欢送。他们把关帝庙修理起来，旗杆与庙门都油刷得比血还红。他们说：他们是被关老爷引进文城来的，关老爷保佑文城的人民，也保佑他们。这样，敌人以为文城的人们必定会感激他们，而有说有笑的，甘心乐意的，做他们的顺民。

可是，文城人们的脸上似乎已不会笑。他们来开会，来欢迎或欢送，来拜神；无论他们是干什么，他们的眼睛永远蒙着一层似泪非泪，似油非油的光。他们仿佛没有注意到任何东西，而只低着头看着自己的心——心中是愤恨！

他们恨敌人，也更恨王举人，刘二狗，和其他的走狗们。

他们的金银细软，鸡鸭，妇女，货物，粮食，甚至于生命，都被敌人夺去，而刘二狗们的一切丝毫未受到损失。反之，刘二狗们的消息灵通，凡是敌人要办而未办的事，他们先给自己找到便宜，然后再帮助敌人去强迫施行。对文城的人们，他们或者比敌人还更厉害，因为他们随时为自己的便宜而给敌人献计；他们的主意比敌人的更狠更多。

可是，文城的人们不易把刀子刺进刘二狗们的胸口去，虽然他们久想这样做。刘二狗们永远跟在敌人的身后，像些最卑贱的狗。因此，他们日夜盼望我们的大军能忽然自天而降，给他们报仇。假若做不到这个，就是来一位英雄好汉，先把刘二狗暗杀了，他们也必烧高香谢天谢地！

十四

文城的人们所希望于王举人的，是当敌人进城的时候，他会关起大门，在书房里上吊，或是一把火连人带房全烧净。至不济，他们想，他也会偷偷逃出城去，受点流离之苦。他是读书人，应当有点气节。在他们想，刘二狗给敌人做事，是在情理之中，因为他本来是一条狗。王举人不是刘二狗，他一定会在这“国乱显忠臣”的时节，证明他活着死去都无负于大家的钦崇爱戴。

可是，他附了逆。文城的人们恨他比恨刘二狗还厉害：他们不敢希望狗变成人，而绝对不去希望人变成狗。

事实上，举人公的心里并不十分舒服。他并不希望因给敌人做事，而得到更多的金钱与好处，他只希望能保住他原有的财产。圣贤们都有理想，而理想是无可避免的包括着牺牲。他不愿意牺牲他的家产，因为田地房屋不全是他自己挣来的，而大部分是前辈留下的，他以为，他须对得住祖先，对得住祖先不也是圣贤们所乐于主张的么？一个走离开大道的人，会立在小径上看看眼前的风物；明知走错，却以看到一点新的风景自慰；王举人须像这样，明知得罪了圣贤，可是还希望圣贤会原谅他。

他以为，敌人的请他出山，不过是“利用”他而已，他并不希望得到什么实权，他晓得自己已经衰老，精神体力，都已不够支持独当一面的“差事”。他不能不自傲——到底是举人公啊！假若没有这个功名，当这改朝换代的时候，他用什么来保护自己和自己的财产呢？假若他不是举人公，他还不是被敌人随便的杀了，像上街的野狗似的么？他的小黑眼珠发出含着笑的光来。同时，他以为，敌人只须利用他的名望，而不来打扰他，他就可以坐在屋中，温一温《东莱博议》，吸几袋黄烟，以遣余年，保全住性命，家族，财产，与《东莱博议》，于愿足矣。至多，至多，他想，也不过在端阳和中秋请两桌客，把日本的官长请来喝喝酒，也就算了。

万没料到，敌人是那么啰唆，那么好事，那么认真，他们一天到晚来找他议事，使他绝对没有温读《东莱博议》的工夫。一切的规章，命令，公文，他都须签盖，若只是签名盖章也就还简单；不，他们还叫他发表意见。他根本没意见。当他年富力强做官的时候，对上司他只有点头称是；对属下他只须端着水烟袋发个极简单的命令。他不会发表意见。连做文章的时候，他也没有意见，而只有抄袭——把前人说过的再说一遍。

即使他有意见，也无从发表，因为日本人已事先把一切都商量好，而他并不知道他们是怎样商量的。可是，他们叫他发表意见。他说不出什么来，他们等着。最后，他点着小瘦脑袋，连说："好！好！"他们叫他签字盖章，倒好像是他们所商议好的事，都是他最乐意做的，而结果如何，他应当负全责！他想敷衍，他们叫他负责，他的带着深沟的干脑门上冒出一溜汗珠！

赶到他签过字盖过章的公文，或公文内应办的事情，发生了毛病，日本人会把公文摔在他的脸上，而命令他设法矫正错误。日本人，在喝他的酒，吃他的饭的时候是那么高兴，客气，他万没想到他们会翻脸不认人，把公文摔在他的脸上。双手按在膝盖上，低着头，他的泪一行行的往下流。

他后悔，但是无法摆脱。为田地房屋，他还得和日本人鬼混，不管受多大的污辱。他知道，假若他敢辞职，日本人就会马上没收他全部的财产，连裤子也不给他剩一条！

他想叫刘二狗——他的秘书——多负一点责，但是刘二狗比他更没能力。所不同者，他知道，并且承认，自己没有能力，而刘二狗却一点也不晓得自己是饭桶。刘二狗只要穿着洋服在日本人屁股后头走，就精神百倍的以为自己满有做皇上的资格。二狗愚蠢无知，所以觉得自己聪明绝顶。最叫举人公难过的是明知刘二狗的意见绝不高明，可还没法不向他咨询，因为举人公自己根本没有主意。刘二狗呢，只要举人公——或任何人——向他要主意，他马上就能有所决定。因此，举人公愿意叫刘二狗多负一点责，而刘二狗也就毫不谦退的乱说乱作一气。及至把事做坏了，日本人可是向举人公大发雷霆。

举人公不能辞职，又不能把责任移交给刘二狗，只好怠工。"等着，我等着，他们免我的职好了！"他自言自语的说，"他们免我的职，大概不好意思没收我的财产吧？"

可是，日本人一点没有免他的职的意思。日本人似乎专爱用庸碌无能的人！他好像身子已在井里，而还抓住井口的人；撒手，便落在井内，不撒手，手又筋疲力尽。他只好喊："救命！"

向谁喊？他的亲人只有梦莲，而梦莲已经多少日子没有叫过他一声爸爸！他后悔，为什么当初降敌的时候不和梦莲商议商议！为什么糊里糊涂把刘二狗当作了心腹人！

后悔，像放馊了的豆腐，虽还是那么一块东西，而毫无用处。他须作一点什么，好叫她回心转意。即使她也没法子救他，父女抱着痛哭一场，至少也会叫心里舒服一阵啊！

半夜里，他睡醒了一觉，不能再睡。这是后悔的最好时候。一切似乎都入了梦，只有他的已经衰弱了的心还在跳动。一会儿，他觉得心中很热，手心脚心都出了点汗；想掀开点被子，可是没有去动手。一会儿，他又觉得全身都冷噤噤的，想哼哼两声，可是没敢出声。蜷着干瘦的小身子，像被世界遗弃了的一堆骨头似的，他一动不动的抱着那颗装满了苦痛的心。

忽然，他坐起来。稀须子微动着对自己嘟囔："走！问她去！她说逃走，逃走！她说烧房，烧房！只是不能再受这个折磨！"一边嘟囔，一边用他的干枯而有鸡眼的脚去摸拖鞋。脚心碰到凉凉的鞋底，他愣住了，随手抓了一件也许是被单，也许是大衫，披在身上，呆呆的在床沿上坐着，右手习惯的去撕弄那稀疏的须子。"不！不！不能跟她那么说；那太激烈！那么一说，假若她真要逃走呢？真要烧房呢？那还了得！"他立起来，两手握紧身上的那件东西，轻轻的往外走："央告她！对！央告她！只要她肯跟我说几句话，以后再慢慢想万全之策！"

梦莲的屋中还有灯光。屏着气，王老头子立在窗外。她好像正在低声的读念一些什么，可是忽然停止住。他的心跳起来好高。她的小拖鞋，在地上蹭了两下——是走呢？还是急躁不安的在地上搓脚呢？他想问，而嘴像堵着一团什么。他又急又愧。屋里的是他惟一的亲爱的女儿；他与她只隔着一道窗子，可是好像隔着一片大海。好容易，他找到了声音。极柔和，极低细的他叫出来："莲！莲！"眼中不由的湿起来。"梦莲！开开门！"

屋里变成了空的，丝毫没有响动。

"开开门，梦莲！"

屋里还是空的。一手抓着衣服，一手扶在窗台上，他觉得屋里仿佛充满了像烟雾似的，带着毒素的怒气，把灯光遮得暗了许多。

"梦莲！难道还叫我给你下跪吗？"他吸了吸鼻子。

屋里的灯光灭了。

十五

王举人，像一切琐碎而不识大体的人一样，把心中所有的怒气与委屈全团在了一块儿，而把梦莲放在正中间，好像个果子的心核。他干不过日本人，但是可以逗一逗梦莲。无论她怎样倔强，怎样厉害，反正她是他的女儿。他自有办法惩治她！

在这以前，刘二狗已经透露过几次：“一山那小子已经当了兵，早晚是要吃一两颗枪弹的；梦莲岂不守了女儿寡？假若一山那小子有胆量，敢回文城来呢，他和举人公都有逮捕他，交给日本人的责任；而一交给日本人，一山那小子的人头就必定被切下来。”意在言外，举人公应当及早给她另找个妥靠的人，而最妥靠的人当然是二狗自己。二狗甚至于表示出：“你是个老糊涂虫。要不仗着我，你怎会巴结得上日本人呢？因此，慢说是明媒正娶，就是咱二狗硬要她做姨太太，你也应当赶快把她双手送过来！”

举人公原本看不起二狗，可是自从二人合作以来，他颇有点怕二狗这家伙——这家伙是那么没有修养，没有脑子，没有规矩，可是会跟在日本人屁股后头到处发威。一个读过书的，越到乱世越会镇定，他会以那不可移易的气节把自己系结在正义与光荣上；他会以不应付去应付一切。一个没有读过书的真的工人或农民，遇到变乱也会镇定，因为平日就以诚实勤苦维持生活，到大难临头也还会不慌不忙的去找正路儿走。王举人，可怜的王举人，既没有“真”读过古书，又没有真读过社会的活书，遇到变乱，他像卷在大风里的一个蝴蝶，哪怕是一堆牛粪呢，他也想赶紧落在上面，省得被风吹碎，他抓到二狗，甘心的把自己落在牛粪上。

梦莲得罪了他，他也想把她交给那堆牛粪。

他原本就不大喜欢丁一山，因为一山家贫。现在，一山，既然当了兵，是生是死都很难保。那么，老叫梦莲在家中瞎闹，未免太危险。女儿是最会给父母丢脸的东西！至于说到二狗，他有出息也罢，没出息也罢，反正家中有钱，而且自身又勾结上了日本人，前途或许就未可限量。且不说辽远的前途吧，就拿目前说，王家与刘家联姻，二狗就必定死心塌地的帮忙老岳父，而老岳父就一定可以省些心，不至于常常受日本人的辱骂。他一定把梦莲引领到“正路”上来。

可是，他还是有些怕梦莲。他很想一手托着水烟袋，一手指着梦莲，小眼珠钉在她的脸上，堂堂正正的说，我的主意，我的命令，你嫁给刘二狗！愿意，也这样；不愿意，也得这样！我是你的爸爸，我应当给你主婚！

他这样的想过多少次。想过之后，他把水烟袋托在手中，预备去冲锋陷阵，可是，燃着火纸，吸了几口烟，他的勇气和烟灰一齐落在了地上。二狗催他从速执行。他鼓起勇气，托起水烟袋找了她去。走到她的门外，他觉得屋里好像有那么一股正气，他停住了脚步。屋里没有声音，而只有那么一股气。那股气像圣庙大殿里那样的严肃，像前些日子唐连长脸上的神色那样可畏。他没有胆子冲进去，那股气会叫他窒息，会叫他的皮肤烧焦。假装的在院中散步，低着头，绕了个小圈，他慢慢的退回来。他切盼在院中散步的时候，梦莲能含着泪跑出来，叫他一声爸爸，抱住他的腿，求他饶恕她。假若是那样，他可以马上原谅她，而父女坐在一处，心平气和的商议个最妥当的办法。可是，梦莲连大气也没有出。她简直没有拿他当人待！

“就说汉奸不是人，我总还是你的爸爸哪！”举人公连连的对自己嘟囔，而且几乎把手拍在自己的腿上。

二狗又来催。他答以：“你有本事，自己去办吧！你办好办坏，我总不会反对！”

自从敌人进了文城，二狗的一切都有显然的“进步”。他发了胖，因为天天喝一大海碗鸡汤。身量可是矮了一点，因为学日本人走路，把腿罗圈起来，所以身子短了一块。嘴唇上，他也留下小胡子，有不甚黑的地方，他抹上一点皮鞋油。表面上的变动是内心的倾向的标记。二狗的心灵，正像他唇上的小毛刷子，也慢慢的成了日本式的。他学会了“狠”。对文城的人，无论男女老幼，他用皮鞋替唇舌，先狠命的踢上两脚再说！他的手，除了在日本人面前，老握成拳头，随便的砸在人们的鼻子上，砸出血来。他的牙，经常的咬得吱吱的响，而且会像狗夺食似的那样露出来。这些脚拳牙的活动，给他极大的安慰与满意。他报了仇：“看你们还敢叫我二狗不敢！我是活阎王，我是二太爷！”

他的学问，没有进步，也没有退步，而恰好足以使他满意——他写的中文，和日本人所为的，正好差不多，日本人不能明白王举人的《东莱博议》的笔法，而很能欣赏二狗的别字错字与不通的词句。在详细推敲之后，二狗和日本人能琢磨出天下最奇怪最不通的公文与布告来，不像中文，也不像日文。而给他们自己以最大的满足。

当王举人允许了二狗去自由行动，二狗马上找了梦莲去。

梦莲正在屋中读着一本书。什么书？书中说的是什么？她完全不晓得。眼睛看着书，可是她并没有看见一个字！

假若没有战争、流血、屠杀、灭亡、饥饿、毒刑，梦莲大概只是梦莲——用她的小小的聪明，调动着自己的生活：一会儿看看书，一会儿散散步；一会儿享受着恋爱，一会儿，又厌弃了爱情……她必定像一朵随时变换颜色的花，生活在微风与日光中，永不会想到什么狂风暴雨。她会像小溪的流水，老在波动，也永远清鲜；虽然终久要流入那茫茫的海洋，可是要经过很长时间的游戏与享受，每一寸光阴都有它的可爱之处。

可是，她遇到了战争，流血，与它们带来的一切不幸与恐怖。她不能再只是她自己。像遇到了风暴的行人，她不能再游山观景，而须马上决定如何抵抗或如何逃避。不，还不止于此，她甚至于要去想如何停止了风暴。这是不可能的。然而她必须去想，因为只有停止住风暴方是彻底的解决。她的那小小的一颗纯洁的心，要飞到黄云里去把雷闪捉到她的手掌里，像双手一合就擒住一个苍蝇那样。她想，想！想！但是，想不出办法！在爱的小宇宙里，她会成为爱的灵魂：接受并发放爱的香味给父亲，朋友，和一切的人，像一朵兰花会把一间小屋充满了香味那样。现在，一切都变了。一个好像无限大的什么东西，把她的温暖的香美的小宇宙打碎，她是赤裸裸的立在血海与黑风中。一切都变了，她的最亲密的文城变成了死城。她的老父亲变成活在地狱的“人鬼”。她的家庭变成囚狱，随着微风到来的只是悲声与门外烟馆的大烟味道。她怎办？一切的人怎办？她想不出，而一定要想。战争叫一朵花和一棵草都与血、炮、铁蹄，发生了无可逃避的关系！

她厌恶二狗，像厌恶猘犬与毒蛇一样。她一时无法变成个能够去杀敌除奸的男子汉；她的手脚都不是为战斗预备的，她只能消极的去厌恶，厌恶给她一点痛苦的快感。

看见二狗进来，她想用冷淡表示出她的厌恶。可是，她忽觉得那太消极，太微弱。她应当有点更有力的表示，她须动作。

她想要镇静，可是她的眉头不由的皱在一块，小脸上有点发青，脑门上轻易不显露的一根青筋暴涨起来。“你？”她噎了一下，不能再说下去。

二狗的眼光从鞋尖移到梦莲的脸上，嘴慢慢的往左右拉，露出许多的白牙来。

“我、我……”他不知道说什么才好，而往前凑了两步，颇有马上搂住她的意思。在他眼中，她现在已经不是娇美的梦莲，而是日本人心中所有的，那个特别下贱的女性。

“你？”梦莲也往前凑一步，她的手与唇都有点发颤，但是她迎上前来，只有勇敢，才能保卫她自己。即使面前是个日本野兽，她也决定迎上去，这是任何一个妇女在抗战中起码应做到的事。

他站住了。

她也站住。眼睛对准了他的，她用她的很小很硬的声音命令他：“你滚出去！”说出这个，她才把右手抬起来，用小小的食指指着门。

像忽然被马蜂螫了，他稍一愣，马上感到疼痛；疼痛刺激起他怒气，他想扑灭那个马蜂，他扑过她去。

她的眼睁到极大，像一匹受了惊的小鹿。她极快的退到八仙桌前，摸到桌子，也就摸到了一个茶碗。摸到，她完全没加思索的把碗扔出去。

二狗的眼被血迷住。

梦莲愣住了。她心中很乱，可是极坚决。她等着他二次的袭击。她应当喊叫，但是她不肯。她的心跳得很快，她可是要用自己的坚决把心定住。敢做敢当，等着事情的发展。

出她意料之外，二狗一手捂着脸，哟了两声，莫名其妙的跑了出去。

极快的，像脚未擦地的，她往外追。追到门口，她站住了，手扶着门口，像多疑的小鸟刚落在地上的时候那样，她极快的往左右望了两望。她只看见了一点他的后影。低下头，看见阶石上有个鲜红的小圆点，一滴血。腿一软，她坐在了门坎上；用小手托住她的有点发热的腮。

十六

已经是深夜，梦莲的屋中还点着小烛。她知道自己闯了祸，她需要一点光明。每逢把头钻进被筒里去，她便看到阶石上那一滴血。那一滴红的汁浆渐次扩大，变成监狱，行刑场。她怕监狱，怕死灭。赶快她把头伸出来。看见灯光，她心中轻快了一些。她是做了一件应当做的事，一件得意的事，假若二狗去向日本人控诉她，她会不皱一皱眉头的随他到案。监狱是可怕的，刑罚是可怕的，可是苟且贪生是更可怕的。她害怕，她感到光荣；她乱想，可是还很坚决。

她不想从父亲那里得到援助或安慰。她只盼丁一山会忽然自天外飞来，把她救出重围。她向来没有感到这么孤独过，也向来没有这样想念一山过。虽然她和一山已定了婚，虽然一山对她老像用双手捧护着风里的灯光那样的珍爱，她可永远没有过什么火热的表示。她爱一山，一点不假，但是她永远把爱埋在心里，像萝卜似的，红的部分在土内，外面只露出一些绿的叶儿。每逢他问她："你为什么这样冷呢？"她会微微的一笑的说："我跟你好！"她只说"好"，不说"爱"，虽然她很需要爱。在一山离开文城以后，她没有因为想念他而流过泪。她有许多小事情占据她的心，她永远不把目光注射在某一点上，呆视好久。一山的形影，不错，时常出现在她的心眼中；但只是一闪便逝，像湖水上的翡翠鸟的影子似的。他的来信里面是永远这些极富感情的话。这些信叫她感到生命的充实。但是，她的回信，几乎永远找不到一个"爱"字。她的信简单，用的字更简单，倒好像一个字有多少多少不同的意思。她简直不像个女人，而又的确是个女人。

现在，她可是非常的想念一山。还不是热情，而是盼望他来与她立在一处，去应付，抵抗，一切困难与危险。明知无望，还要盼望，是人的最愚蠢，也是最天真的事。一山不会从天而降，她晓得。

王举人可是吓慌了。他最怕血。对臭虫，蚊子，苍蝇，他都有相当的胆量去扑杀。对蜘蛛，蝎子，马蜂，他便敬而远之了。至于对确实足以叫他或别人流血的东西，像虎狼，毒蛇，和日本人，他便只有跪请开恩，而绝对不敢去触犯。即使它们无缘无故的来伤害他，他也只好俯首受死，死而无怨！

与其说是为了梦莲的，还不如说是为了他自己的安全，举人公一方面派人带着云南白药与礼物去慰问二狗，一方面他自己找了梦莲去。

他很怕女儿又一声不响。可是梦莲说了话；她所说的，却不是他所愿意听的。他愿意开门见山的商议，怎样了结这桩不幸“事件”——和日本人来往多了，他颇学了几个不见于《东莱博议》的字眼。他实际，他的心中永远关切着鸡毛蒜皮一类的小事情。每逢他听到比鸡毛蒜皮稍大一点的事，他会把水烟袋放下，表示他很愿意听取“大”事。及至他听到比“大”事还大着多少倍的事，他便连连的吸烟，而很快很脆的吹出烟蒂去。那些比“大”事还大的事，叫他头昏，而轻脆的吹出烟蒂去仿佛使他心中舒坦一点。

梦莲的话使他吹了一地的烟蒂。

她的话好像是久已预备好了的。在平日，她若一动感情，她的话就很少而很硬，有时候使人不大能了解。今天她仿佛在高傲倔强之中。还有点可怜老父亲似的，把话说得相当的多。而且没有什么费解的地方。

“爸爸！”她的嘴角下垂，轻蔑的一笑。“我还得叫你爸爸，嘻！”

举人公的小黑眼珠，像个小圆玻璃球似的，极快的投在她的脸上，又极快的收了回来。

“爸爸！请你设法放我走！火车站就在城外边，可是我逃不出这院子去；你得给我设法！你做的事是对不起人的事，连我，你的女儿，都不能再毫不惭愧的叫你一声爸爸，更不要再说别人了！我们父女的关系已经不再存在，因为咱们的中间有一座极高厚的墙；墙这边，是你自己的一切；墙那边，是我的一切。我没力量推倒那堵墙，你根本不想推倒它。我们只好各奔前程，把墙留在那里。请你看在父女的情分上，设法叫我逃出去，所以我现在还叫你爸爸！假若不肯呢，我也没法子强迫你；但是你也不能强迫我像一个女儿似的住在这里；咱们即使面对面的坐着，中间还是有一堵大墙！至于二狗的事，根本不足道，也就不必谈！”

说完，她躺在了自己的床上，枕着两只小手，向天花板极慢的眨眼；心里像完全空了，又像还要想一点什么似的。

王举人的手颤得已托不住了水烟袋。他万没想到梦莲会说出那么坚决无情的话来。他以为：政府可以换，朝代可以换，但是父女的关系与情义是永远不能改换的，不管是在什么时间与地点。他绝对想不到，在国家存亡的关头，父女或父子的关系是可以，而且有时候是必要，改换的。他不能再容忍，将就，原谅梦莲。他的小薄嘴唇动了好几动，只把两根短须裹到唇内去，而没说出什么来，用他的带着很长的指甲的小手指，轻轻的把那两根须拨出来，他托着水烟袋走出去。

他不能再敷衍那个家庭的反叛。他须拿出点颜色与尊严给她看看，而沉默就是很有力的武器。冷淡她几天，他以为，她就会回心转意的，自动的，来求他原谅，因为她既是个女孩子，又没受过苦，她是绝不会逃出他的手心的。等她自动的来认罪，他再痛痛快快的斥责她一番，那才够味儿。

刘二狗来见举人公。他的脸上锯着两三个橡皮膏的十字，像刚锯补起来的破锅似的。

举人公要道歉，可是二狗不准他开口。

“嗨！”二狗的音调与神气完全像一个大流氓命令小流氓的样子。“明天我在你这儿请客，两桌。山本，青田，大熊……都来。我的爸爸也来。”他掏出两个请帖摔在桌上。“你们爷儿两个！”

举人公没有这样接受请帖过。但是，他并不很生气。不错，二狗的语调与神气不是他所能，所应，忍受的。可是，二狗的无礼与二狗的心意到底是可以猜想到的，也就是可以由慢慢商议商议而改换过来的。在学问上，举人公要比二狗高着许多许多倍。但是，由处世上说，他们俩的心智是同型的，而且立在一条线儿上，分不出什么高低。二狗的话，尽管十分难听，究竟是具体的，像鸡毛蒜皮那么显明，实在。无论怎说，二狗的话是不像梦莲的那么无可捉摸，那么虚无飘渺。

“我们爷儿俩？”举人公不知应摆出一点宽大为怀的笑容来，还是应当带出点保持尊严的怒气来。他只把两道小秃眉毛的中间拧上些皱纹。

“你，梦莲；俩！”二狗不耐烦的把自己扔在一个椅子上。

举人公的小黑眼珠在眼眶里转了好几圈。然后干咳了一声，又微笑了一下——一个很干枯很微弱的笑，像患肺病者明知危险而还不能不表示出点无所谓的精神来。“何必请她呢！一个不懂规矩的小孩子！”

二狗原来的计划是放下请帖就走，看王举人怎么办。可是，他到底是二狗，他沉不住气。“哼！”他立起来，把双手都深深的插入裤袋里。“她还是非到不可，我告诉你！我叫她陪客！等大熊喝醉了，我叫她给他们攥着××！哼！敢用茶碗打我？我二狗，二太爷，会报复！”

举人公无论如何不能再忍。但是，他依然忍下去。那些难以入耳的粗话是他永远不肯说的，但是在发气动怒的时候他并非不想说出来；它们——那些村野的话——曾经在他心中转过多少弯子，而只是到了嘴边方又转身回去的。现在，二狗发了怒，把村话说出来。举人公并没十分的吃惊，而只觉得不大文雅而已。

“先别动气，”他住声的说，“别动气！”

“别动气？”二狗的嘴拉得极长，往前挪了两步，像要把举人公吃了似的。“你管不了你的女儿，叫我去挨打，你是故意的欺侮我！”

“我没叫她打你！”举人公抗辩，好像自己不过是个五六岁的小孩子。

“你没有？好，咱们明天见！”二狗要往外走。

举人公忙拦住他：“别走！别走！咱们慢慢的商量！”急中生智，他建议：“咱们和梦莲当面讲好不好？”

他倒是的确以为二狗的办法太毒辣。说真的，假若真有个日本官长想娶梦莲，他满可以考虑考虑。二狗现在是要使梦莲当众出丑，他有点吃不消。他宁肯自己去出丑，也不能叫梦莲去受辱，因为梦莲是个女的。尽管梦莲不孝，他可是不能忘记她是个女儿。这是他的宗教——一种特别的宗教，宁可以卖国，而不能叫女儿陪酒。

二狗呢，虽然发怒是真的，可也没有污辱梦莲到底的决心。他是用发怒来恫吓举人公。假若还可以转身的话，他宁自愿意再挨一茶碗，而把梦莲得到手。

举人公找到梦莲，命令她来见见二狗，并向二狗道歉。他确是命令着她，因为他觉得在她得罪他以后，他还能这样关切她，他的确够个做爸爸的样子，所以理直气壮。

梦莲只由鼻子里哼了一声。她不能去见二狗，更不能向他道歉。举人公以为这点小小的冲突，不过是父女间的，朋友间的常常有的误会，只须三言两语，顾住大家的面子，便可以解决一切，像太平年间一样。他根本没想到，父女与朋友的关系中，现在，已经搀夹上了更重要的，不可忽视的一些东西；而这些东西会叫梦莲否认父女和朋友的关系。梦莲看他与二狗是汉奸。她不能敷衍二狗，正如她不能敷衍父亲。她没有多大的胆量，但是任何一个青年在同一的情形下，都会把所有的胆量都拿出来支持一点人间的正义。她没有什么本领，但是在人格可存可失的关头，她宁愿因反抗而失败，也不肯随便的跪在地上。她知道自己必定失败，因为她的敌人是二狗与一大群日本野兽。可是她不能退缩，投降；反正是一死，横一下心，死得光荣一点，总比经常的受辱强一些。她很弱很小，但是她必须有以死为抵押的决心。她爱自己的手，脚，与全身，她怕死；可是她必须爱自己的灵魂，她得去死！她的泪没有落下来，而没有落出来的泪是最酸楚的，也是最勇敢的。

举人公不敢向二狗发气，更不敢向日本人发气。平日，他也不敢向梦莲发气。气是必须发的，到了非发不可的时候。现在，他非发气不可了，因为事情已经不是平心静气所能解决的。比较起来，二狗，日本人，与梦莲之中，只有梦莲最软。所以他的怒气，像一支毒箭似的，向她射来。

"梦莲！你这是要我的老命！我有什么对不起你的地方，你就这么狠心的挤兑我呢？我一天到晚提心吊胆的惟恐得罪了人；你怎可以，怎可以，故意的给我招麻烦呢？要我的命，好，拿去，拿刀砍了我！好叫人说，你是个孝女！你想想看，二狗是好惹的不是？日本人，"他不由的顿一下，往四下里看了看，声音放低了些，"是好惹的不是？你要也长着点脑子的话，你想，想，想一想！"

发作完这一顿气，他心中痛快了好多。他几乎要后悔没能早一点这样发作一顿。说真的，自从日本人进城来，谁的气他都得受着，连二狗的气都不敢原封的扔回去。他自信是个涵养很大的儒者，但是涵养似乎也并不是没有限度的。过度的容忍，有时候是不大健康的，他早就该发作一下。现在，发作完了，他觉得身上有了力量；不但手与唇没有颤动，而且口中的津液似乎源源而来，话尽而意未尽的还想再说下去。

他可是控制住了自己，没再往下说。他要看一看。假若梦莲哭起来，他便应当一边给她擦泪，一边拉着她走，去见二狗，给二狗道歉，事情大概也就可以暂时的敷衍过去了。他并不希望彻底的解决，只要能敷衍一时就算有了办法。

梦莲没出一声。她不愿意再白费唇舌，一个探险家不见得就必定遭险，她希望事情还能好转。假若真遇到危险呢，那也就只好听天由命。能消极的，沉稳的，对付暴力，是一个弱女子至少要做到的事。她没有力量去杀死一个敌人，至少她须不叫敌人的手挨到她的身体。她惨笑了一下。

十七

举人公为了大难。怎样去对二狗说呢？自从敌人进了城，他已经屡次在二狗面前丢脸。但是，那些丢脸的事，都是来自他不善于应付日本人，而叫日本人责骂一顿，又仿佛是最应该的事，所以这种丢脸，细想一想以后，便可以等于不丢脸。现在，他又须去丢脸，而丢脸的原因是管束不了自己的女儿；连自己的女儿都管不了，一个人还有什么活头呢？

为遮羞，他怒冲冲的走回来，一边走一边骂；见了二狗，他不报告与梦莲谈判的经过，而还是一劲儿的诟骂，好叫二狗知道："你看，我老头子也会发气，也会骂人！"

他刚要坐下，梦莲也轻轻的跟进来。他不好意思再骂下去，又不敢忽然的停住，于是嘴里不知说什么好的胡乱出着点声音，用力的把水烟袋放下！那无心中的，袖子撩下一个茶杯，拍碎在了地上。这些响声叫他心中满意，而又有点害怕，怕自己真是动了怒，而有害于自己的健康。

梦莲没有看父亲，而把眼对准了二狗。二狗的眼躲开了，撇着嘴，好像不屑于看她的样子。他的心里，可是很不安。他有点怕她，她的身上似乎有些什么不可侵犯的正气。

"二狗！"她的声音很小，可是很有力，像声音做的小针尖。她本想叫脸上的肌肉都弛懈开，表示出若无其事的样子。可是，她没有做到；脸上一点血色也没有；肌肉，像忽然受了凉似的紧急的缩敛。"你只管请日本人来，我一定陪着他们！没有手枪，我起码还有小刀，剪子；我会刺死他们一半个，给你看看！即使没有刀剪，我还有牙有手！我打死他们，我死，你也活不了，因为你是主人，是你请他们来找死的！明白没有？"

王举人很想用手指堵住耳朵眼。这时候，他差不多是真恨梦莲了！他心中说："凭我这么有涵养，怎么会有个这样泼辣的小丫头呢？我的老命非断送在她的手里不可！可恨！"

二狗的眼睛几乎永远没有睁这么大过！他开始明白：他是惹恼了一个真正"吃生米"的人！一点不错，梦莲要是得罪了日本人（更不要说用刀剪刺杀了！），他自己一定也得陪着死！

他笑了。很快的他把那两张请帖拿起来，放在衣袋里。"闹着玩呢！闹着玩呢！我并没请日本人，我不过要吓唬吓唬你！算了，我走啦！"他扭了两扭身子，像个大泥鳅似的，要往外走。

"二狗！别走！"梦莲命令他。"我告诉清楚了你，从今以后，不许你再打我的主意！告诉你，我就是去嫁一个野猪，也不能嫁给你！你怕日本人，我恨日本人！你滚！"她的一口唾沫啐在了地上。

举人公要说点什么；口还没开张，二狗已经"滚"出去。他长长的叹了口气。梦莲看了父亲一眼，很快的走出去。

松叔叔从外面进来。梦莲没等他开口打招呼，就努了一下嘴。松叔叔极快的跟了过来。

松叔叔好像忽然增加了十岁。敌人还没有怎样的欺侮过他，因为他是王举人的佃户，王举人已经给他打垫过。可是，松叔叔忽然老了十岁。他看到的，听到的，全是应当咬牙落泪的事，整个的文城是被泪与血淹起来，虽然住在城外，但是他会听，由耳朵的感觉，他会分辨出文城的快乐或悲哀，像医生由听觉而能断定人的心脏健全与否那样。在平日，远远的他听到喇叭与锣鼓，便知道城内有了丧事，或喜事。在清早，风儿吹来的歌声会叫他的心内看见多少小学生在升旗唱国歌。他最喜欢小孩子，他切盼添个胖孙子。城里的爆竹声使他感到过年过节的热闹。……住在城外，可是他并不觉得寂寞，因为城里的种种声音像留声机似的，不用到戏园去，而能听到了戏。现在，城里什么声音也没有了，鼓乐不再陪伴着婚丧嫁娶，花炮不再迎接着季节，小儿的歌声变成了喑哑；风来了，带来的只是空虚，在松树中停住一会儿，悲泣！文城已经死了。偶尔的，他也听到一点响动——枪声。敌人又在枪决城里的人！

在平日，老有城中的人，识与不识，到他这里要口水喝，歇一歇腿。即使他不常进城，他也会知道城里的事。现在，城里的人已不敢再到这里来；敌人恨这片松树，由树林里穿行的人都该杀头。他和城里几乎断绝了关系，文城已不再招呼他。早上，晚上，他必定看到几个带着枪的敌兵，从他的田中走过去。他们叫他看见凶狠毒恶，和城里为什么一声也不响的原因。

在平日，文城虽不是个夜不闭户，路不拾遗的乐土，可是城里城外同样的可以安居；即使偶然的有个小偷或路劫，也仿佛只增加了居民们彼此的关切，而不至于大惊小怪的感到什么威胁。现在，那些早晚巡逻的敌兵便是天字第一号的强盗。他们看见什么拿什么，高兴拿什么就拿什么。鸡鸭，猪羊，衣服，首饰，妇女，都是一样。他们是海贼，最无情，最小气的海贼。老郑看到听到的是一部最污浊最可耻最野蛮的历史——虽然还很短，可已经不是稍微有点血性的人所能忍受的。使他最担心的是小郑和媳妇。小郑是那么心粗胆大，而媳妇是那么年轻无知。女人，在如今，便是罪恶与祸患。他昼夜紧守着他们，好叫他们不碰在敌人的刺刀与兽行上。他是茅舍的眼，耳，鼻；他老看着，听着，和像猎犬似的嗅着，以免敌人冷不防的捉到他们。他几乎没有一天不自己叨念："要杀，杀我老头子！老天爷，千万把我的儿子和儿媳妇留下呀！"白天，他惊惶不安，无论是鹰啼还是犬吠都足以叫他心跳；他听着松风，或看着青天，仿佛林中或青天上都会猛孤丁的落下祸患来。夜里，他睡不安。他追想从前的太平景象，和唐连长的壮烈牺牲，并盘算明天的事。没有明天，明天的生死祸福已经不是他自己所能决定的。那些拿枪的敌兵几时要你的命，你几时就须到另一世界去。

他最欢喜工作，锄头铁锹的光滑的木柄，与地上的味道，永远给他一点欣悦。持着锄，立在地上，叫他觉得自己像松树那么稳定，生命在地里生了根。现在，他懒得去工作，因为文城已经死了，而他自己的明天也不会再光明。他常坐着发愣。在发愣的时候，他悟出许多道理来。在战前，他在城里，听过学生与学校的先生们的讲演。他听到"爱国"和"亡国"等等动心的名词与道理。他们的话的确使他动心，但只是那么一会儿；过去，就马上忘掉。那些爱国与亡国的事离他太远，就好像听说美国的鸡有九斤重一样，虽然很有趣，可是与自己无关。现在，他悟出许多道理来。假若他有机会去讲演，他必定会具体的说出许多爱国与亡国的事实来。

到了梦莲屋中，梦莲坐下，松叔叔立着。谁也没有话说。梦莲想请他坐下，话还没有说出，那无声的，滚热的，眼泪已经一串串的流下来。对父亲，对二狗，她都把泪藏起来；现在，她看见了松叔叔！松叔叔，不知她为什么哭，也顾不得问，老泪也自然的涌出来。泪都是由心中出来的，一块儿哭，心中就一齐得到安慰。他们谁也没去劝谁，而任着泪去流尽心中的委屈。

"莲姑娘！"松叔叔抹着胡子上的泪珠，低声的叫。"莲姑娘！说会儿话吧！"

梦莲没有什么多余的动作与撒娇，用手绢轻轻搌了搌眼，大方的，坚决的，收住了泪。从泪里，她提出声音来："松叔叔！"

松叔叔自动的坐下，右手用力的擦那被泪流湿的胡须，呆呆的看着莲姑娘。她低声的，简单扼要的，把心中的委屈告诉了他。“怎么办呢？松叔叔！”

“怎么办？”松叔叔只给了这么个回响，并没有什么办法。

“我想逃出去，可是怎么逃呢？”她把声音放得极低。

松叔叔摇了摇头。“那要小心！一位千金小姐，在这兵荒马乱的时候，往哪里逃？”

松叔叔的同情，关切，谨慎，给了她很大的安慰，虽然他并没有高明的主意。

“不逃吧，又不行！”她的眉头皱了一下；紧跟着，脸上似乎又微微有点笑意；不是对事情乐观，而是因松叔叔在一旁，她觉得心中痛快。

“不逃又不行！”他像一座山似的，碰回来她的声音。“怎办呢？”

松叔叔的腮紧紧的动，又愣起来。愣了有三四分钟，他才找到了话：“莲姑娘！要逃的话，我跟着你！可是有一层，我放心不下我的那个畜生和媳妇！日本人到处找女人，王屯的李寡妇跟她的十八岁的姑娘，就是十二天以前，都——莲姑娘，你明白，我不敢细说！我不放心儿媳妇！”

“我不能连累你老人家！”

“可是，只有我跟着你，你才敢放心的往外逃！”

这一老一少的心碰到了一处。他们还没有想出办法，可是心中碰到了温暖与希望。他们觉得，只要他们不向敌人投降，他们就必有自救自拔的办法，虽然其中是有多少多少危险与困难。

“莲姑娘，我先问你一件事。”

“什么？”她的脸上确是有了笑纹，她高兴，她觉出自己的重要。

“我打听出来，”松叔叔把声音放得极低：“咱们的县长现在住在大柳镇！”

“怎样？”她凑近他一些。

“我打算去交钱粮！”

“交钱粮？”她仿佛根本不晓得天下还有这么一种事情。

“我为是给举人公减轻点罪过！”他的声音已低得像耳语。

梦莲想了一会儿。“我明白了！应当这么办！”

“有人已经这么办了，把钱粮交到‘咱们’的县长那里去。咱们也应当那么办，好叫县长知道举人公并没真‘随’了日本鬼子，他还是大中国的人！”松叔叔的神气叫梦莲看出来，他虽然是要帮举人公的忙，可是他并不敢直接去和举人公讲；他知道举人公爱钱。

梦莲半天没言语。战争把她改了，她现在已学会了怎样去思索。从前，她的一切举动都决定于一时的高兴；现在，她已被战争把她压倒在地，她须设法用思想与计划叫自己立起来。“你，松叔叔，去跟爸爸说。我不能去，他和我刚刚闹了气。他爱钱，也更爱命！说明你的来意，你看他的眼珠紧紧的转，事情就算成了！”

“噢，”松叔叔立起来，用手背擦了擦迎风流泪的眼。“莲姑娘，举人公若是愿意，我就跑一趟！一百二十里地，我一天半就能赶到。就手儿我也看看路上的情形，要是好走的话，莲姑娘你逃走可就有点，有点——”

“把握了！”梦莲给他找到了适当的字而后，她心中一亮，好像已经看见可以逃走，可以恢复自由的一条大道。

松叔叔用几根枣木棍子似的手指拍了拍衣服上的土，蹀了蹀大洒鞋，又干咳了一两声，去见举人公。

十八

不出梦莲所料，举人公愿意交钱粮。老郑本来很怕和举人公说话，因为举人公的话里常常带着书上的字眼，叫他莫名其妙。而且，这一次，是他给举人公出主意，叫举人公破钞，他的心里一点也不像往常来报告“今年多收了十五担高粱”那么平静。他几乎怀疑自己真的有那个胆量把话说出来。况且，他知道，院中老有人监视着举人公；连给举人公打杂的都是敌人派来的侦探。假若他的话被他们听了去，他晓得自己的头就要在项上长得不十分安稳了。

举人公正在批阅公文。他讨厌看它们，但是日本人的鞭子——无形的——老在他的背后，他不敢十分的贪懒。那些公文的内容没有一件是有利于中国人的，纳粮，抽壮丁，统制物资，使用伪币……他知道他的笔下可以杀死多少多少人，但是他没法子不批准——他的惟一的任务就是替日本人批准一切杀人放火的事。他不能由国家民族的立场去看事，但是他深知道因果报应的可怕。他入过考场，在很年轻的时候就取得了功名，他知道，是一半来自学问，一半来自祖宗的阴功德行。在他坐在与囚狱相似的书房里写卷子的时候，他仿佛看见了好几个白胡子老头儿，都慈眉善目的向他微笑——所以，他中了举人。现在，在他的笔下，他看见多少没有头，或头上带着一个血洞的人。他不敢再落笔。但是他又非落笔不可。为维持生命与财产，他须忘了那些屈死鬼。他须不再迷信！他写下来批语，签了字盖了章，心中痛快了一些。“管它呢，批完一件是一件！”他告诉自己。

老郑来得正好。举人公恰好看一件日本人要“女看护”的公文——文城须至少送出一百二十名“女护士”到各处军营里去。看看这件公文，他想起刚刚闹过气的梦莲。他决不肯叫自己的女儿去陪酒，可是他须把别人的女儿送到军营中。他看见一群吐着舌头，下身流着血的女鬼！他闭上了眼，盼望看到那些曾经在考场里保护着他的白胡子老头儿。没有看见。睁开眼，他看见了老郑。他把公文推在了一旁。

老郑一眼瞭着院中的人，一眼看着举人公，很困难的，续续断断的，把来意说明。举人公的小眼珠只转了两个圈，就点了头。看了院中一眼，他口中的热气吹在老郑的耳朵上：“咱们要谁也不得罪！”

老郑不愿意多啾咕。他向举人公告辞。怪舍不得似的，举人公托着水烟袋把他送到院中。

看着老郑走出去，举人公的心中轻松了许多。他想跟谁再谈一谈心。在他的盖满了耻辱与污垢的心中，他现在找到了一点光亮，像破屋子似的，虽然丑陋不堪，可是屋顶上的漏洞能放进点月光来。耻辱与污浊最好是埋在心里，像死人须放在棺材里那样。但是，光亮是要射出来的。他渴想跟谁谈一谈心，把刚刚找到一点光亮放射出来。

谁是可以谈心的人呢？只有梦莲。但是梦莲已经几乎不再是他的女儿。他的嘴，说不过她。他的“涵养”，又叫他处于不利的地位；她敢任性的乱说，他不敢。但是，他必须找她去，跟她说几句知心的话；再不说，他的心就会由憋闷而爆炸，像小孩吹的气球那样。他的脚不由的走向她的屋子去。不管她怎样，他须把心中的话说出来，好叫自己的身上还有一点人味儿。

梦莲正趴在小桌上写信。她不必抬头，就知道是谁进来了；她认识他的脚步声——一种轻，短，而并不快的，仿佛只用脚掌那一点肉用力的，脚步声。因此，她也就没抬头。

举人公停住了脚步。从胸部到喉管，忽然干辣辣的缩紧，他想扭头走去。她的冷淡是无可忍受的。但是，他没动。像被食物噎住似的，他咽了一大口气。他看着她。她的额部几乎不能看见，他只看见她的颧骨和腮——她的腮上是那么瘦，颜色是那么惨白，他的怒气与反感开始变为怜爱与同情。他好像已经有许多天没有看见她，好像头一回看清她是这么憔悴。她不但是他的女儿，而且是个应当被人怜爱的女儿。他觉得有些对不起她。什么地方对不起她？他不愿意去想。因为，假若他要依着她的看法去想——什么汉奸咧，卖国咧——他就无法再为自己辩护，无法再活下去。他须欺骗自己，以便苟延性命。他希望女儿能明白这一点。

“梦莲！”他低声的叫。

“嗯？”她的笔尖朝了上，左手按着纸，像知道他来，又像是刚从梦中惊醒的，这么出了一声。她的眼中带出很疲倦的样子，而皱着的眉头又表示出虽然疲倦仍然不服气，还可以随时对他反抗的神气。她的上嘴唇翘起一点，露出两三个小牙；她的牙仿佛不似往日那么白净了。

他走到她的旁边。她没有改动她的姿态，只把眼低下来，定在信纸上。

“梦莲！”举人公把水烟袋放下，自己搬来一个椅子——姿势极不自然，像三四岁的胖男孩抱着个布娃娃那么不自然。

梦莲没有任何表情，把信纸翻过来，把笔插在笔帽里。

“梦莲！老郑去了，去交钱粮！”他的心中的那点亮儿放射出来，像把一个鱼刺吐出来那么痛快。

她把双手放在脖子上，脸儿仰着，又“嗯”了一声。

“你看，梦莲，我是要谁也不得罪！”他很高兴的说出他的哲理。

“各方面敷衍？”梦莲的话像利刀砍在豆腐上。举人公确是像豆腐，他软软的接受了那一刀，并没使刀刃发出火星儿来。

“那有什么办法呢？”举人公叹了口气。

“我们的命就那么要紧？”是的，她知道，命实在要紧。在抗战以前，凭她的那么娇生惯养，凭她的爱花爱草的天性，她永远连“死”字都不大爱说。不是出于迷信，而是她以为“死”字与她相距太远；谁能看着一个可爱的世界，鸟在唱，水在流，而忽然想到死呢？可是世界变了，她看到死，种种的死，比噩梦还丑陋的死。她认识了死。她觉得死在这年月，一点也不稀奇，而且是人人不能免的。看清楚了这一点，她常常想到死，而不敢死的就好像不配活在战争里。战争根本便是死里求生。她的思想，以前是这么轻微浅薄，现在却被战争熬炼得像生命那么大，那么重。她不能不常常想到生和死，因为水火刀枪都就在她的眼前。

举人公不想再谈下去。他后悔刚才为什么要来和女儿谈心。女儿的眼是由生一直看到死，而他的是慢慢的慢慢的，像叫花子在垃圾堆上拣东西那样，逐件的细看，只要看见一块还有一点点黑色的残煤，就可以再燃起火来取暖的希望。敷衍，各方面敷衍，的确是他的哲理；而且是，在他想，最适用于乱世的哲学。东摸一把，西摸一把，摸来摸去——他想——就会摸到自己的脑袋还在项上！这就叫作“一贯”！梦莲不能懂得这个一贯之道。她年轻幼稚。他不想再和她往下谈。

但是，他又不肯走开。好容易和她坐在一处——她既没一语不发，又没跺着脚生气——他须忍耐一会儿，再使她多明白一点他的心。他是有涵养的人。即使她不喜欢听他的话，他也得说出来——心到神知！

“你看，梦莲，”他把声音放得极低：“这不是第一次了！两三回，政府派来的人，我都见了！很冒险！所以，连你都不愿意告诉！咱们各方面都不得罪；哪边胜了，都得另眼看待咱们！我就盼望早早的打完仗，我还能平平妥妥的入了棺材！梦莲，你要明白我，咱们爷儿俩才是……”他说不下去了。

梦莲有许多话要说，但是不愿意开口。她讨厌父亲的无动于衷的客观，与完全没有贞操的实利，可是赶快结束这种无聊与苦恼，她似乎非表示一点怜悯他的意思不可！她勉强的笑了一下。

十九

举人公的心里，自从敌人进了文城，还没有这么痛快过。他觉得梦莲的一笑是父女和好如初的第一层台阶。上了这一步，以后就都好说了。只要梦莲能了解他，他就可以挺起腰板去干；无论干什么也不丢人；一个最小的理由可以解释开天大的罪过！

梦莲继续写她的信。

“……到今天，爱，我才发现了我的心并不是心，而是一块肉做的小机器，它只会均匀的，不断的，动，而没有应比机器更多，更热，更大的感情。因此，我懦弱，我浅薄；我只想在人间游戏，而不会由心中发出带颜色的动作来。我是被薄云遮住的残月！残月？我不是很年轻么？哼！

“我的脑子也只是一块与豆腐差不多的东西。它不会思想。我很年轻，我应当像一个有出息的青年那么活动我的脑子。可是我浅薄，浮动，我只想这一会儿我该做什么。过了这一会儿，我再想下一会儿。我的生活是残破了的电影，而不是有结构的戏剧。我只用脑子去‘碰’，而不是去想——把事想‘全’了。

“感谢神圣的抗战！我看清楚了我自己！我须立刻叫我的脑去想，叫我的心发出真正的感情！我必须找你去！请不要害怕，我不会只用吻与拥抱给你安慰与鼓励，从而使你——也许——忘了你的责任，而只图爱的享受。我要去干点什么，不为你，也不为我自己，而是为抗战！你看怎样？”

她停住了笔。手心对着手心，她自己握手。手心上有点汗，而且发烫。摸摸脸，脸上也发热。她感到全身都有一点平常所没有的力量与热气。再读一遍，她满意自己的文字，承认自己的真诚。她立起来，直了直腰，用拳轻轻捶自己的胸。她又看到火，血，敌兵，困难，死亡；可是她不怕，她深信自己会克服一切，会像一个勇士似的面对着危险。她已不是自己，而是像被一种什么力量捉住的另一个人，她应当喊叫，随着狂风向前冲杀！

可是，她知道，这封信寄不出去！自从文城陷落后，她给丁一山的信里只说些最简单的，最无关系的话。一山的回信也是如此。敌人检查信件。一山的信里，不提举人公一个字，可是信封上老写着王举人转交。他用举人公保险他的信。梦莲给他的信，也老是由别人转递，不敢直接写出他的住址。现在刚写好的这一封，尽管还由别人转交，也不应当寄出去。她用力拧自己的小手，但是无法可想！她由窗户中看见一角青天，她想飞出去！

二狗带着脸上的伤，依旧在街上大摇大摆。他以为没人敢揣测他受伤的原因，而带着伤走来走去似乎更足以使人们怕他。可是，文城的人们不晓得怎的都知道了：“二狗叫莲姑娘给揍了！”于是，他们把二狗与举人公分在一边，把梦莲和阵亡了的唐连长分在另一边；这边的是汉奸，那边的是英雄。看着二狗的伤，他们每个人都想有朝一日，他们的手也会打在二狗的脸上，一直活活的把他打死！

这个慢慢的啾咕到了二狗的耳中，他咬上了牙。他起誓非把梦莲弄到手不拉倒。为增高自己的地位，为报一碗茶之仇，为发泄兽欲，他非把梦莲压在身底下不可！他决定杀死一山。他以为，女人都是玩物，梦莲自然不是例外，况且，梦莲曾经和他好过呢；他不是在她屋里坐过一整天么？一山是惟一的障碍。把他结果了，梦莲一定会自动的找他——二狗——来。即使她还别扭，他会强迫向举人公求婚——一山已经死了，难道你的女儿还守“女儿寡”吗？

但是日本人许他杀人不许呢？日本人是可以随便杀人的，因为人家是日本人。他自己，尽管留下小胡子，腿儿罗圈着，可是到底不姓青山或山本啊！他恨自己没投胎在东洋好，不幸而他杀了人，日本人再一生气而杀了他，岂不很不上算？

他得先试试看。

文城有个最不怕敌兵的小姑娘。她才十五岁。她的脚，裹过，又放开了；所以走路有点像鸭子，她的身量不高，全身都胖嘟嘟的。眼睛很黑很大，嘴唇很厚，说话时，她先把厚嘴唇翻一两下，笑一笑。笑得很天真。因此，她很有人缘；虽然她并不美丽。尽管有时候她的脸上抹上两块胭脂，她的黄头发还是乱蓬蓬的。她似乎永远管束不住她的黄头发。她常为这个翻着嘴唇笑自己。文城的人们都喜欢她，都管她叫作“小蝟儿”，因为她的头发蓬蓬着。“小蝟儿”，不是“小蝟蝟”，因为人们喜欢她，不肯用那个“蝟”字。

敌人进城，小蝟儿，才十五岁，受到最无情的蹂躏。已经被敌人把她当作死人扔在城根，她又苏醒过来。

她终日在街上走，眼睛平看着，似乎看见什么，又似乎什么也没有看见。她的厚嘴唇不再向上翻卷，“笑”已经向她告别。她的下嘴唇倒老微微的动，像是微颤，又像是说着些什么无声的言语。在街上，她老在街上，看见地上有个梨核，她便拣了起来细瞧瞧，而后放在衣袋里；若看到一块有颜色的纸，她便舐上点唾液，把它贴在脸上。她不哭不闹不说话，只是终日在街上走，像个无害的鬼魂。

文城的人们都曾经喜爱她，现在对她还时常的施给一点小小的慈惠，连小孩们都尊敬她，不肯和她瞎闹。敌兵，不知是天良发现，还是另有用意，对她也不加干涉；她可以在街上随便走来走去。

二狗想拿她试试手。他把她交给了他的心腹人田麻子。田麻子把她诱到城外，便结束了她的耻辱与苦痛；尸首就扔在路旁，给敌兵看看。

敌兵到城外巡逻，看见了小蝟儿的尸身，他们并没有追究，就好像看到一条死狗似的那么不关心。

二狗放了心，他可以杀人，只须杀在城外就行。

他运用日本人，叫他帮忙检查信件。

他看过了好几封梦莲与一山的通信，但是里边的话语都不给他什么光亮。

末后，他看到一山的信，信里暗示出一山也许要回文城来。二狗把一山也交给了田麻子。

一山走到东关外边大槐树下，田麻子执行了他的任务，而老郑在茅屋外边听见了枪声。

二十

松叔叔坐在梦莲的对面。他向来没有觉得这五六里——由松林到王宅——是这么长，这么累人，这么难走过。这不是五六里地，而是五六万里地。他恨不能一展翅飞到，可是他没有翅膀。

及至见到梦莲，他又觉得来的太快了。看着盖满了黄土的鞋，他没法张开口说话，偷眼看她，她的眼睛是干的，没有一点泪的影子。他为什么这样快的来到，叫那一双美丽的眼睛一定要被泪淹起来呢？

他坐着，呆呆的坐着，连嚼动槽牙的习惯都忘了。他的心中成了一张白纸。

"松叔叔！"梦莲轻轻的叫了一声。

老郑打了个冷战："啊？"

"怎么啦？"她觉得有点不大对，而想不出什么事情不大对；有敌人在城里，什么意外的事都可以随时的发生。

无心的。他用粗硬的手擦了擦脑门上的土。"我，我，"他忽然立起来，"我走啦！没事！看看你！"

梦莲揪住他的袖子："怎么啦？松叔叔！"

他又坐下了，捶了磕膝一拳，"报仇！"

"怎么啦？铁柱子出了毛病？"

"早晚'都'得死！"他拿起桌上的一杯凉茶，一口喝尽。

"他出了什么毛病？"梦莲的眼珠大了一些，口中也有点发干。她的同情心永远是很现成的。

"不是铁柱子！"

"是谁？"

"一山！"

"谁？"她仿佛没听明白。

他说出来了，后了悔。他不想再说。低下头，心中气得像弄乱了的一团黑线，再也找不到头儿。

“一山？”像极快的把手中落出的东西又接住似的，她倒想了起来。

“一山！”

她好似向来不认识这个人——一山。她不知道他要回来（他的信被二狗扣住）。每逢提到他，她老是先想到山，水，战场，而后才看到在她的想象中的他——一个英俊的，武装的，青年。松叔叔口中的一山，和她心中的一山相距太远，叫她觉得茫然。

“一山怎样？”她的脸白了。她极快的想到，他也许是阵了亡，而松叔叔先得到了消息。“他受了伤？在前线受了伤？你怎么知道？”

她觉得即使有什么不幸，也不过是一山受了伤。她几乎以为一山应当受伤。他受了伤，她好下决心，逃出文城，去看他。她想不起她应当怎样伺候一个病人，但是她想只要她的眼一看到他，他就会好了的。这么一想，她仿佛头一次看清松叔叔是个乡下人有点大惊小怪。她是脸色还没转过来，可是嘴角几乎有点像要笑的意思。

“你怎么知道的？松叔叔！”

“他来了！”

“来了？”她不知道是事实，还是做梦。她的脸色转变过来，腮上有了点血色。她一眼看到，她与他可以拉着手，一同走向那有自由的地方。“他在哪儿呢？哪儿呢？”她向外面看了一眼，她仿佛望着他就立刻在窗外呢。

“说呀！”

“他，他，”松叔叔咽了一大口气。“躺在了城外！”

“干吗躺在城外？”她想不到他会死。

“咱们的城，不是叫鬼子占着吗？”

“他死……”她想到这个可能，可是还不过是一种试探，猜想；一山是不会死的。松叔叔忍心的点了点头。他极快的把眼盯住她的脸。

她的泪马上在眼中转，可是她的嘴角上还有最小的一点笑意。她想控制住自己，用一点最不近情理的笑，把泪截回去。她有个豪横的心。

可是，她坐下了。她的手垂下，手指开始抽动。泪并不多，因为黑眼珠有点向上翻。

松叔叔急忙立起来，他把话已说净，他须准备应付那最难堪的事情。他用大手，一把抓住她的右臂，一手在她的背上拍。他的话是由牙中挤出来的，带着嘶嘶的响声：“莲姑娘，不能这么着急！不能！莲姑娘！醒醒！莲姑娘，我是老混蛋！莲姑娘！莲姑娘……”

一分钟变成一个世纪，在我们真着急的时候。松叔叔的头上出了黄豆粒大的汗珠，梦莲还是没有哭出来。她的喉中隔半天才噎那么一下，手脚都在抽动。松叔叔觉得，他是来要她的命，她会这么不言不语的把自己憋死！

他不敢去告诉举人公，举人公只有这么一个女儿。他不能去找医生，不能；他不能离开她，他不能声张；叫敌人知道了莲姑娘的未婚夫是个军人那还了得？他须凭着自己的真诚，把她由死里抢回来。他的胸中发辣，好像要吐血。“莲姑娘！莲姑娘！不能这么想不开啊！”

他把她抱起来。她很轻，仿佛像个小猫那么轻。把她放在床上，他替她脱鞋。她蜷着身子，不动，手还在抽动。他的汗流湿了他的小褂。

慢慢的，她哭了出来；一种不痛快的，哑涩的，若续若断的哭。他握住她的小手。她的手在颤，冷凉，相当的僵硬。

她始终没有痛快的哭一声，就睁开眼。猛孤丁的她起来，双手拢住磕膝，眼眯眯着，发愣。

“莲姑娘！哭！哭出来！哭出来！别闷在心里！”

她不哭，她眯着眼，横了心。“他在哪儿呢？”她是声音很小，但是拼着命说出来的。

他没法不回答。他说了他所知道的一切。

她矇着眼，静静的听着。不，不是听着，而是发愣。她的心走出去很远，走出去东门，走到高山大川，走到一山的跟前。一山在哪里呢？她听到了一点声音：

“铁柱子看见了他，躺在大槐树的底下！”

用她的下部作轴，她把自己转过来，脚搭拉在床沿下。眼还平视着，她的脚尖自己寻找她的鞋。找到了，没有提上鞋跟，她立起来。

“走！松叔叔！”

“上哪儿？”松叔叔感到极度的疲乏。

“大槐树！我看看他！”她的眼中冒出一种冷，亮，像刀刃上的光。

“有什么用呢？他们已经把他拖走了！”

“拖走了？”她的脑子已不会思想，她只觉得去看看是她的头一件责任，她至少须抱着他痛哭一场。可是；这一点愿望也不能实现，她咬上了她的嘴唇。

但是，她咬不住嘴唇。像被一种无可抵御的力量催着，她张开了口，泪涌出来，她哭出了声。

松叔叔扶住了她，她的泪流湿了老郑的衣肩。

二十一

石队长变成了老郑的内侄——真要命！

老郑表演得很不错。他告诉王举人：内侄来了，因为日本人在乡下拉壮丁。我怎养活得了他呢？他一顿饭要吃一斤二两锅饼，还得饶上两大碗疙疸汤，才将就着说声饱了！举人公得帮帮忙啊！

他不爽直的把内侄塞给举人公，而这么敲打着和举人公要主意。他知道自己是学坏了，学得像个老狐狸精了。可是，那有什么办法呢。日本人狠毒，狡猾，我们还能只装着傻阿斗，而不学诸葛亮吗？

王举人——一听老郑的央告——感到自己的重要。他要想想看。一想，他和老郑有多年的关系，而这个年轻的人又是老郑的内侄，他为什么不给自己添个心腹人呢？他的男女仆人已经差不多都是日本人派来的侦探，连他每日三餐吃的什么都有人报告上去，他还不应当添个自己人吗！

“把他带来，看看吧！”举人公不肯一下子就答应，而须慢慢的把人情送尽。

石队长，改名叫作李石头，随着“姑父”老郑走进来。老郑在前，他在后！老郑的样子已经够又“怯”又傻的了，他的样子就更怯更傻。他揭去了胸前的假膏药，把破棉袄上所能找到的纽扣都扣齐。一进门，还没介绍，他给举人公请个大安，像前些年衙门里的仆役见着官长那样。然后，他不敢走向前去，而傻不瞪的立在门坎内。头垂着，两手紧按在腿上，一双大脚不知怎样才好的动着，正像刚入伍的乡间壮丁头一次排队练操。低着头，他的黑棋子一般的眼可已经把屋中一切的东西都记清。

那一个大安决定了他的幸运。举人公有好几年没看见过这种敬礼了，他决定喜爱这个家伙。

捧着水烟袋，微仰着小尖下巴，举人公很像户部正堂似的，问：“你是李石头么？”

“是！你老赏饭吃吧！”把“吧”说成“掰”，他的语言有一种乡民口中的朴拙的音乐。

“你会什么呢？”举人公的音声很轻的，像飞舞的破蝴蝶那么无聊。

石队长抬了抬头，又低下去。

“往前来点！”老郑又表演了一招。

石队长往前凑了凑：“放牛，赶车，挑粪……”

“说那些干什么！”老郑截断内侄话。

“挑水，升火，跑腿，都行！”石队长脸上居然有点害羞，本来吗，在举人公宅子上还能放牛挑粪！

举人公留下了他。他又请了个大安道谢。举人公当着老郑的面说清：每月给这小伙子一块钱的工钱，管吃管住；他得挑水，升火，砍柴，扫院子，跑路，和……举人公相当的满意，一块钱能买这么多的工作。石队长心中说了许多真要命！

老郑把内侄带到下属，不管是十九岁的的丫头，还是没有胡子的仆人，一律是内侄的长辈；石队长一一的给作了揖，然后用大手捧着碗，必恭必敬的给大家端茶，他不敢坐下，背倚着门板呆立，看看这位，瞧瞧那位，像个刚抱来的小狗似的。

“照应着点，”老郑也向大家作揖。“他没出过门，有点想家！”

“别说咧！”石队长哭丧着脸。“俺刚忘了，你老又提！”

大家都笑了。石队长也转悲为喜，随着大家笑。

老郑给了内侄一角钱，又托付了大家一番，才偷偷的去看梦莲。

梦莲的眼上有个小小的黑圈，脸上的皮肤像是松了许多似的。她一夜没曾合眼。晚上七点钟，她就上了床，刚一躺下，她的泪就不知道怎么来的，流满了她的脸。她没有哭，而只任着热泪往外流。一会儿，她迷糊过去，看见一山穿着新衣服约她出城去玩耍。她看见东门外的松林，松林像下过雨后那么翠绿：上面罩着一片没有一点云雾的青天。她可是看不见太阳，所以天是那么蓝，那么静，而没有热力，没有光，好像一种要死的天，蓝得可怕，静得可怕。她害了怕，她想抓到一山的手，而一山不见了。她喊“一山！一山！”树林里回应着她的声音。她把自己惊醒。她的胸口发痒，头痛，泪还在流。

屋内很黑，屋外很黑，她把头蒙上，把自己藏起来，蒙在黑暗里。她咬了一咬牙，自己的苦痛须自己受，她不愿意任何人知道一山的事。大家知道了，适足以增加二狗的威风——她和老郑都猜到二狗是凶手——而使王举人更气馁。在被子里，她低声的唤一山，口中的热气碰在被子上，回来，又碰在自己的脸上。

她又到了松林中，一山拉着她的手。她不是那种粗壮的，内感的，女性；她不肯把肩靠着他的，而只叫他握着她的手。可是，有他在身旁，她究竟得到一点别人所不能给她的安全之感。她觉得快活。他不敢想结婚后的一切，她知道治家，做饭，生儿养女，都是使她头疼的事。她只愿意这么淡而不厌的和一山在一处，没有忧愁，没有顾虑，脚底下是柔软的，香甜的松枝松叶松花，头上是绿枝和枝叶间隙中的青天，忽然，他们被包围了，四面都是比野人还狠毒的日本兵，枪弹由四面嗖嗖的飞来，她想掩护着一山，一山想掩护着她，他们跑由一株大松跑到另一株大松。一个枪弹穿透了他们俩，由他的背后穿入，胸前穿出，又穿入她的背。她抱着他，一齐向上飞，像两个蝴蝶，又像一根箭穿到一处的两颗血淋漓的心。他们飞，飞到很高，一只飞机从他们上面飞过，把他俩碰落。落，落，落，落在一个悬岸上，下面是万丈深渊。她喊了一声“一山！”又把自己惊醒。噢，日本人，日本人，已侵入了她的梦境，而一山是躺在了大槐树下！

一夜没睡，她感到孤寂，苦痛，绝望。有时候，她似睡不睡的，耳中轻轻的响，眼前飞舞着许多像飞尘那么小的金星，她半意识的觉得生与死相距并不远，而且愿意死——死至少会给她一种无忧无虑的安恬。可是，她没有死。很早的，她就听见了父亲的咳声——举人公上了年纪，每天都起得早。她也起来，轻轻的漱了口，擦了脸，坐在床上等候天明。她决定不叫父亲知道一山的死与她的痛苦。

她等着，等着；等着什么？她开始觉得烦躁。她想去狂跑，跑出东门，跑出松林，头也不回的跳在大河内，叫河水洗碎了她的身体，洗尽了她的苦恼。可是，不能，不能，她不能那么轻轻的赦放了自己。生命是不容易得来的，也不能轻易的舍掉。现在是在打仗，她至少须挺胸向着枪弹走，不能去跳河。

老郑来了。他可是不会花言巧语的安慰人——安慰往往是善意的欺骗。梦莲看见松叔叔，想再哭，可是眼圈辣，泪仿佛已经干了。

“我的内侄来了，举人公已经给了他事做。”松叔叔找不着别的具体的事实，只把这一件浮在心头的事情说出来。

“内侄？”她低声的问。

“一山的朋友，假充我的内侄！”

“他在哪儿呢？”她立起来，心中好像看见了光明。

“别忙！别忙！他会拿着他的时候来看你！”松叔叔不忍再多看这样不快乐的莲姑娘，搭讪着告辞。

梦莲的心热起来。仍然很烦躁，但是心中有了力量。一会儿，她想一山没有死。一会儿，她又以为他确是死了。但是，假若他是死了，就白白死了吗？被疾病夺去生命的，还会诅咒老天爷，而况是被敌人打死的呢？她心中此时的敌人不仅是些短腿的狰狰可怕的敌兵，而是更具体当作为报仇的一种肉靶子样儿的东西。应当报仇，应当把刀和子弹插入那些块会走路的肉里！

她等着。等得不耐烦了，她便向窗外，门外，望着。她希望看着一个新的面孔——一山的朋友。这个人一定会给一山报仇！

倒好像松叔叔有意骗她，她看不到那个新面孔。室外的每一个脚步声，都使她心里乱跳，可是她所希望见到的人没有来。

天擦黑的时候，举人公出去有应酬。院里的侦探们全都仿佛怠了工，各自去我休息的方法。梦莲点上了灯，拿起一本一山送给她的书，对着书名发愣。

一抬头，她看见个新面孔，一个七楞八瓣的面孔，他手里提者一把铜壶，壶嘴儿冒着一点热气。他什么时候进来的？不知道。他立在门板前，仿佛是怕把自己的影子印在窗子上。

看她没有动作，他极快的走过来，把背倚在山墙上。

“我姓石，一山的好朋友！”他的黑棋子似的眼对准了她的，声音很低，很恳切。“我奉命令到这里来工作，你得帮助我！不许再哭，帮助我给一山报仇！有什么事，写在皮鞋里，喊我来擦皮鞋。不要对我多说话！我告诉你什么，我会自己拿定时候来看你！对举人公，对二狗，你要敷衍，套他们的话。不要净想一山，得想给他报仇！”没等她说话，他把一壶热水倒在脸盆里，然后大声的说：“要水就喊俺一声，俺小名儿叫石头！”说罢，大脚噗噗喳喳的走出去。

梦莲看着他走出去。她的身子立不起来，也忘了怎样说话，她好似受了催眠术。

她的心跳得很快，可是也很有力，很痛快，就像看着耍真刀真枪的武戏时，刀或枪刺过去，而并未真的刺着的那样。她觉得她也有了事做，她自己会跳上台去，耍一套刀枪。她已不是梦莲，一个没办法的，可怜的梦莲，而是一个必须做些什么的角色。抗战的热气充满了她的全身。

二十二

石队长甚忙，可是也很自在。他的心里极忙，忙得像刚开春的蜜蜂。他的脸上和身上可是沉稳的像个老牛。王宅所有的人都喜欢他。他不常说话，可是只要一开口就招人笑。他的嘴很甜，一张嘴不是“二叔”就是“四大妈”。他的手又很勤，人家的眼睛向茶壶那边一转，他马上端过茶去；人家刚要欠身，他过去把火添上。他有力气，又不偷懒，他一个人做了三个人的事。

他并不叫大家起疑心，因为他替他们做事，并非故意的讨好，而自有他的打算——一种狡猾的诚实。他常常念道：“俺可就是吃的多咧！”大家放心了他，他的热心帮忙，敢情是为多吃一口。于是，四大妈在餐后，还给他藏起两个大饼子来。

他不爱多说话，可是抽冷子也会说个顶放肆的农村间的笑话，招得大家把肚子笑疼。别人笑，他板着脸。女人们脸红了，他满不在乎。连男带女都善意的指着他说：“真是活宝！”

在他的种种工作中，他最喜欢挑水。自从他上工，王宅的水缸，坛子，罐子，永远是浮着沿儿的水。一看缸中空了四分之一或五分之一，马上他挑起水桶就走。他不仅到离王宅最近的井去汲水，他各处去找井，他的理由是试一试各井的水，看看哪一口井的水最甜。

当他挑水桶在街上走的时候，他的眼睛给同他来的弟兄们点了名。他们谁也不招呼他，大家的眉毛往上一挑便彼此会意。有的面向南，手抓抓头，他知道了：这家伙是住在南门外。有的用手摸摸鼻子，他知道了：这家伙已住在城内。他不用向他们作暗号，因为他的水桶上有很显明的“王宅”两个字。他把水桶换换肩，他们知道了：要小心。他把水桶放下，休息一会，他们晓得等候命令。

他真勤，真爱挑水，王宅的人都晓得了他有挑水的瘾。看他，当挑出空桶的时候，他故意的叫水桶左右的摇摆，口中哼唧着又像老鹰叫，又像是一种什么古怪的梆子腔，他的快活简直像每顿都吃肉馅的饺子似的。当把水挑回来，离朱漆大门不远的时候，喝，他一手扶着一头的绳子，水桶纹丝不动，他的大脚像在地上弹似的，快步如飞。直到晚上入寝，他才摸着肩上红肿起来的肉，偷偷的说几声：真要命！

他不敢早睡，也不敢晚起，他怕夜里说梦话，叫别人听去。别人都睡了，他才睡；别人都没起来，他先起来；这样，他才放心自己。他很疲乏，有时感到焦躁，可是他须管住自己的脾气——真要命！

在井台上，他遇见了李德明——也挑着一副水桶来打水。石队长一边汲水，一边下命令："你回去报告这里的情形，赶快回来！不容易进城，就到老郑那里去，他会帮忙！"

李德明迈步就走。石队长急切的说："水桶！真要命！"

文城的人这几天颇有点死而复活的样子，而敌人的检查与防备也就更严的，所以石队长告诉李德明："不容易进城，就去找老郑。"

文城的人们不晓得军情，但是敌军一调动，他们便想到国军来反攻。他们的苦痛无法解除。他们的耻辱无法洗刷，他们的生命无法得到安全，除了国军反攻。在最初，他们怕敌兵。后来，他们恨敌兵。现在，他们觉到敌兵是应当被杀死的东西。敌兵的调动多半是在夜里，文城的人们在晚上九点钟就不敢出门，可是他们的耳朵并没有聋。他们听到城外火车的不断的响声，城内路上的马嘶与车声。他们不能入睡，不约而同的想到"里应外合"。假若国军真攻到，他们愿意泼出命去参加战斗。他们觉得唐连长虽死而并未曾死，他永远活着，光荣的活着。他们才是真死了呢，虽然还带着一口气。

他们收纳了石队长带来的人，冒脸！但是他们愿意冒险，只有冒险才能救活他们自己。他们没有打听，而自然的认识了王宅的新来水夫。他装得那么像；但是他瞒不了大家：大家久希望来个英雄：现在，英雄来了！

像蚂蚁相遇，彼此碰一碰头上的须，像蜂巢有什么危机，蜂儿们马上都紧张起来，文城的人们虽然没有任何显明的表示与动作，可是全城都有一种不活动的活动，不言而喻的期待，安静的紧张。像听见树叶飘落，便知秋已来到似的，王举人的心里也有些不安。他知道的比大家更多一点，可就也更多一些不安。他知道敌兵是出去消灭山下的军队，可是他知道出去的敌军已经有不少已经回来——带着彩，或已经一声不出了。

他常常无缘无故的出一身冷汗。假若国军攻到，他怎么办呢？是的，他是为保护他的生命财产才投降的；但是，这是个可以邀得谅解的理由吗？他觉得自己是已立在悬崖上，一阵风便能把他吹下去——粉碎他。他没有从什么气节，名誉上着想而忏悔，他只后悔投降了敌人而仍不能安全。这种后悔慢慢变成愤怨，恨老天爷为什么把他放在这个地方，这个时间，叫他前怕狼，后怕虎的受罪！

正是在他这么怨天尤人的时候，石队长把带来的信交给他。

“怎么？你——”王举人的脸上白得像张纸。

“我是石队长，请你写回信！”

“写回信？”

“到了你将功折罪的时候了！”石队长的话像预备了许多时候的，简单扼要的。

“我并不知道多少他们的事，你看……”他说不下去了，他的喉中被一股怨气噎住。

“从今天起，你得设法多知道点他们的事，告诉我！”

“干什么呢？”

“我们好反攻！”

“反攻？又打仗？又——”他以为日本人既攻下城来，文城就从此不会再有战事，一直到他整整齐齐的入了棺材。他死后，日本人是永远占据着文城呢，还是国军再打回来呢，便与他一点不相干了。

“当然！快写信！我给你半天的限，你要是想陷害我呢，我还有许多同伴呢，会在一点钟内要你的老命！我挑水去啦！”石队长很有礼貌的走出来。

王举人足足的发了半个钟头的愣。弄来弄去，原来他自己的家里就是个战场——两边的人都有，说不定什么时候就动手打起来，怎么办呢？

他不敢多在家里，谁知道什么时候石队长一变脸，就把他打死呢！

他也不敢多到维持会去。平日，他只截三跳两的去一会儿，有什么要紧的公事，自有人送到他的家里来。现在，假若他天天去，而且东看看，西问问，岂不叫日本人疑心他么？没办法！

这时候，梦莲来了，他吓了一跳。他仿佛已经不大认识了她，他很喜欢看见她，可是又觉得她很疏远，疏远了已经好久好久。

她很瘦，眼上有个黑圈，好像刚才病过一场似的，可是，她的脸上带着一点琢磨不透的笑意。

“爸爸！”她的确是笑了。

“干什么？”

“二狗这两天怎样？”

“什么怎样？”

“那件事！我想啊，爸爸，一山大概是死了！”她低下头去。

“怎么？”

“老没有来信了！”她抬起头来，赶紧又低下去。

“噢！”他燃着了火纸，想了一会儿。“你想明白了？二狗不坏！”

“我是这么想，咱们跟二狗亲密一点，他好多帮你忙！这两天，”她望外打了一眼，把声音放低，“外边好像又乱。他要是多告诉咱们消息，兵来将挡，咱们好有个准备呀！”

“好孩子！对！”举人公要笑，但只抿了抿嘴，表示出自己有涵养。

这时候，大门内有人发威——二狗的声音。

二狗进大门。石队长挑着满满的两大桶水也进大门。他往旁边一闪，为是让开二狗，可是水桶一歪，洒得二狗的皮鞋与裤腿上全是水，二狗的小眼瞪得无法再大一点，“混账！混账！”

石队长放下水桶，解开破袄，脱下来，跪下，给二狗擦鞋嘴中唏唏的干出气，他说不出什么来。

二狗的气消下去一点，口中还骂着，可是没有前两声那么有力了。“滚开！越擦越脏！”

“我叫石头，乡下人！”石队长羞惭满面的慢慢往起立，轻轻抖着破袄。“老爷！你要叫俺赔，俺可贴不起咧！”

梦莲在二门里向外探了探头。二狗立刻摆出宽大与漂亮：“谁叫你赔？赔得起？”说罢，疾步往里走，希望追上梦莲。她已经走出相当的远，但是忽然立住，回了头，二狗的眼晕了一小下。

二十三

真要命！就是那么故意的把水洒在二狗的皮鞋上，石队长叫二狗认识了他。

拿好了时候，他又找到梦莲："给我个戒指，要金的！"他指着她的手。

她把小手垂下来，像要把它藏起来似的。她手上的戒指是一山给她的。

愣了一小会儿，她极快的打开梳妆台上的小抽屉，拿出个金戒指来，交给他，她完全信任石队长，不想细问什么，她是书香门第的女儿，她丢得起一个戒指，即使石队长是有意骗她。

石队长用手掌掂了掂戒指，笑了一下，走出去。

借了一件干净的蓝大褂，石队长去拜访刘二狗。到了刘宅大门，他很客气的求门上给他传进去："王举人那里来的人，王小姐派我来的！劳驾了，你老！"

二狗的卧室很大很低很黑。屋子很大，但是没有什么空气。门关着，窗户都用厚纸糊得严严的。屋子很大，可是几乎没有下脚的地方。床上，地上，桌子上，全乱堆着东西，而且应当在地上的是在桌上，应当在桌上的反倒在床上。在这些乱七八糟的东西中，颇有几件玩具，什么兔子王，铁片做的小炮车，和走马灯，都占据着较比重要的地位。二狗喜爱玩具。他也喜欢动物，壁上挂着四五个鸟笼，有碧玉鸟，小黑八哥和画眉；鸟们由食罐中弹出来的谷粒和谷皮洒满了地。桌上，有一玻璃缸金鱼；缸上扣着二狗的一顶帽子，小金鱼因为缺乏空气，都斜着喘吸着最后的呼吸。地上，在痰盂夜壶果子皮脸盆之间，趴着一条大狼狗。这是个有家具与玩物的小动物园，腥臭，杂乱，黑暗。这里的最重要的动物是二狗，穿着洋服。

石队长一进门坎，眼前一黑，几乎呕吐出来。他还什么也没有看清，手上已觉得有个什么湿渌渌的东西在舐他。

“夜司！”二狗的声音，在呼叱那条大狼狗。他只知道说一个英国字，“夜司”。狗是外国种，当然得有洋名字，因此它便成了有毛的“夜司”。

夜司——假若“狗像主人”的话是真的——是狗中的坏蛋：它永远先舐人家的手或向人摇尾求怜而后冷不防的咬住一口肉不撒嘴。它连三岁的娃娃也照样的咬。

“夜司！”二狗赶过来。

夜司向它主人翻了翻白眼，喉兀兀的响了一阵，才又趴在盆子罐子之间，端详着石队长的大脚。

“你？”二狗没想到梦莲会派这个愣家伙来。

“就是俺！那天俺太对不起咧！”

“你出去！谁稀罕你来道歉！”二狗指着门，夜司的耳朵又竖起来。

“王小姐叫俺来的！你看！”石队长用戒指晃了二狗一下。“王小姐跟俺姑父好，俺是她的心腹人咧！”

“你坐下！”

“俺不敢咧！”可是，石队长把倒在地上的一个凳子扶起来，大大方方的坐下了。“俺家小姐可想你咧，这不是她的戒指？”他把戒指端端正正的放在手心上。

二狗混身的每一个汗毛眼都炸了一下，伸手抢那个戒指。

石队长的大手一扣，把戒指扣住，“你老坐下！听俺说！”

二狗被催眠了过去，乖乖的坐下。

“丁一山是怎么死咧？”石队长的黑眼珠像钉子似的，把二狗的灵魂钉牢。

“她知道了？”二狗问。

“她怎会不知道呀！她没疑心你，你是她的好朋友咧。”

“一定不是我！”二狗心中松了一口气。

“她爱的是你和丁一山；一山死啦，她不爱你还爱谁？可是，你得告诉我，谁打死一山的？”

“我，”

“你听着！”石队长越来越起劲。“你听着！你要是知道谁是凶手，把他逮住，给一山报了仇。叫城里的人都知道一山死了，王小姐才好大摇大摆的跟了你，是不是？看，”他把大手打开，又露出一次金光，“王小姐说咧，把一山的尸首找到，好好的发送，她就跟你定婚咧！”

二狗沉默了好大半天，他决定牺牲田麻子。

“梦莲是真心实意吗？”他问。

“给你！”石队长把戒指拿起很高，手指一松，戒指落在二狗的手掌上。

二狗觉得手掌上似乎落了一滴烧滚了的油！

“想想吧！”石队长继续训话：“人家一位千金小姐，把戒指给了你，是闹着玩的事吗？”

二狗看看手上的金戒指，看着看着，手指一拳，紧紧的握住它。“好！田麻子！”

“开烟馆的田麻子？”

二狗点点头。

“好！俺走咧！”石队长立起来。“俺走咧！”石队长立着不动。“俺走咧！”石队长反倒凑到二狗的身旁。“大爷！不给俩酒钱吗？你大喜咧！”

二狗掏出来一块钱。石队长笑着把钱放在桌上。“俺走咧！”二狗把一块钱收回，换了一张五元的票子。“给你！”

石队长还往外走。二狗赶过来，塞给他两张五元的票子。“道谢咧！”石队长走出来。

在路上，石队长看见一位弟兄，石队长和他碰了个满怀，把两张钞票换了手：“买几斤肉吃，不准喝酒！”

石队长把田麻子调出东门来。在关厢外大槐树那里，他埋伏下两个人。

田麻子很有些武艺，十年前，他还能客串武戏呢。酒、色、烟，毁坏了他的身体，但在必要时，他还能手疾眼快的应付两下子。高身量，长脸，三角眼，脸上有些细麻子，他的嘴唇老在颤动。

一见石队长，田麻子的心里就明白了一半。他知道，假若不跟着这个家伙走，马上就得出岔子。他的三角眼是不揉沙子的。

快到了大槐树，田麻子的长而黄暗的脸上出了汗，嘴唇颤得更厉害了。“你到底要干什么？”他烦躁的问。

“到时候告诉你！”石队长的大手握住麻子的手腕。

麻子是练过工夫的，他想用技巧补助力气，抽冷子翻过手腕来。但是没有用。石队长的手像个扣紧了的铐子，杀得他的肉生疼，麻子无可奈何的笑了：“松松我！我走就是了！”

到了大槐树底下，石队长松了手。

田麻子一个箭步，蹿出去，把身子半掩在槐树后，要掏出家伙来。石队长哈哈的笑了。两个弟兄从后面把麻子的腕子和脖子同时攥住。枪被夺过去，一搡，田麻子的嘴，颤动着吻了地。两个人又藏起来。

“起来！”石队长抓住麻子的衣领往起一提。

田麻子坐起来，长脸像犯了烟瘾似的出着汗，颜色变成暗绿的。

石队长指着树下，“田麻子，我的朋友把血流在了这块！”

“不是我！不是我！”麻子的脏而黄的手指也颤起来。

“二狗都说了！骨气点，好汉做事好汉当！”

田麻子的三角眼向下扣得更厉害了，自言自语的：“二狗卖了我，好个王八蛋！”

“你有两条道好走：一条是叫我把子弹放在你的脏臭的脑子里一两个。别以为你在日本人手下，我就毙不了你；正因为你给他们做事，我才要毙你，什么地方我都能毙了你。另一条是改邪归正，跟我做事。你自己挑吧！”

麻子半天没说话，最后，他出了声：“还有第三条道，我去打死刘二狗！”

石队长摇头，“没有那么便宜的事！打死二狗，你偷偷的逃跑，太便宜！你是哪国的人？”

“嗯？”麻子好像没有听明白。

“你是哪——一国——的人？”

“中国人！”田麻子低声的说。

“完了！中国人不给中国做点事？”

“我能干什么呢？”麻子啃了啃指甲。

“他们俩，”石队长指着树后，“从今天起，就住在你的烟馆里。给你，这是一百块钱，他们俩的房饭钱。你探听来的消息，告诉他们俩。可以吧？”

“探听什么呢？”田麻子的脸上松润了点，用又脏又黄的手指数着钞票。

“听着！日本人在哪里藏的军火最多，先去打听明白！你能进到司令部去？”

“跟二狗进去过！”

“他们都认识你？”

田麻子点点头。

“去偷作战的地图！”

“那？”田麻子的三角眼瞪开了。

“有你的好处！三天内地图到手，有你五百块钱！”

“我，我，”田麻子咽了两口吐沫。

“你试试？”

“我，我，试试！”

“好，你同他们俩走，”看田麻子立起来，石队长又把他按下，手指指着他的鼻尖，“你要是耍坏，不好好做，我随时叫你的血也流在这里，给我的朋友报仇！”

二十四

文城有空袭警报，天空来了十一架中国飞机。城里的人们听着那空中的有规律的响声，心里跳动的很快。石队长的心跳得最快。他觉得在他腰中睡觉的手枪应当马上醒来，做点什么了。

由田麻子的情报中，他知道了小城隍庙里的军火最多，而且守卫的人很少。由城外的弟兄们的报告，他知道车站上有大批的棉花，就要往北运走。他下了命令：在城外的就住在城外，不必进城来；什么时候听到城里动手，都焚烧棉花和其他值得消灭的东西，工作完成，他们在城外接应由城内往外冲的弟兄们。对城内的弟兄，他的命令是四门同时放火，分散敌人的兵力，而后一小股包围司令部，而主力去偷劫城隍庙。假若敌兵太多，不易得手，大家应当都集中到城隍庙一带，随时听候命令，他自己必定在那里。王举人的，刘二狗的，和别的两三个地位较高的汉奸的，房子，都是放火的地方。他要教汉奸们知道点国军的厉害。

全布置好了，他的心中成了一片空白。买了一大堆煮地瓜，连须带皮的吃下去，吃得他胃中直冒酸水。他等着李德明回来，才能发令叫大家动手。他觉得他的布置非常的周密，必定成功，所以不愿再去多想。他只盼着老李快快回来，好快快动手，痛痛快快的打上一场。

天黑了，李德明还没有回来。石队长急得头上出了汗。不是慌，是急。他怕夜长梦多，不定什么时候就出了岔子。当兵多年，无论在怎样危险的时候与地点，他都不懂得害怕。但是，他怕误了时机而损失了自己的弟兄。他自己什么时候死，他向无顾虑；可是他不能因为不谨慎而白白送了弟兄们的命。

对梦莲的安全，他本应当不管；那不是公事。但是，为了死去的朋友，一山，他在情义上又不能不管她。这很使他为难。她是个娇生惯养的小姐。假若不幸因保护她而使公事出了岔子，那可怎么办呢？想来想去，他决定只能给她个警告，叫她赶快逃避开。她若听信呢，算是他尽了朋友之谊；她若不听从呢，也就无法。

可是，当他在街上办事的一会儿工夫，王宅已发生了“不幸事件”。

二狗戴着梦莲给他的戒指，来向她求爱。他的永远像肉蛆那样扭动的身体，现在像中了电似的那么活动；胳臂，腿，脊背，屁股，都在动，好像四肢百体都要分家似的。他的嘴张着，眼睛只剩下一条缝，满脸都是笑纹，像一条野猫在发笑。

梦莲，没有忘了石队长的嘱告，想和他敷衍。她讨厌他像讨厌一条丑恶的蛇，但是她必须忍耐；为了给一山报仇，她不敢发脾气。

一看见他，她的脸上立刻发了白，脸似乎忽然缩小了一圈，眉头拧在一处，满脸上起着小冷疙疸。费了极大的力量，她才把眉头解开，勉强的一笑。她恨自己这样挤出一点笑意来。可是，为了一山，为了文城，她不得不这样做。她已不是一位小姐，她应当做个对抗战有用的人。心中这样一算计，她心中平静了许多，脸上的小冷疙疸都退了下去。她希望二狗好好的坐下，和她谈一谈；在谈话中，她好探听敌军的动静。

可是，二狗并不肯坐下；他混身抽动着向前走。

“坐下！”梦莲的声音很低，可是很有力量。

二狗的嘴角插到腮部去，扯成一条长缝。他抬起右手，用右手的食指指那个戒指。“凄！凄！”他口中响了两声。

“你坐下！”梦莲想阻止他的前进。

他还往前凑。腰部扭了扭，匆忙的用手抓了抓腰杆。而后，几乎是一步，迈到她身前。他混身发着痒，发着烧，发着臭气，逼近了她，像一块放在火里的生铁，冒着臭味，发着热气。梦莲感到一股臭热扑来，她噎了一口。她要发怒。她又抑制住自己。把声音提高，带出厌恶与无可如何的神气，说：“坐下！”

他的脸上不再笑，小眼睁开，身上颤动着，愣了一小会儿。忽然的，他的手抓住她的臂，从牙缝里挤出：“你过来！”他猛的往前一拉，她的肩碰到他的胸。

梦莲的血流涨了小脸。她不能再忍受。想往外夺她的臂，可是被他抓得很紧，夺不出来。他的另一只手搂住她的腰，头低下来：“给我！”他向她求吻。

她往外夺胳臂，夺不动。他越握越紧，她感到疼痛。他的唇已碰到她的腮门上；热，臭，使她恶心。她闭住气，低着头，拼命夺她的胳臂。但是没用。他已经疯了。他急，喘，一股股不好闻的热气吹到她的头发上，脑门上。她没办法。泪来到她的眶中，她咬住嘴唇，还拼命的挣扎。

她抵御，他进攻。他的脸红起来，眼中发出含着毒素的光。像个搂抱住人的猩猩，他要把她搂碎。她的头发乱了，眼已被泪迷住。她盲目的挣扎。虽然已经筋疲力尽，她还不敢停止抵抗。她知道一松懈，她便丢失了一切。

“给我！给我！”他喘息着低叫。

幸而，她穿着皮鞋。忽然的，她想到脚下的利器。她挣扎着调动，把脚抬起，把鞋后跟像个小钉锤似的砸在他的脚趾上。

“哎哟！”他像受了伤的野兽，叫了一声。他撒开了手。

她急忙往外跑。

他顾不得用手抚摸脚趾，极快的去挡住她。“哪里跑！”像一座罪恶的十字架，他的双手左右平伸挡住了门，他的洋服上全是褶皱，领带歪在一边。他的脸由红而白，小眼睛狠狠的放出毒光。“给了我戒指，就得让我×！”他喘息着说出实话。

她往后退，抓到剪刀，心中安定了些。不，她不能刺杀了他，她的责任是敷衍他，套他的话。当她在他的手中的时候，她没法子不抵抗。她本能的要保卫自己，保卫那比身体更重要的，那比历史还久远的，一点什么近乎神秘的东西。现在，剪刀在手，她把那点顾虑减轻，而把注意全移到石队长的嘱咐上来。她既要保卫自己，像任何一个女性所必为的；同时，她也要敢于战斗，像一切在抗战中英勇的女性那样勇敢。她不大会做这些，但是她必须去做；私人的，文城的，全国的，仇恨，逼迫她必须去做。她把气壮起来。

“不用挡着门，我不跑！”她随便的用手理了理头发。

“跑？你敢喊一声，我就枪毙了你！”他垂下手来，摸了摸身上的枪。他确是急了，像一条发了性的野牛那样着急。这时候，梦莲在他眼中只是一块泄兽欲的肉，得不到这块肉，他就打死它。

“我不会喊叫！”梦莲轻蔑的一笑。“我给了你我的戒指，还能反悔吗？你想想！”

“你想想”这三个字，在这种时节说出来，有多么不合适；可是，唯其极不合适，仿佛才有些特别的，想不到的作用。他开始思索。

“你要我！”他愣了一会儿才这样说。

梦莲并不愿和他多费话，可是惟有费话才能叫他的野性慢慢的减退。“谁要你？我要你干吗？”

这些没用，无聊的话果然叫他心中痛快了点；他的智力只能欣赏这种没用无聊的驳辩。他笑了。

他凑近来一点。不是强迫，而是央求："给我！"他等了一会儿。见她不语，他找补上："你要什么，我给你什么！你知道吗？新近来的东洋官答应了我，叫我做会长。以前的东洋官们要礼物，不要钱；新近来的这位要钱，也要礼物。我已经送过去这个！"他得意的伸出三个手指，颇像童子军行礼似的。

"三万？"梦莲故意的摆出笑脸。

他得意的点了点头。"反正你爸爸也老了，这不算我顶他。他退下来，我上去；我是会长，你是会长太太！你要太阳，我都可以给你掰下一块来！好不好？好不好？给我！给我！"他又慢慢的往前凑。"你已经是我的人了。何必呢，早晚不是一样？"

梦莲不敢假作媚态，那适足以引逗他的火。同时，她也不敢太强硬，惹翻了他。她只摇了摇头。然后，她把眼盯在他的脸上，叫他知道她一点也不怕他。"等一等！婚姻大事，哪能这么潦草？我问你，这些日子，城外是不是打仗呢？"

"打呢！关你什么事？"

"打的怎样？"

"我不大知道！"

"你还会不知道？"

"东洋官不说打仗的事。"

"呕！你一点也不知道？"

"嗯，知道一点。大概中国兵打了两个胜仗，都退了！"

"都退了？"梦莲的心沉落下去。她想：假若国军撤退，石队长就也必不久离开文城；一山的仇怎么报呢？假若不能报仇，她何苦忍辱受耻的和二狗敷衍呢？她想立刻用手中的剪刀！

当她这样横心的时候，她的泪反倒无可遏止的流下来。她想起来一切。一山与她，都这么年轻，可是一山已经死去，她也得结束她的性命！她不怕死；因为死，在敌人的魔掌下，已是家常便饭。她只是觉到一种孤寂——到死的时候，还没有一个亲人安慰她几句。不错，死后也许能和一山在一处。可是两个魂是否还有青春所应有的愉快呢？

偷偷的把剪刀藏在背后，她看着二狗往前凑。

二十五

假若二狗再前凑一步，虽然他不一定死，可是梦莲的剪刀必会刺伤了他；自然，也许他的手枪会打死梦莲。

搁在平日，二狗与梦莲无论如何也不会凑在一处，演一出喜剧或悲剧。战争，可是，动摇了一切，改变了一切。它使正与负会同时立在一处，良与恶同时昌旺。它不但杀人也要消灭人间的正气。人，在这时候，须胜过战争，才能使正义胜利。被炮火烧杀恐吓住的，一低头，一屈膝，便把自己从国民的名册上勾销了。把一时的利益看成千载一时的机会的，便丧失了永生。梦莲很弱，可是有一颗安正了的心。只要她的一点热血沸腾起来，她便会胜过了战争。她未必能刺死二狗，但是她的决定是和正义一样伟大的。

正在这个时候，田麻子来找二狗。

“你来干什么？”二狗发了脾气，因为田麻子打断了他的求爱的进行。

田麻子的三角眼往下扣了两扣。“有要紧的事！请你老出来！”

“什么要紧的事？就在这儿说吧！梦莲不是外人！”二狗指了她一下。

“梦莲”从二狗口中叫出来，使梦莲的胃部向上翻了一下。可是，她压住气，勉强的摆出点笑容，向田麻子说：“对啦，就在这儿说吧！”她要听听他们的话。

田麻子的暗黄色的脸上显出为难的样子，他不愿当着梦莲的面谈话。

“他妈的你说呀！”二狗对田麻子没有好气的说。他决定不离开梦莲。“这，”他又指了她一下，“是我的太太！”

与其说是因害羞，不如说是因发怒，梦莲的脸一直红到了耳根，她咽了一大口吐沫。咬上牙，她决定再忍耐。

田麻子的嘴唇颤动了几下，而后将三角眼闭了一小会儿：“那么，待会儿再说吧！”他要往外走。

“回来！你又闹什么鬼呢？说！”

田麻子无可如何的立定。

“说呀！你有什么毛病吧？”

麻子也咽了一大口吐沫。凭他当年的工夫武艺，他看不起二狗。凭二狗的出卖他，他恨二狗。可是大烟毁了他的身体，也消灭了他的志气。他得服从二狗，巴结二狗。

“什么事？”二狗急于听完话，把麻子赶走，好继续向梦莲求爱。他心烧着一把欲火，而只有梦莲的屈服才能使他心中平静；他决定叫她屈服。到必要时，他会掏出枪来。

“那什么，那什么，”田麻子的嘴唇像秋风吹动的树叶，一劲儿颤动。他老想做坏事，因为只有为恶才能赚来大烟。他又老不能忘去当年的英勇漂亮，而当年的光荣是以义气为基础的。英勇与衰颓，义气与作恶，在他心中常常交战；他常常后悔。可是，大烟使他的后悔失去改过的决心，他越后悔，越颓丧；结果，他常带着悔意去作恶，后悔反给他自己一点安慰，他会绕着圈子原谅自己。

“到底是什么呀？”二狗催了他一板。

梦莲轻轻的坐下，揉了揉太阳穴，她觉得头痛。

“那个——”田麻子又迟疑了一下。“你看看去吧！大概王举人叫他们给‘请’了去啦！”

梦莲听得出那个“请”字是另有一个意思。在文城，被敌人绑去的与被请去的都会永远“失踪”。她极快的立起来，想问个详细。可是，她说不出话来。不错，举人公是她的父亲，而且是极慈爱的父亲；但是，由国家民族的立场来说，他是汉奸。她没法不关切他，又没法不怨恨他。她不能只顾父女之情，而把更大的事情忽略了。

“叫谁请去的？”二狗问。

“东洋人！”

“什么时候？”

“刚才！来了四位宪兵！”

“为什么？”

田麻子的唇动了好几动，但是没出一声，他的三角眼往下扣着，不敢看梦莲。

“为什么？”梦莲凑近，问了声。

麻子的嘴唇颤动得更厉害了。

“你去看看吧！”梦莲假意央告二狗，“他是我的父亲！”

“对！他是我的老丈人！”二狗得意的笑了笑。“我去，马上去，马上回来；你等着我！”他用手摸了她的脸蛋一下。

二狗往外走，田麻子随着。梦莲一把抓住麻子的腕子，“你等等！”

田麻子的绿脸上出了汗。

杀一山的是他，他知道一山是梦莲的未婚夫。现在，他又陷害王举人，梦莲的父亲。他不怕杀人，但是他始终没有完全杀死自己天良。同时，梦莲是这么瘦弱，纯洁，正道，他觉得对不起她！

“来！告诉我怎回事！”梦莲扯住他的袖口。

“姑娘！你快走！一刻别再耽误，快走！”

“走？”

“逃命！”田麻子的汗出得痛快了一点。“我无恶不作，我是坏蛋！可是，我愿意救你的命！快走！”

“到底怎回事呢？”

“不要再问，赶快出城！我对天鸣誓，我没对你扯谎！”说完，他夺开胳臂，像条钻出网眼的鱼似的跑出去。

梦莲想镇静一会儿。但是，一山、二狗、石队长、父亲、文城、敌人、战争……像同时烧起的火头，她不晓得应当先去扑救哪一个。她想倒在床上去慢慢思索，但是二狗的压迫，父亲的被请去，与田麻子的警告，已经使她感到危险；这已不是慢慢思索的时候了！她身上出了汗。东看看，西看看，她决定不了什么。可是她的脚自动的往外走。走到门口，她又赶快走回来，她用力扯开抽屉，抓了一把戒指一类的首饰，塞在口袋里。然后，她抓起件大衣，披在身上。披上了大衣，她更慌了。她仿佛已经看到危险。腿上的肉发着颤，她匆匆的走出去。

经过外院，她往父亲屋中打了一眼，没有人。她想进去看看，可是她的发颤的腿不敢停。她像被什么恶鬼驱赶着似的走出大门。她着急，恨不能一步跨出城门去。但是，她不敢跑，恐怕惹起注意。她不快不慢的走，每一步都踏在针尖上。她觉到不能忍受的寂寞孤独。她已经失去可以做她的终身伴侣的一山，现在她又失去了父亲，失去了家。她舍不得家，但是她决定不再回去，而且不敢再多想；她知道再往下想，她的腿就会软得不能再走一步。

她切盼遇见石队长，她的眼往四处瞧，希望能从行人中把他找到。找不到他。他的脚步慢下来：上哪儿去呢？

她的脚步又加快了：她想起松叔叔，她出了东门。松叔叔的家好像比她自己的家更美丽，更安全；松叔叔的家是她能得到自由的起点。她加速了脚步，她看见了希望。她想起当初为和一山定婚而逃往松叔叔的家里那一幕喜剧。那时候，她是多么幼稚，天真，可是也多么快乐自由。那时候，她的惟一的敌人是父亲，而父亲也不过是只要多管点闲事，并没有，丝毫没有，伤害她的意思。现在，她变了，变成了个没有快乐与自由的人；她须用她的脑子、眼睛、手、脚，去对付真正的敌人——她自己的，也是全国人的，敌人。她感到孤独、难受；可是也有点得意：人是要长大的，不能老是小孩子。她低着头看了看自己的脚，鞋上满是黄土。她觉出来，她已不是个孩子，而是个小妇人，一个没有结过婚就守了寡的小妇人，一个失去一切而还得挣扎奋斗的，一个由无忧无虑而变为家破人亡的小妇人。什么是前途？谁知道。她只知道她须向前走。她不能再退回去。生命、年岁、遭遇，都不能向后退。她得勇敢的前进；过去的不会再回来；眷恋、怨恨，是最没有价值的。她觉得孤独，可也觉出点独立的精神；她感到前途的空虚，可也感到一种渺茫的充实；生命的力量会把空虚填满，使它充实。

这时候，已经是下午三点钟。昏黄无力的太阳像要偷懒早睡似的，已离西面大山的山头不远。大地上薄薄的罩着一层比雾干燥轻淡的烟，给山、林、房屋，一点寒意与淡淡的灰色。寒鸦成群的缓缓的飞，彼此相怜相唤。梦莲不敢往远处看。大地上的寒、远、荒、静，使她害怕。她的身上已出了汗，而脚上更加了劲，她几乎是小跑着了。她只盼快快到了松叔叔的那片松林：松林的茅舍会给她安全与温暖。

离松林不远了，她放缓了步儿，喘喘气。微淡的阳光使松树的绿叶发黑，朝西的树干上有点微黄。黑绿的松叶上是浅灰的天。她不愿再看那天上的使人心寒的颜色，她愿立刻钻进松林去，那黑绿的松叶好像是一团团的最有力的什么神秘的东西，会抵抗风雪冰霜。从前，她总以为这一片松林是一首浪漫的诗，是情人们幽会低语的地方。现在，她觉得松林代表着力量，没有半点浪漫气息，而是老老实实的立在那里抵抗着风寒。她自己应当坚强，像那些松树似的。

她看见了松叔叔的草房。草房的顶子也是灰黄的，可是在她眼中却好像有些和暖的热气与金光。她向着那光亮的地方飞跑，希望立刻看到松叔叔的和善面孔。

离茅屋有五百多步吧，地上有三尺长的一块红的东西。天是灰的，山是灰的，太阳是灰的，四处的烟雾是灰的；在这灰寒的世界里忽然看见一块红，梦莲的眼睛昏花了一下，她立住了。她想不起那应当是什么东西。眨了眨眼，她看明白，那是一个村妇的红棉袄，那块红在动。她想出来：一定是铁柱的媳妇在掘白薯或是萝卜。

那一块红的左边有个小小的田埂。田埂的那边蹲着一个男人。梦莲只能看到他的头与背的一部分，下面都被小土岗儿挡住。她猜：那是铁柱子。

梦莲不想惊动这小夫妇。她向右走，想擦着松林走到草房去。同时，她还有点不大喜欢这小夫妇似的，所以想躲开他们。平日，她因为爱松叔叔，所以对小夫妇也有好感。今天，她看小夫妇在田间工作，而她自己是逃亡，不由的有一点嫉妒。

离草舍有几十步了，她听到一声尖锐的女人的喊叫，尖锐得像要把静静的天空划破！她立住，未加思索的向郑家媳妇那边看。那块红的东西已被一个敌兵搂住。她的心要跳出来。她往前跑了两步，想去救那个媳妇。可是，她没有武器，她的热心只足叫她去自投罗网。她又立定。这时候，那蹲在田岗后的人，像忽然从地里钻出来似的，手中拿着条黑的东西，扑了过去。梦莲忘了一切顾忌，不由的喊出来："打！"黑的东西落在敌兵的头上，敌兵晃了几晃，红的衣服又全露出来。由田岗的后边发出枪声，小郑直挺着身躯，脸朝下，倒下去。又是一声尖锐的狂喊。红棉袄在动。又一声枪声，红衣服也倒下去。

梦莲向草房狂奔，一边跑一边喊：松叔叔！松叔叔！没有回应。她跑进了茅屋，没有人。松叔叔！松叔叔！极快的，她把茅屋都穿了一过儿，没有个人影。外面，鸡在惊叫。

她又走回来，走到房门口，她看见三个敌兵都托着枪冲着草房走来！

二十六

田麻子出卖了王举人。

在石队长威胁利诱下，他曾想到：从此改邪归正，洗净自己手上的血。虽然吃着二狗与日本人的饭，他并不喜欢他们。二狗会随便的卖了他，日本人的拳脚也并不因为他的谄笑而不加在他身上。他想：假若给石队长做点事，然后戒了烟，他大概可以将功赎罪，也去做个敢抵抗日本人的人。他不十分喜欢石队长，因为石队长知道他的恶行。可是，他不能不佩服石队长：石队长是条好汉。他自己在从前也曾充过好汉，他晓得什么是好汉，什么是狗屎。

他有知非改过的倾向，可是，没能成为决心。石队长给他钱花光了，他感到比悔改更实际更迫切的困难。没有钱买不来大烟；没有烟就没有了生命。他须活着。他不能叫自己鼻涕眼泪长久的流着，身子像块破棉絮似的瘫在床上。他忘了石队长给过他钱，而反恨给的不多。

他听说二狗递给新东洋官三万元，二狗有做文城维持会长的希望。他看不起二狗，怀恨二狗，他可是不能与最无情的实际为敌。假若他自己有三万块钱送给日本人，他也可以做几天会长；他既没有，而二狗有，那么他就无法不重新巴结二狗，好保险自己有大烟吃。他知道日本人接了二狗的钱，而未必准叫他做会长，日本是犯不上对中国人讲信义的。他想尽力促成二狗的高升，而后好叫二狗因感激他而给他个肥缺。他也知道日本人受了贿赂以后，发表了行贿人的差事，不到两三个月便免了他的职，好去再另收一份贿赂。所以他愿二狗快快的升官，而且也快快给他个有油水的位置。不管二狗能做三个月还是半年，不管二狗在这短短的期间内怎么去搂钱，或是不搂钱（二狗家里有钱）；反正只要他得到个事便拼命的去搂，在两三个月里便要搂足了钱，搂够了大烟，而后他可以洗手不干，自自由由的躺在床上享受一个较长的时期。

为促成二狗的升官，他须从速的打倒王举人。王举人快快的下台，二狗才能快快的上台。他与王举人没有仇，但是王举人可也对他没有过好处，于是他下了结论：对自己没过好处的差不多也就是仇人；他有充分的理由去陷害王举人。

他知道石队长在王宅。于是，他一方面供给石队长消息，安住石队长的心；一方面他报告日本宪兵：王举人“通敌”。他并没实指出石队长——王宅的仆人——就是“敌”，因为他怕日本人马上去捉石队长，而他自己的性命也要有危险；他知道石队长手下有不少的人。他只说王举人通敌。这就够了。他晓得日本宪兵爱捉人，和狗熊爱吃蜂蜜一样。日本人捉人并不要多少证据与考虑。

王举人被宪兵“请”了去。

当田麻子计划这一切的时候，他忘记了梦莲。假若他记得，他一定不会漏下她。一来，多害一个人和少害一个人并没有多少分别，反正害人就是害人；二来，他知道一山是她的未婚夫——他不晓得她知道不知道一山是他害死的，可是他自己总心虚。王举人被请走，他急切的想见到二狗表功。他没有想到二狗正在梦莲那里。看到了她，他发了慌，他忽然的明白了自己的计划有个漏洞。及至他看清楚二狗是在和她求爱，他觉得他已经不能害她：害了她便得罪了二狗。他是来向二狗表功，不是来得罪他的，同时，他感到嫉妒。二狗既要升官，又要得个年轻漂亮的太太，未免太多了；他不愿叫二狗福禄双全。还有，看到梦莲那么纯正，那么脆弱，他觉得只有释放了她，才能叫自己心中舒服一点。多害一个人是不算什么的，假若他没害过一山与王举人；他觉得杀害全家未免太毒狠，他想给罪恶留一条缝子，好叫自己有可原谅自己的余地。他决定放了她。

由王宅出来，他三步改作二步的赶上了二狗。二狗真要去看王举人，他，不错，是要把举人公顶下来，取而代之。可是，他并不想陷害那个没有多少用处的老人。况且，无论怎么说，举人公是他的明天的老丈人。为取悦于梦莲，他必须去营救他。

田麻子的一片话把他说服：“我给你办的，我够个朋友不够？文城只有你们王、刘两家，配做会长。王家不是刘家的仇人，也得算作仇人。举人老压着你们刘家一头！有他，你永远爬不到树尖儿上去！你还去看他？看他干吗？他的老骨头碎在狱里，还不是活该！”

“梦莲呢？”二狗问。

“举人是举大，她是她！”田麻子用破袖口擦了擦颤动的唇。“女人的心是朝外的，她丢了个会长父亲，而得到个会长丈夫，还不心满意足？再说，女人多的很，何必非她不可？她爱丁一山，一山的鬼会跟着她；你想想看！”

二狗半天没说出话来。他决定不去看举人公。同时，他既舍不得梦莲，又很信一山的鬼有跟她一块儿来的可能：对付鬼还不是件很容易的事！他想不出妥当的办法来。

二狗不语，田麻子忽然害了伯。假若梦莲嫁了二狗，而又发现了她的父亲与一山都是他——田麻子——给害的，她能不鼓动着二狗来收拾他吗？他恨不能一拳把自己打死。一个作恶的人，他想，为什么要有时候后悔，而做出不利于自己的荒唐事呢！同时，在二狗还没有放弃梦莲之前，他又苦苦劝他把她舍了；那一定会得罪了二狗，而得不到他所希望的肥缺。他心中有些发乱，像烟瘾犯了似的，头上出了汗。

“那什么，”田麻子擦了一把汗说：“王举人要是有罪，梦莲恐怕也得受点委屈。你知道，她从前不是和丁一山定过婚吗？一山是‘那边’的，日本人知道了，他们还会饶得了她？这么办，你把她交给我，我把她送出城去，不至于叫日本人把她拿住。过些日子，事情都平静一点，我再把她送回来！我帮人就帮到底，只要我有大烟吃。”这末一句，他是同二狗要价钱。

二狗还没有拿定主意。

“我帮着你做会长，帮着你得到梦莲，二对一，你怎么酬谢我吧？”田麻子干脆的说出来。他心里想：假若二狗能给他一笔钱，他就偷偷的溜了，或者比在文城做个小事——有油水的小事——更省事更安全。

二狗爱钱。他不但不愿讲价还价，连钱字都不愿意提。“你好好的帮着我！只要我做了会长，还能没有你的事吗？”他不能掏自己的腰包，而只能假公济私的给田麻子一个位置。

田麻子到了该吸烟的时候。他恨不能当时把二狗杀了，可是精神已经来不及。他伸了手，“我先弄口烟吃！”二狗只给了他五块钱。他瘾得难过，连再央告一句都懒得张口。接过钱，他急忙往烟馆跑。

二十七

王举人做梦也没想到自己会有这么一步厄运。他没有什么识见，可是他的老眼能看到的，他都苦心焦虑的思索，一点没敢粗心。他不求什么分外的功名利禄，而只求保住自己已有的财产，只求八面都不得罪人，好保全住老命。谁想到日本人会这么翻脸无情，会把他捉到司令部来呢。

他害怕得厉害。他怕日本人没收了他的财产，怕日本人杀了他，怕日本人拷打他——最后，怕日本人糟蹋了他的女儿。从一进司令部的大门，他便颤抖得像患着恶性的疟疾。

当晚，他并没有受审。在一间没有窗纸，没有灯盏，而只有一堆干草与无限的潮气的小屋里，他被圈禁起来。这是优待室。优待室的左右都是普通的牢房，他看不见它们都是什么样子，而只能听见锁镣的响声与酸心的呜咽。

他自己没有受过这样的虐待，所以他永远没有关心过别人的苦痛。假若不是他自己被囚禁在此地，他决不会想象到日本人是这么野蛮，无情，残忍，而他的同胞们都受着这样的地狱里的毒刑与煎熬。他以为，在他入地狱以前，大家的惨受刑戮，都是祸由自取。假若大家能像他那么见机而作，处处顺从，他想，日本人就不会无缘无故的给大家苦头吃。大家吃苦，因为大家无知，日本人并不是豺狼。现在，他知道了日本人的真面目。

但是，他还不肯十分恨日本人。他总觉得自己的不幸多少是命运的关系。他在表面上自居为儒者；在心里，他却相信鬼神，报应，命运。什么都是运数：国家的兴亡，个人的昌败，都由命运管着，无法抵抗。日本人的侵略，在他想，是上应天数，理有固然。他不敢太恨日本人，而委屈含冤的认识自己的命运不佳。因为不能决心恨日本人，所以他对四外的哭声与哀叹并不愿予以同情。他只盼自己的厄运是个短时期的，不久他就会回到家中，享受着闭门悔过的清闲生活。至于那些哭号的囚徒是被日本人钉死在十字架上，还是被活活的烧死，就只凭他们的运气了，与他无关。

这样，他的心中安静了许多，他坐在了乱草上。他还害怕，可是恐惧常常被希望减轻，冲淡。他希望自己的运气不至坏到家破人亡的地步。日本人来捉他，也许完全是一点误会。慢慢的——更往实际一点的事情上想——他准备自己明天怎样去对付日本人。他极愿意得到他的水烟袋，假若吸上几口黄烟，他的思想必然的会更周密。

他准备好：对日本人，他应当对答如流，问什么说什么，叫他们彻底了解他的态度："我不肯得罪人，因为只有谁也不得罪，我才能保住我的老命！我只希望保住老命，并不愿争权夺利！"他想好这些话，并且觉得这些话必能叫日本人相信他的态度完全是一个读书明理的人所应取的。只要他们相信他的话，他们便会毫不迟缓的释放了他。出狱以后，他也顺手儿想到，他应当辞职，闭户读书，以度残年。不过，日本人若是仍旧叫他做事呢，他也不便太坚决；坚决颇足以惹祸。

潮气四面侵袭着他，他的老骨头僵结到一处。他想立起来走动走动。他的磕膝可是僵得已经像一块砖。他抱着双膝，把下巴放在膝盖上。夜像死一样静寂，只有守兵的脚步声与囚犯的悲号时时给静寂一些难堪的变化。王举人想他的女儿。他落了泪。他冷，饿，骨节酸痛，寂寞，害怕；他想女儿。梦莲在哪儿呢？干什么呢？她是不是正在替他奔走，叫他从速脱险呢？他想不到她一定是干什么呢，他想发怒。听一听守兵的脚步声在响，他不敢出声怒骂。他须忍耐，像个饥鼠似的在墙角度过这一夜；一到天明，事情就会有些眉目的。他似睡非睡的迷了一小会儿。

醒过来，睁开眼，反倒觉得是在梦中。四外的悲声已改为长叹和粗声的喘息或突然的短叫，每一个声音都给黑暗中的静寂一点有力的推动，而摸不清是在推动什么。他什么也不敢再想，他觉得四围会随时的过来一只潮湿的，有血的手带着声音，把他推开，推到更黑暗的地方去。他冷，饥，渴；他止不住咳嗽。自己的咳声也奇怪，难听，好像是有个鬼怪在咳呢。潮气好像已经凝成露水，他觉得背上腿上已经湿透。

忍了好几个钟头，他以为应该天亮了，可是四围的潮气仿佛凝成了一张黑的纱，裹住他的身体，压住他的胸膛。天不但没有亮，反而更黑了。他在每一分钟都感到永久的黑暗。

忽然，外面响了一枪。随着枪声，他吐了一口痰；那个枪声是那么突然，那么响，直好像是由他心中唾出来的。他忘了四肢的坚硬与骨节的酸痛，猛的立了起来。外面紧着又是好几枪，枪声交织到二处，成为一片，在空中荡漾着。他跑到门口，摸到屋门，可是没法把它开开。枪声更密了。院中有人奔跑。他想跑出去。手在屋门上颤抖，他听到院中开了枪。离开门，他由没有窗纸的窗子往外看，看不清什么，只觉得仿佛有人，许多人，在院中跑。又开了枪，他看见了火光，就离他不远。院中确是有人跑，他听见锁镣的响声，和喊叫。一会儿院中好像已经挤满了人。人的喊叫压下去枪声与锁镣的响动。人都像发了狂，声音在混乱之中好像还有层次：喊声，吼声，在上面；脚镣稀哩哗啦在下面，当中夹着鞭声与肉声；浮在一片之上是远处的枪声，在天空上打着呼哨。他颤抖到不能再立住。仿佛为给自己一点力气似的，猛的他也喊了一声，可是声音是那么微弱，连他自己仿佛也没能听得真切。他辨不清院中是做什么，只知道大家是在乱碰乱打。他想堵耳孔，不再去听。正在这个时节，街上起了更大的声音。外边进来的声音像大浪压住小浪似的，把院中的嘈杂压得只剩了嗡嗡的一片。街上的喊声是一种狂野，无拘无束的，像千万匹野马在长嘶狂奔。人声中杂着枪声，有时候是一个单响，有时候是一串。举人公的嗓子里干得要冒出火来。他越要想一想这是什么事，他的腿越发软。他须用最大的力量去支持他的腿，他已没有余力去调动他的脑子。

火——远处的天空亮起来。看方向，火头是在举人公的宅子那边！他拼命的推门，想跑出去，一直跑到家。他的宅子是祖产，万不许烧掉！门推不开。近处也起了火，一会儿火头冒过了房顶，照亮了院内的树枝。这时候，他才看院里：囚犯们全带着“家伙”和守狱的敌兵打成一团。敌兵的枪已经不能射，像棍子似的抡，杵，击打。囚犯们用手上的铐，用口中的牙，向敌兵的身上袭击。有的绊倒，有的狂喊，有的负伤败退，有的流着血前进。高的，矮的，老的，少的，全是一团黑影，全在动，全在呼喊。几个敌兵像疯狗一般的挣扎突围，囚犯们像粘合在一处的向前逼进，一步不肯放松。敌兵向东，一群黑影向东；敌兵向西，一团黑的，带声的，乱动的人们向西。动，一齐动；倒，一齐倒；滚，一齐滚。火光暗了一些，乱动的一团团的黑影，变成了乌黑的一片，只有喊声，铁链与铁镣的响声，分不出人形。火光忽然又亮起来，人们的面孔突然显露出来：不是脸，而是一些发红的，带着亮的，活动的什么怪东西。他不愿再看，可是他的眼又不肯放弃权利。他盼望这丑恶的景色不久便会消灭，好使他心中安静下来。他便希望囚犯都被日本兵打死，而日本兵连一个都不损失。他知道日本兵若受了损失，就必十倍百倍要求赔偿，说不定连他自己也要打罣误官司。他恨那些囚犯为什么这样的不度德不量力！“不要再打！不要再打！东洋人会屠城啊，混蛋们！”他颤抖着，用尽了力量叫喊。可怜，他的声音是那么微弱，没人听得见。

忽然，像天塌下来，一声巨响。军火库爆炸了，王举人昏倒在地上。

二十八

不晓得日本兵看见了她没有，梦莲极镇定的退回来。她并不知道自己是很镇定，而是直觉的看到最大的危险，不能慌张。一个相当大的声音就会要了她的命。

她忘了松叔叔的卧室有个旁门。可是，神经忽然像在梦里那么奇妙，她自自然然的奔了旁门去。她已紧张到极度，可是眼前的危险不准她发泄感情。她全身的神经仿佛结成一个钢硬的圆球，使她轻巧从危险中滑出去。她的心，眼，和每一条神经，都注意在横在目前的危险；她的神经的全体动员使她过去一会儿便不能再想起她当时是怎样行动的。她动作得极快，可是她并不觉得快，因为她争取的是每一秒钟，每一秒钟，每一步，都是生与死交界的时间与地方。

出了旁门，好像不是她看到，而倒像飞到她眼中来的，她看见了一个有一房来高的草垛。她钻了进去。在草垛里，时间变成了极慢极慢的，仿佛永远不再动的东西。这时节，只有敌人的声音才足以叫她感到时间的进行。可是，她听不到任何响动。不知等了多久，她又听到鸡的惊叫。时间复活了。随着鸡叫，她听见人的脚步声。危险是时间的随从。

她闭住了气。她向来不迷信，现在她可是开始祷告。祷告并没有用处，鸡一边跑一边惊叫，奔草垛来了！嘎的一声，她觉得草在动；鸡飞到草垛上边。假若敌兵来攀草垛，她就必定被他们发现，而……她不敢往下再想。闭着眼，停止了思想，她等着死亡。

沉重而并不慢的脚步逼近了。每一步，她觉得，像一回小的地震。脚步停在了草垛前。她几乎要昏过去。草垛上的鸡尖锐的长号了一声，飞走；翅膀声和一串短而紧张的叫声一齐走远。鸡刚飞开，刺刀的尖儿刺进了草垛，离她的头有二寸远！她一动也没动。刺刀很快的退出去，脚步声又响了，离开了草垛。她倾耳听着，脚步声越去越远，她分不清那是她自己的心在跳还是敌人在行动呢。

没有任何动静了，一切都死去，梦莲昏昏沉沉的从草垛中爬出来。太阳已经落下去。西边的天空扯着几条微红不景气的薄云。她感到异常的疲乏和孤寂。她不敢进屋，也不知道上哪里去好。她走了几步，又背靠着草垛坐下。西边的红云更红了一些，忽然的发出点亮光；紧跟着，光又收敛回去，红云变成灰黄的一片雾。雾色很快的越来越深，黄昏变成了夜晚。梦莲忘了一切，盘旋在心中的只是："松叔叔上哪儿去了呢？"

从松林里来了一声咳嗽，松叔叔！梦莲立起来，飞跑过去。她不敢喊叫，虽然她想狂叫。她一切委屈与恐惧都忘掉，心中有了痛快的热力。她的泪与笑一齐出来，一边抽嗒一边笑的立在郑老人的面前。

"莲姑娘？"松叔叔的惊讶使她张着嘴立定不动。

她越要笑，也就越要哭。她说不出话来。慢慢的那种近乎"歇司蒂利亚"的笑渐次被悲泣压抑下去，大串的热泪淌下来。

"怎么啦？莲姑娘！"老人凑过来。

抽冷子，她尖锐的笑了一声；紧跟着，哭出声来。

"怎么啦？"老人恭敬的，怜爱的，扶住她的右臂，注视着她。

她依旧说不出话来。

许久，她把泪洒尽，可是更不能说话了。她告诉松叔叔什么呢？她自己有那么多的委屈，已经不是三言两语所能说尽的，况且还有松叔叔的事呢！想到松叔叔的事，她觉得自己的委屈简直值不得一说：她自己到底还是活着，而松叔叔的独子，与新媳妇，都倒在田里呀！她不能不告诉他，但是怎样告诉呢？

"走吧，屋里去！"松叔叔说。

她不动，屋里去不得。一到屋里，他能不问铁柱子吗？有房，有地，有钱，那有什么用呢，假若人是在敌人的脚底下！

"什么时候来的？莲姑娘，没有见铁柱子吗？"松叔叔问。

她怎么回答呢？她必须回答，即使扯谎也比愣着强。"他在田里干活儿呢，我没惊动他。"

"呕！"老人口中不说，而心中很满意儿子这样辛勤，"媳妇呢？"

"也作活哪！"

"看！那个畜生！我嘱咐了又嘱咐，别叫日本鬼子看见她，他偏带她下地！走吧！屋里去！"

她不能去！天已经黑了，难道“那个畜生”还不应当回来？

“松叔叔！”她无可如何的，狠心的，说：“你敢进一趟城不敢？”

“什么时候了，还进城？”松叔叔看了看天，“你要一定叫我去，我就去！”他赶忙改了口气，表示出他对梦莲是绝对服从的。

“松叔叔！”她低声的说：“你要敢去，就赶快跑一趟，告诉石队长赶快准备！”

“准备什么呀？”

“日本人大概已经知道了他是……你知道他是干什么的？”

“知道！”松叔叔愣了一小会儿：“好！我去！叫他赶急逃跑，是不是？”

“告诉他我已经出了城，叫他也赶紧准备；他是逃跑还是留在城里，那就凭他自己决定了。”

“好，我去！”松叔叔开始往前走。“来，到屋里来，等我嘱咐好了铁柱子给你们做什么吃的，我就走！”

“不用！不用！”梦莲又急又愧的拼命阻止他进屋子。“你快去！我会告诉铁柱子给我做饭！”松叔叔又往前走了几步。

“你就由这儿斜插着走吧！松叔叔！我进屋里去！”她怕松叔叔看见屋中为什么不点灯。

老人迟疑了一下。

“快去，松叔叔！我等着你吃饭！今天我住在这儿！”

“好哇！”听说她要住在这里，老人非常的高兴。“我快走！七点关城，我不会关在城里！”一边说，老人一边放开了脚步。

见老人走去，梦莲的心像一块石头落了地。可是她觉得自己太狠！地上摆着一对死尸，她还叫老人冒险入城，太狠！但是，假若她不这样做，而叫老人先看见死尸，他还肯去警告石队长吗？她不敢再去细想；惭愧没用，找出可以原谅自己的理由也没用。这是战争的时候，一切事都似乎另有一种逻辑。狠心或者是个必需！

她慢慢的走向铁柱子躺着的地点去。她很怕死尸，但是现在她决定替松叔叔做一点事，好去赎她欺骗他的罪过。

她能做什么呢？去掩埋死尸？还是把尸首都拉到屋里去？她没有那么大的力气，胆量，与本领。她恨自己这样无能，这样娇弱。她或是抗战中的废物。废物！废物！她叫着自己。

忽然想起来：死尸没有人看着，会有被野狗咬坏的危险。她至少须尽这一点看守着他们的责任！这个决定，使她的心里舒服了一点；她开始领略到能为别人做一点事的愉快，也明白了点为什么那些英雄们肯为国家丧命在沙场——人的最崇高的企图就是以很短促的生命求得永生的荣誉！

她的痛快可是没有保持得很久。松叔叔回来又该怎办呢？他只有这么一个儿子。看见儿子冰冷的卧在血里，他还不得哭死吗？她心中乱成一团麻。她慢慢的在离尸身不远的地方走来走去，到无可如何的时候，她抬头数着天上的星。那些美丽的，永远眨眼含笑的星，把她的心吸到天上去，她觉得自己只是小小的一粒砂土，或是一点浮尘。她愿忘去一切烦恼苦痛，像星那样清闲自在。低下头来，她可是又看见地上那三块东西，由这三块黑的东西，她想到松叔叔，一山，父亲，石队长，唐连长，和无数的死难的英雄与义民。战争把她的天真的心里的秩序打碎，除非她能重新建设自己，她就不能再抓到生命的意义。甜美的记忆只能叫人哭泣；弹去泪珠，挺起胸，才能得到新的生命。她体会到这一点，也盼望松叔叔能这样；她和松叔叔还能用他们的一点生命力量走入新的世界里边去！

二十九

王举人被捕的消息一会儿传遍了文城。饥饿的，受苦的文城人们互相传递这个消息；像忽然得到一点食粮或布匹那么兴奋。他们恨举人公比恨二狗厉害，因为多少年来他们给举人公的是尊敬与爱戴，他们想不到他会那么软弱卑鄙，至于和二狗同污合流。他的投降不但是给文城，也是给孔圣人，丢了脸。不错，他没有像二狗那样作威作福，狗仗人势的欺侮人。可是，他们希望于文城的代表人的不只是消极的少做些恶，而是积极抵抗敌人。

消息传到，他们不顾得猜测谁来代替举人公做文城的会长，因为谁做会长也是听日本人的指挥，绝不会有什么德政。他们要猜测的倒是王举人为什么被捕。假若他是为贪赃枉法，被日本人拿去，他们就不必再替他操心；他死，活该！反之，他若是里应外合，还替中国政府做事，而被日本人看破了，他们就一定还尊敬他，加倍的尊敬他！他们日夜盼望的就是文城的要人还和中国政府暗通消息，有朝一日国军攻到，好里外夹攻，把日本鬼子赶尽杀绝！他们到如今还没找到一个这样的人，所以他们切盼王举人也许在死去以前还做出一件体面的事！

不到一个钟头，第二个消息又流动开了：二狗将要做会长。大家对这个消息并不感到多少兴趣，他们早已想到过二狗会有那么一天更得意更厉害，整个的变成个日本人。对目前这个消息，他们只撇了撇嘴，像听说野狗又吃了个死人那样。他们不希望二狗会做出什么好事来，正如同他们不希望一条驴会变成骏马。他们只盼望国军来到的时候把日本人和二狗一齐杀掉。

老郑进了城，马上听到关于举人公与二狗的消息。他开始明白梦莲为什么逃出城去。他立刻看到危险，他想赶快转身出城。松林是他的家，家里有他的儿子，媳妇。每一看到危险，他便毫不迟疑的想到：那片松林是最安全的地方，和有他在家，他的儿子和媳妇才不至于闯出乱子来。他想赶紧回家。可是，他最喜爱梦莲，又佩服石队长。他必须找到石队长，才能有脸回家。他不能只顾自己和自己的儿子，人家石队长是为国家大事才冒着大险来到文城的。老郑不是个完全自私的人。

上哪儿找石队长去呢？假若举人公已经真个被捕，石队长还敢在王宅吗？假若他不在王宅，文城虽是个小城，可是黑灯瞎火的，岂不是海里摸锅吗？想到这里，他心中有些急躁。他必须在关城门以前出城，也必须找到石队长，而石队长究竟在哪里又无从打听！同时，他很愿去看看举人公，虽然他明知道无望闯进司令部去。举人公既是他的地主，又是老朋友，虽然举人公给敌人做事是个大错误，可是既然被捕总是可怜的。从那里，他想到：假若举人公真得罪了日本人，日本人便会没收王宅的房子和田产；田产入了官，他自己是不是还能做佃户呢？他自己那点积蓄还不够买田的，一旦他若丢了王宅的地，哪能很容易就租到合适的地呢？难道快六十岁的人还去给人家做短工吗？况且在这兵荒马乱的年月，哪一家不是连妇女小孩都下地干活，谁还雇人呢？老郑腮动得很快很有力，口中出了酸水！没了王宅的田，简直是没了活路。最迫切的是田地若被没收，他一家马上便没有了住处；他的草房是和地连在一块儿的。他自己还好办，媳妇怎好呢？难道还能叫年轻轻的媳妇天天去睡野地吗？一生刚强正直的老郑，身上出了汗，腿有些发软。他没法怨天恨命；这一切都是因为文城来了日本人！日本人比旱涝的灾患还更厉害；旱涝不能，而日本人能，叫他没有地方去睡觉！

一边思索，一边走，老郑几乎忘了他是干什么呢？走到一条小巷子口上，他忽然被一只手抓住，扯进巷口。他刚要张口，拉他的人已在他耳旁轻声的说：“快出城！”

老郑听出来，说话的是石队长。石队长已经改了装，嘴上还安了假胡子。

“梦莲，”老郑想极简单的说明来意。

石队长没等老郑说完，就问：“她怎样？”

“在我那儿呢，她叫我来告诉你！”

“好！我已经有了准备！你快走！”石队长把老郑从巷子里推出来。

石队长的紧张，谨慎，热烈，叫老郑忘了刚才的一切顾虑与忧苦。他想：石队长，无论情形如何，是必会偷偷逃出文城，而一定和日本人较量个高低的。石队长是唐连长第二！有这样的人，文城就必定会重见天日！放开大步，他走出城去。

满身是汗，他来到家门。没有灯光，奇怪！“铁柱子！铁柱子！”老人连连的喊，心中很不高兴。“给莲姑娘做了饭没有？什么时候了，还不点灯？”他不住的叨唠。房里没有一点声音，他不敢迈步进去。“莲姑娘！莲姑娘！这是怎回事呢？”

从黑暗中跑来一个人。他定住老眼仔细瞧。他还没能辨出黑影是谁，黑影已出了声：“松叔叔！”老人带着点气，像斥责小孩似的说：“莲姑娘，这喒晚儿，怎不进屋里去呢！那个畜生呢？媳妇怎也不见了呢？”

梦莲想问老人见到石队长没有，可是她说不出话来。她来到最大的难关！她不能再不对老人说实话了，可是她准知道实话会要了老人的命的！她已经预备了多少多少安慰老人的话，现在见到了他，却一句说不出了；安慰的话像什么外敷的药膏，只能抹在皮肤上，而不能治疗心病。她知道，在敌人的魔手下，一个人的死亡是毫不足为奇的事。这可是不能成为使老人不动心，不哭死的理由。道理是道理，骨肉是骨肉。她知道老人没有钱，没有地，而只有这么一个儿子。老人几乎不晓得老那么辛苦正直的活着是为了什么，假若不是因为他有个傻儿子。有子便有了一切，有子便有了永生。他会死，可是他的子子孙孙会永远活下去。她怎能告诉他：铁柱子已经死去两三个钟头了呢？

“莲姑娘！到底是怎回事？”老人有点着急了。

“进来说！”她扯着老人往屋里走。

老人点上了油灯。在灯光中，他看见个脸色惨白，眼皮红肿的莲姑娘。

“莲姑娘！说呀！怎回事？”

梦莲立不住了；腿一软，跪在了老人面前，搂住他的腿。“日本兵……”

“日本兵怎样？”老人几乎是喊叫着问。

“铁柱子！”

“铁柱子？”

“完了！”

“完了？谁？”

“铁柱子！”

屋中没有了声音，灯花轻轻的爆了一两下。

三十

田麻子吸了几口烟，忍了一个小盹。睁开眼，他看清楚：自己白费了一片心机，完全失败！因他的报告，王举人下了狱，可是二狗并不感谢他，而只给了他五块钱！五块钱？那么大的功劳只值五块钱？可是，自己当时为什么伸手接过来呢？这五块钱是一座山，挡住了他的去路。他只值五块钱！以后，他每逢向二狗张口，二狗必不会给他添价，因为他卖了这么大力气才值五块钱！他得罪了王举人，石队长，为是从二狗手中拿到一笔数目可观的款项或一个肥美的地位，可是他自己塌了自己的台！他恨他自己！

待了一会儿，他原谅了自己，转而去恨二狗。二狗已经出卖过他一次，这次也当然不会以德报德，二狗天生的长条狼，给狼做事，早晚叫狼吃掉，没错儿！假若他再去麻烦二狗，说不定二狗会二次出卖了他！文城有二狗在，就没有田麻子！

他又赊了两口烟，极快的，狠命的，吸下去。抹了抹嘴，他找了二狗去。他决定取强硬的态度，他身上残余下的一点武艺至少可以降服住二狗，他不能再低三下四的央求，而必须理直气壮的索要他应得的报酬！

“你又来干什么？”二狗没有好气的问。

“又——来？”田麻子把那个难以消化的“又”字扯得很长，像要把其中所含的味道都咂尽似的。

“刚刚给了你五块钱！”

“五”字比“又”字还更难消化，他的全身都是硬刺儿！“我告诉你！”田麻子的绿面上发出一种豆绿色的光，“给我五万块钱！少一个，不要想完事！”

二狗的胆子本来很小，可是他善于软的欺，硬的怕。他看不起田麻子，又不知道他曾经练过武功，所以没把他放在眼里。“快出去，我连五毛也不能再给你！”

“真的？”田麻子的嘴唇并没有颤，头上的青筋倒跳了起来。“真的？”他往前凑了两步。

“你干吗？”二狗的手去摸枪。他的枪不是为打人的。而只为壮自己的胆子。遇到软弱的人，像老头子和妇女们，他特别爱动枪；他们越软弱，他的枪的威风越大。他以为田麻子不过是个大烟鬼，一看见枪就会屁滚尿流的跑出去。

“哟喝！动枪吗？”田麻子冷笑了一阵。“告诉你，二狗！咱们都给日本人做事，全为的是得点便宜，你要把事情看明白了！你打算一口吃成胖子，不给朋友们留点份儿，请留神你的脑袋！”

“你滚出去！”二狗的枪掏出来了。他没有搬机关的意思，他怕枪的响声；他只想把田麻子吓跑。

田麻子杀过人，不怕枪和血。他不知道二狗是否真要打他，可是决心把枪夺过来。把枪拿在自己手里，他相信二狗就会屈膝。他冷笑了一下，举起左手去抓了抓头。二狗的眼神被田麻子的手领上去。田麻子的右手轻快的抓住二狗的腕子，一翻手，二狗缴了械。

二狗慌了。像胆小的小孩子似的，他想往外跑。田麻子挡住了路。二狗急了，他想叫人。

田麻子不怕二狗和他相打，而怕他喊人。二狗有日本人派来的保镖的。被他们看见，他们必定去报告给日本人，田麻子便不好在文城混下去了。

“不要出声！不要动！”田麻子命令着二狗。“给我钱，我不会打死你！”

二狗很怕死，但也爱钱。他想用“计”：“把枪放下，咱们商议。”

田麻子放下了枪。二狗的心里痒了一下，以为田麻子中了计。他想伸手去抢枪。

“手不要动！”田麻子又下了命令：“快拿钱来！”

“我有钱也不会给你！”二狗的手极快的伸出去。

田麻子不去抢枪，而照准了二狗的太阳穴一拳打去。他的拳，因为打得是地方，得法，二狗登时倒在了地上。他没有杀二狗的意思，但是怕二狗再苏醒过来，去控告他，他把两只手一齐捏在二狗的脖子上。二狗翻了白眼。像手上有灰土似的，田麻子的双手互相掸了掸。掸完手，他愣了一小会儿。然后，他去摸二狗的口袋，没有多少钱。田麻子照准二狗的脸啐了两口。拿出他所发现的那点钱，装在自己的衣袋里，他又把二狗手上的金戒指捋了下来。最后，他把桌上的枪插在自己腰里。他镇定的，缓步走出来。

李德明在刚要关城门时候挤进城来。费了半个多钟头的工夫，他才找到石队长。

一见李德明，石队长的黑棋子似的眼珠发出了光，不知不觉的擦了擦手掌。“怎样？怎样？”他口中的热气吹到老李的耳中，怪痒痒的。他切盼上级的命令是马上动手，好去痛痛快快的打一场。他不能眼看着文城的同胞们一个个的都被敌人饿死，而自己的枪弹还是在身上带着。

“叫我们马上撤退！”李德明也很失望的说。

“撤退？”石队长的心凉了半截儿：“真要命！真要命！”

“我们打了个大胜仗！”李德明把已经挑出来的大拇指急忙放下去。“敌人的右纵队渡了河，叫咱们旅长给解决了一半。刚才我遇见住在城外的贺国升，他说：敌人的野炮本来是十二匹骡子拉出去的，现在拉回来的只剩了六匹骡子；炮车的后半截和六匹骡子大概都叫咱们旅长给留下了。顶可笑的是六匹骡子拉着半截炮车，敌人还在车站上操演呢！他们以为咱们连什么叫炮车都不懂呢！”

“快说要紧的！”石队长听见别人打胜仗，又快活，又有点扫兴——因为他自己没能参加。

“右纵队垮了，敌人的左纵队没敢渡河就退回来了。那天的空袭，就是咱们空军来扫射往后退的左纵队。”

“扫射得怎样？”石队长问。

“详情还不知道。”

“往下说，真要命！”

“咱们既打胜仗，敌人当然一时不敢进攻西山。”李德明的话被石队长接过去。

“他们不会死心，准保还得再攻！”

“是呀！所以我说‘一时’不敢再攻啊！旅长已经回到王村，叫咱们也快回去！”

“回去！”石队长肚中的煮白薯要都翻上来，口中漾着酸水。

“咱们的任务原是来扰乱敌人的后方。现在敌人既停止了进攻，左纵队也原封没动的撤回来，我们当然无须攻取文城，那么咱们三十二个人！”

“三十一个！丁一山已经死了！真要命！”石队长矫正李德明的错误。

“嗯，三十一个人也就无须再白白的牺牲了，所以旅长叫咱们赶快回去。”

“真要命！白来一趟！”石队长愣起来。

“命令是命令！”

“谁不知道命令是命令？”石队长急扯白脸的说。他抬头看了星。“反正今天出不去城啦！”

“已经关了城！”李德明给找补上。

“明天一清早，你出城，通知城外的人。叫他们等着，看咱们都安全的出了城，你们再走。过了河在李村集合。现在——”石队长想了一下，“你吃了饭没有？”

“没哪！”李德明顿时觉得肚子很饿。“本想在老郑那里要两个饼子吃，不知道怎么草房里连个灯亮也没有！”

“老郑刚刚出城。”

“他来过？”

“来告诉我留神！王举人被捕，梦莲姑娘出了城！”

“王举人——喝！说不定咱们还不大好容易出城了呢！”

“他们要是今个晚上审问王举人，十之八九咱们得动手，不管有命令没有！”

“怎么？”

“木头脑袋，给他两个嘴巴，还不都说出来？他一招，咱们还得了？快去，到烟馆找点东西吃！吃完，警戒！今天夜里谁也不能睡！留神！”石队长一气说完，把自己藏在黑影里，预备一夜不睡。

李德明离烟馆还有十步，他变成了个石头人。烟馆的厚毡帘子慢慢的被掀起，出来个日本宪兵。帘子还没落下去，两个被捆绑着的人像被推出来的，很快的跳在房檐下，房檐下悬着个相当亮的玻璃灯。紧跟着，又出来两个宪兵，帘子似落没落的工夫，田麻子得意的扭出来。

李德明由石头变成一股烟，一步蹿到黑影里。没有命令，他不敢开枪，虽然他已把枪掏出来。

田麻子打死二狗，想逃出文城，到别处另起炉灶。可是，他不敢逃，怕把事情弄明了。再说，逃到哪儿去呢？到日本人管着的地方去，早晚是要落网。到中国地方去呢？又没有大烟吃！本来他不敢直接出卖石队长，现在，他急得发了昏，不能再细细的思索。他向宪兵告密。到王宅，他扑了空，没找到石队长。他领着宪兵到烟馆来。石队长手下的两位弟兄奉命监视着田麻子，住在烟馆里。往日，他们轮流着给田麻子盯梢，随时向石队长报告麻子的行动。可是，今天田麻子告诉他们，他要改邪归正，去暗杀二狗，所以他们给了他一点自由。他们正在烟馆里等他回来，田麻子却同日本宪兵由前后门包抄，把他们擒住。

李德明像箭头似的，飞奔了石队长去。

听完了老李的简单报告，石队长只说了声："真要命！"带着老李就走。他们的脚步像夜间下山的雄狮子似的，步大，声轻，而且很快。在一个小巷口上，他同老李等田麻子们过来。过来了，石队长容他们走过巷口，而后跟上来。田麻子在最后。石队长的小刀一下子插入他的腰窝，只留下一点木柄。田麻子喊了一声，倒下。石队长的刀子拔出来，赏给了宪兵的后心。同时，李德明的两只大手把另一个宪兵的脖子掐住，要活生生的把头拔下来。最前面的宪兵转回身来，开了枪——王举人在监狱里听见的头一枪。两个被捆着的弟兄向左右闪开，李德明一个泼脚把开枪的宪兵摔倒，照着头上还了一枪。极快的把两个弟兄的绳索解开，石队长说了声："动手！"

三十一

两声枪响惊动了全城。受尽压迫与耻辱的文城早就想报复，再加上前几天听到日本人在河边上吃败仗的消息，与今天王举人的被捕，人们已不再考虑自己有没有良好的武器和严密的组织，而只想有个机会便去报仇。除了几个汉奸，人人都拿日本人当作仇人；日本人不只杀了某家的男人，或奸淫了某家的姑娘，而且普遍的叫文城的人没有东西吃。文城每家都有饿死的人！

在从前，听到枪声，他们只会把自己藏在黑暗的地方，像个半死的人似的那样不能多管别人家的事；他们只有把自己的心变成麻木的，才能使自己在黑影里多喘息一会儿。现在，他们知道了敌人有比枪刀更厉害的武器——饥饿！他们必须不再怕枪响，不再怕敌人，才能把自己从死亡里拉回来。即使他们因抵抗而失败，而死亡，这样的死亡也比饿成两层皮，在床上偷偷的断了气好。他们，现在，听见了枪声，不但不往黑影里躲藏，反倒拿起他们所能找到的武器走出屋门。复仇与雪耻的热情开了闸。

石队长的手下早已准备好，听见枪响，他们从小巷里，人家内，破庙中，全拿着武器，小心而兴奋的跑出来。石队长带着李德明往十字街口胞。十字街口的高杆上悬着一盏大煤汽灯，惨绿的光射出老远。石队长看灯，李德明看灯下的“岗”。双枪一齐响，灯碎了，噗的起了一团红光，然后暗淡下去，惨白的街变成黑暗。灯下面的岗位，随着灯的熄灭走入永久的黑暗，血溅在杆子上。刚被石队长救下来的两位弟兄，跑回烟馆。烟馆的对门是王举人公馆；他们的任务是在王宅放火。石队长与李德明一个在左，一个在右，擦着墙壁与馆户的门脸儿疾行，奔向小城隍庙去。

给二狗家中放火的两位弟兄来到。他们不甚得手。二狗糊里糊涂的死去，马上有人报告给日本人。日本宪兵来到，没有管二狗，而先四下搜索——搜索的不是凶手，而是便于携带的珍贵东西。带着在岛国培养成的心，与惯作海寇的眼，他们看什么都是好的。他们愿意把东西都拿走，但是无法不加以选择；他们并没有把贼船驶到文城来。他们兴奋，贪婪，迟疑；看到件值十元的东西就好像看到了富士山。街上响了枪，他们舍不得停止搜索。枪又响了，他们不得已的胡乱把东西塞在衣袋与裤袋里，一齐冲出来。大门变成了战场。打了有十来分钟，我们的两位弟兄掷出手榴弹。不管敌人是都死在大门内与否，他们两位绕到院旁，跳进墙去，放起了火。这个火头比王宅的迟了十分钟。

城内的火起来，城外埋伏着的弟兄把手榴弹投入了货栈。为牵制车站上的敌兵，他们散开，由四面射击。

城内城外的火光在天空接联成一片，城外城内的敌兵立时四下里散开。他们摸不清我们的主力在哪里，不知道我们一共有多少人，他们只能给各处以同等的注意。他们提着枪沿着墙根向各处疾走，没想到城中的百姓们会向他们袭击。墙垛旁，树后，小巷口，街门中，随时的砍出菜刀，铁锹，或打出木棍，使他们无法前进。他们上了刺刀，见人就刺，四围的人越来越多，有的赤手空拳来夺他们的枪。他们狂喊，百姓们也狂喊。火越烧越旺，人越打越多，闪动的是火光，飞溅的是肉血。敌人冲杀，我们围裹，每条街都有多少人在喊，在打，在厮杀。

敌兵调了机关枪。敌兵有了据点，我们的百姓渐渐分散，仍旧藏躲在门后，树后，或趴在地上。街上伏着许多不能动的人，有的已死，有的痛苦喊叫；我们的兵与百姓之间也有敌兵，头拼着头，或手挨着手，躺在一处，分不出谁是战胜与战败者；侵略的野心与复仇的狂热使大家的血流在一处，把街道流红。

百姓的自动的助战，加大了我军的声势。我军去救火，打开监狱，选定了隐蔽袭击敌人。有百姓的到处截杀，敌人始终没有发现我们的零散的，分布在四处的，小据点。我们的择定了的小据点可是始终不动，石队长有命令：“各守据点，非到万不得已的时候不准移动！”这样，我们布好了的棋子才在纷乱中有了一定的地位，分散得合适，集合得容易，联络得迅速。火大人多，枪密，石队长却清清楚楚的知道哪里有几个人，哪个人是干什么。他极忙，极沉着，他像一根有力的鞭子，抽动着战斗的陀螺。

敌兵有了据点之后，百姓们渐渐后退，敌兵开始去找我们的据点。火光更明了，城内可是比较的清静了一些。我们的每一个小据点，只有一两支枪，它从暗中极准确，冷静，每发必中的，射击，敌兵找到了我们的据点，而找不到我们的人，他们开始用机关枪向房屋，树木，铺户，发狂的扫射。扫射过一大阵，他们以为我们的人已经死在掩蔽物后边，忽然的一个手榴弹飞来，炸在机枪的附近。他们再发枪，我们又藏起来。这样，我们的小据点，在交战的一个钟头内，始终没有移动，没有减少。

这样四外拖住敌兵，石队长亲自指挥，帮攻小城隍庙的火药库。

石队长撕去唇上的假须，把脚上的大毛窝——在王宅挑水时穿的那一双——甩去老远。脚上剩下四大妈给他做的棉布袜，跑起来又软又不出声儿；他跑，他跳，活像一条去交战的豹子。不，他自己并没觉得像条豹子。他已经忘了自己是肉做的任何活东西。他变成了一股极热的气，或是一颗烧红的，碰着阻碍就会爆炸的，钢弹。他什么都忘了，连“真要命”也不再说。他只记得他须前进，不管前边有刀山还是油锅。只要他前进，他觉得，就没有东西能挡得住他，他是飞着的，带着呼哨的，能把山打破一块的，炮弹。他的七棱八瓣的脸好像刚刚用刀重新雕刻过一回，棱角越发分明。他不丑了，他的脸上的棱角，不论是在黑影里，还是火光中都有一种战争中特有的美。这种美的小注应当是威严与壮烈。

他可是并不一味的蛮干。他的责任与经验告诉了他，战争是要消灭敌人，而不被敌人消灭。他要用他的胆子，力气，四肢百体；同时，他也须用他的脑子。他像要跳过山涧的虎，跳的极快，可是也计算得极正确；闭着眼乱跳，必会叫他自己碎身在深涧中。他闪动，他隐藏，是为躲着危险，而且要把危险消灭。

到了小城隍庙，叫李德明盯住了门外的两个卫兵，石队长自己像个旋风似的绕到庙后，看看他的弟兄们都埋伏好没有。大家都已准备好。他又极快的跑回来。一声老鹰叫，他与李德明的枪一齐开了火。卫兵倒了一个，李德明打偏了，那个卫兵一步蹿进庙里。庙后没有响动，石队长知道大家在趴墙。李德明往前赶，石队长喊了一声“找隐蔽！”他自己一跃，手扒住墙头。李德明刚要往旁边跑，门内开了枪，李德明扶住庙门的门框，慢慢倒下去。石队长的手榴弹从墙头投到庙门，庙内一声爆炸，他的脚落了地，背靠墙，喘了一口气。墙好像晃了两晃。

庙后还没有动静——石队长愣了一下：“难道出了毛病？”他可是不能离开前门，前门最危险，非他自己把住不可。他只好相信他的手下必能达到任务。院里响了机关枪，他知道弟兄们一定不甚得手。他顺着墙根儿爬，爬到庙门，摸到李德明的大脚。他的心痛了一下。用李壮士的身躯作掩护，他一边低声的叫：“老李！老李！”一边往院中看，老李已不会回答！火光是由上边射出来的，机枪安在殿前的松树杈巴上——好能越墙打到庙外。机枪稍停，他听到庙后面开了枪，他心中说：“坏了！他们进不来！”他是不是应当跑到后边看看呢？不，他得引逗那架机关枪！拍！他向松树开了枪，机枪又发了狂。他不再动。他想怎么处置老李。没办法。他不能为拖走朋友的尸身而离开岗位。他身已和死的距离也不过就像他离老李这么远。军人不考虑死！军人都该像老李这样死！尸身算什么呢？军人要留下的是“军人魂”！

火药库必须拿下来，否则大家的牺牲便没多少代价。而且，必须马上拿下；敌人增援来到就不好办了。石队长决定爬进庙内。非进到庙内，找到合适的地方，他不能把手榴弹准确的抛到树上去。他不能再等。他开始爬动。每移一寸，他就觉得离死亡近了一寸，但是他必须朝着机关枪前进。不但要前进，还要安全的达到目的；只凭一股勇气去牺牲自己是会连累到众兄弟的。他的汗流湿了他的厚棉袜。他紧紧的趴在地上，可是他的心像飘荡在空中。他须控制住全身的任何一个动作，而且不能稍微喘一喘气。他累得慌，他的铁的手指已经有些发颤。不知爬了多久，他才爬到庙门内，滚到一丛迎春底下。他慢慢的，提着气，坐起来；迎春的枝掩盖着他的头。他抡臂，扔出他的手榴弹。他成了功。

眼睛一亮，他滚到墙根。蜷着身，贴着墙根，他往后跑。在殿后，他看见了敌兵，他开了枪。随着枪声，学了一声老鹰，吱，吱！嘹嘹嘹！扒住大殿的墙角，他深一下头，开一次枪，后面墙头上露出来了人头。敌兵显出慌乱，不知脊背朝着哪方才能躲开枪弹。墙头上落下人来。石队长停止了开枪。黑影与黑影在肉搏。敌兵慢慢的减少。街上的杀声微弱起来，火光可是更亮了。一个敌兵，已经丢了枪，往外跑。石队长等着。敌兵跑到他身旁，他一拳打碎了矮鬼的腮。又是一声鹰叫，几位弟兄奔到正殿，后面还在厮打。石队长的命令：

“孟长发，进去泼油，钱大成，投手榴弹！”命令发下，一声鹰叫。石队长领着未阵亡的弟兄一阵风似的跑出庙外。

离庙有半里地，文城的天塌了下来。火药的爆炸，压下去一切声音。灰，瓦，砖，像雨一般打下来。石队长的耳朵聋了一会儿。

“赶快出城！能爬城的爬城！能找到敌人的尸的，剥下他们的军衣，换上，明天早上混出城去。逃不出去的，找可靠的百姓家里藏起来，等机会出城！愿意还继续干的，打！”

大家一致的喊了声：“打！”

“好！分头增援各处据点！”说完，石队长首先冲入枪声最密的地方去。

三十二

天快明。城外的八位弟兄，烧了货栈，打死三十多敌兵，炸坏了两尊野炮。他们退走，只失踪了一位。货栈还冒着烟，残破的野炮在站台上躺着，敌兵在残夜的清风里发愣。他们不晓得这到底是怎一回事。他们做着梦——那侵略的，抢夺的，发财升官的梦——而来，现在又走入一个渺茫的，危险的，生与死的界限不分明的，梦中。那些死尸像是梦的余渣，冰冷的躺在晓风里。多么大的中国呀，它是永运用尸身填不满的海！

城内，火也渐熄。到处都流动着黑烟，躺着死人，充满了火药气。屋瓦，墙壁，门窗，全是洞。小城隍庙的本身与附近是一片瓦砾。王举人死了，二狗死了，田麻子也死了；爱惜性命的，钱财的，与大烟的，都在战争中糊糊涂涂的结束了他们自己的性命与欲望。抗战是硬性的，软弱与敷衍得不到胜利，也逃不出死亡。敌方官兵死了一百五十多人。他们并不像打仗，而是忽然的落在死亡的深渊中。他们的凶狠，残忍，横暴，使他们自己的脚不能在人道的大路上立稳，他们自己把死亡唤到头上来。小风儿很小很尖，似乎专为吹寒了还活着的敌兵的心。

全城静寂起来。文城的人们没有哭声，虽然死去几百人。死去的得到了永久的自由，因为他们是为抵抗敌人而丧掉生命的。活着的预备下次去死，他们手上的血是敌人身上流出的，敌人的血并不是什么不可触犯的东西。文城的人少了，而文城的心却坚硬起来。文城虽小，而无可压服。文城的心开始与西边大山上的炮声，与全国抗战的雄心一致的跳动。

石队长的手下只剩了五个人，其余的全含着笑死在文城。

石队长的臂上受了伤，藏在老百姓家里。在一口寿木里睡了三夜后，他忍着痛爬城墙，带着末一颗手榴弹。已经脚落了地，他被城墙外的卫兵发现。他不能为消灭一个敌兵用了他的最后一颗手榴弹；他的手榴弹的价值不能那么低廉。他须把更多的敌兵，诱到适当的地方，而后扔出他的宝贵的利器。敌兵的哨子响了。他往前跑。敌兵开枪了。显然的，敌兵一个人不敢追他，而开枪不过是示威，并没有准确的瞄准。他拼命往前跑。跑出老远，他回头看了看，后面有七八个敌兵追来。石队长心中觉得很得意——前两天的举动，已叫敌人胆寒，现在他们得用七八个人追逐一个。喘了口气，他再跑。他的臂上极疼，他咬上了牙。他须忘了自己，而把自己只当作引诱敌人到死地的，像捉鸟兽的“招子”似的。敌人必须消灭，他自己也必须牺牲。

只顾跑，只顾找消灭敌人的适当地方，他几乎不认得方向，忘了自己是在哪儿呢。跑着跑着，他认识了路，他是向老郑的松林那边儿呢。敌兵是不是要追出他那么远呢？松林是好地方，可是敌兵敢去不敢去？他又立住了。敌兵又开了枪。他伏在地上。极快的立起来。回头看了一眼，敌兵好像迟疑了一下，才又追上来。他再跑，他看见了松林。天快亮，松树非常的黑。那些黑的树叫他心中感到高兴。好像见到了许多老朋友。可是，他立刻想起来，他是不是应当到松林里去，而给他的朋友老郑惹祸呢？他几乎要缓了脚步，想一想。但是，他不能思想，后面的枪弹不许他思索。他只盼老郑全家听到枪声，已经躲开。他奔到了松林。草房的门开着呢，是否是老郑早在前两天的战事里已经逃走，或被敌人杀了呢？他本不想跑进屋中去，但是，屋中若没有人，就一定比外边更容易引诱敌人。他若躲在林内，敌人必定散开搜索！他在屋中，他们一定会一齐上来。而手榴弹的用处才会加大。他扑进门内，几乎绊倒。屋里还相当的黑。用手去摸，尸身！他以为老郑，或者梦莲，已经被杀。死亡已经不是什么可稀奇的事。他反倒痛快了——他找到了很好的棺材。极快的，他抱进四五捆麦秸，把灯油洒在上面。敌兵到了，他笑了笑，喊了声“杀”，把手榴弹掷出去，他把火柴划了，点着了麦秸，一捆捆的抛在四下里。他知道一个手榴弹不能把敌兵完全消灭，他决定不做俘虏！敌人至少还活着两三个，从离门有十几步地方放枪。

麦秸烧起来，石队长看清楚，地下躺着的是铁柱子和媳妇。他没有了武器，听着外面的枪声，无从还手。他愣愣的看那一双良善无辜而惨遭屠戮的小夫妇。因爬城，因疾跑，他臂上的伤口，本来就没裹好，开始往外淌血。他坐在尸身的旁边。他等着化为灰烬。他完全无忧无虑，只觉得生命随着鲜血往外流泄。慢慢的，烟充满草屋，迷住他的眼。他觉到憋闷，心中可是很平安。他完成了他的——一个军人的——任务，而且在已经不能抵抗的时候，决定不做俘虏。屋里四下里吐出了火舌。在烟与火中，他昏昏忽忽的，光荣的，倒在地上。外面的枪声停止。由窗户，由屋门，由草屋顶，伸出红亮的火舌，舐着发出香味的，翠绿的松枝。烟向上升，东方有一片片红的晓霞，霞上射出金光。草房上的烟还往上升，像要升入那片丹霞去。

在王村，梦莲要求旅长收容她，在军队中服务。她告诉旅长，她是丁一山的未婚妻！一山死了，她必用工作去纪念他。旅长派人把她送到师部去，师部里有政工大队，男女兼收。

松叔叔跟着她到师部去。师长听完了老人的故事，给了他一百元钱，叫他去做小买卖。老郑摇着头说：“铁柱子！不，师长！我老了不能当兵，还能做个伙夫！”师长派他去在政工大队做勤务。他还很朗硬，很辛勤，只是每逢说话，不知不觉的老先叫一声：“铁柱子！”